Myriam
Lacroix

Die unendlichen Möglichkeiten der Liebe

Roman

AUS DEM ENGLISCHEN
VON ANKE CAROLINE BURGER

TROPEN

Tropen

www.tropen.de

Die Originalausgabe erschien unter dem Titel »How it works out«
im Verlag Doubleday Canada, Toronto bzw. im Verlag Overlook Press, New York

© 2024 by Myriam Lacroix

Für die deutsche Ausgabe
© 2024 by J. G. Cotta'sche Buchhandlung Nachfolger GmbH, gegr. 1659, Stuttgart

Alle deutschsprachigen Rechte vorbehalten

Cover: Zero-Media.net, München
unter Verwendung einer Illustration von © FinePic®, München

Gesetzt von C.H.Beck.Media.Solutions, Nördlingen

Gedruckt und gebunden von GGP Media GmbH, Pößneck

ISBN 978-3-608-50245-9

E-Book ISBN 978-3-608-12350-0

An Allison: Ich habe es raus.
Ich weiß, wie es klappen kann.

Inhalt

Der Sinn des Lebens

Eigentlich hatten sie sich im Toby's ein Bier holen wollen, stattdessen kamen sie mit einem Baby nach Hause, und damit waren sie auch einverstanden. Myriam und Allison hatten bisher noch nicht über Kinder geredet, aber jetzt hatten sie eins gefunden, und vielleicht hieß das ja, dass der richtige Zeitpunkt gekommen war. Als Lesben ersparten sie sich so außerdem die Mühe einer Adoption und brauchten auch keinen ihrer Freunde zu überreden, mit ihnen zu schlafen.

Sie fanden das Kind in der Gasse hinter ihrem Wohnblock, neben einem ausgeweideten Sofa, Konfetti und Blut bedeckten den Boden. Hinter dem Toby's hatte eine Schlägerei stattgefunden – während der Stand-up Comedy Night, ausgerechnet. So war das Toby's. Myriam und Allison inspizierten das Sofa, ob es sich vielleicht in ein Kunstwerk verwandeln ließ, und bemerkten strampelnde Füßchen in einem Flanellkokon. Allison putzte ihre Brille, Myriam kniete sich hin und pikste das Bündel.

»Guck mal, wie ernst das Baby ist.« Myriam lachte. Sie strich ihm mit dem Finger über die runden Bäckchen und die gerunzelte Stirn. »Wie süß, ich liebe dieses Baby.«

»Es ist auf jeden Fall ein kritischer Denker«, pflichtete Allison ihr bei. »Mit so einem Baby ließe sich's aushalten.«

Sie nahmen das Kind mit nach Hause und badeten es im Spülbecken. Sie rieben es sauber, bis es warm und zufrieden war, rubbelten es mit einem Geschirrhandtuch ab und schnupperten abwechselnd an seinem kleinen Kopf. Er roch nach Spülmittel, Duftnote Grüner Apfel.

Sie wickelten das Kind in einen Pullover und zeigten ihm die Wohnung. Die enge Küche mit der Zitronenscheibentapete. Die Boggle-Ecke. Die kaputten Spielsachen, die Allison in der Gasse fand und als Instrumente benutzte, und das Bad, dessen Wände mit roten Lippenstiftgedichten bedeckt waren, weil Myriam sich oft von der leeren Seite tyrannisiert fühlte und lieber im Bad schrieb. Dem Baby gefiel die Wohnung sehr gut. Es gluckste, streckte die Finger aus und wollte alles in den Mund stecken.

Sie polsterten neben ihrem Bett eine Rubbermaid-Box mit Decken aus, brachten es aber nicht übers Herz, ihren neuen Sohn hineinzulegen. Also kuschelten sie sich von beiden Seiten an ihn und schliefen ein, Haut an Haut, warm wie Hamster.

Jonah, weil sie niemanden mit dem Namen kannten. Sie hatten keine Ahnung, was Jonahs für Typen waren, und das Überraschungsmoment daran gefiel ihnen. Sie waren nicht die Sorte Eltern, die ihr Kind Mozart oder Beyoncé nennen. Sie einigten sich sogar sofort darauf, Jonah keinen übermäßigen Erfolg zu wünschen. Von zu viel Ehrgeiz bekamen die Menschen Magengeschwüre, oder sie produzierten schlechte Kunst.

Myriams Mom war die Erste, der sie davon erzählten, am Telefon. Eine verzweifelte Frau ohne Augen in den Höhlen habe sie gebeten, das Baby mitzunehmen und als ihr eigenes aufzuziehen. Das sagten sie, weil sie wussten, Myriams Mom würde nichts kapieren und sie damit nerven, dass sie keine Anstrengungen unternommen hatten, die Eltern ausfindig zu machen.

»Kinder sind teuer«, nervte sie trotzdem. »Wie wollt ihr die Windeln und den Zahnarzt bezahlen, oder, noch schlimmer, den Kieferorthopäden? Mit Allisons Job im Callcenter?«

Myriams Mom war überzeugt, Allison müsse die Familie ernähren, weil sie Männerhemden und kurze Haare trug. Sie hatte keine Ahnung vom Lesbischsein und keine Ahnung von ihrem Leben.

»Wenn du nicht versuchst, ein bisschen positiver zu sein, erzählen wir Jonah, er hat nur eine Großmutter«, sagte Myriam und drückte sie weg.

Dagegen boten Allisons Eltern an, eine verspätete Babyparty zu schmeißen, und Myriam und Allison luden alle ihre Freundinnen und Freunde ein. Myriam trug ihr goldenes Minikleid, Allison legte eine passende Goldkette um, und Jonah steckten sie in ein weiß-goldenes Kleidchen, das sie der Jesuspuppe im Heilsarmeeladen ausgezogen hatten.

Ihre Bekannten verkündeten, Jonah sei ein sehr süßes Baby, was hieß, aus ihm würde mal ein hässlicher Erwachsener werden. Das machte Myriam und Allison nichts aus. Hässliche Menschen mussten sich bessere Witze ausdenken oder einen siebten Sinn für Mode entwickeln.

Sie saßen auf Gartenstühlen am Pool, und Allisons Eltern füllten gelegentlich die Schüsseln mit Chips auf. Niemand schwamm. Myriams und Allisons Bekannte hatten es nicht so mit Schwimmen. Sie trugen eine Menge Schminke und aufwendig zu schnürende Stiefel.

»Ich muss unbedingt eine Fotosession mit Jonah machen«, sagte ihre Trans-Freund:in Ash. »Eine Mischung aus Anne Geddes und Marina Abramovics *Balkan Baroque* – kleine Hommage an Jonahs unklare Herkunft.«

Ash war das Beste, was bei Myriams Kunstbachelor herausgesprungen war, was Myriam Ash auch immer wieder sagte.

»Auf die krassesten Tanten und Onkel der Welt!« Myriam hob das Glas. »Und auf unser supersüßes Baby!«

Alle erhoben die Gläser und tranken sie leer. Myriam trank Limonade, nur für den Fall, dass ihre Brüste anfangen würden, Milch zu produzieren, weil sie mit dem Baby zusammen war, aber Allison soff wie ein Loch. Nach dem fünften Bier stellte sie sich aufs Sprungbrett und kreischte den Text eines Songs, den sie für Myriam geschrieben hatte.

»Bis unsere Ärsche runterhängen wie Sandsäcke! Bis unsere Pussys riechen wie Seetang! Sag, du liebst mich, Baby, sonst geh ich kaputt, mach ich den Abgang!«

»Okay, okay, ich liebe dich für immer!«, brüllte Myriam, als Allison immer näher auf den Rand des Bretts zurückte. Sie verdrehte die Augen, lachte und errötete hinter ihrem Haar. »Voll die Drama Queen!«

Allison sprang trotzdem rein, und Myriam watete ins Wasser, um sie zu retten, schlang die Arme um sie und küsste sie heftig mit Zunge. Sie knutschten im blau leuchtenden Wasser, bis Allisons Mom rief, die Pizza sei da, dann wrangen sie ihre Klamotten aus und hockten sich wieder zu ihren Freund:innen. Ash ließ einen deren berühmt-berüchtigten Joints am Pool herumgehen, und Kamran verpasste Jonah einen Undercut mit Mini-Leopardenmuster an der Seite. Allison machte Musik, auf einem Synthesizer, den sie in ihrem alten Kinderzimmer aufgetrieben hatte, und ihr bester Kumpel Nate trommelte auf den Terrassenmöbeln. Sie spielten Space-Age-Versionen von Schlafliedern, und alle tanzten und schlängelten ihre Hände dem dunklen Nachthimmel entgegen.

Kurz vor Sonnenaufgang wurden sie von Allisons Dad heimgefahren, und Allison kotzte ein dünnes Rinnsal auf den Boden des Familienvans. Als sie zu Hause waren, schliefen Allison und Jonah sofort ein, aber Myriam lag wach und dachte über den Sinn des Lebens nach.

Myriam und Allison hatten sich bei einem Konzert in einem ziemlich abgewrackten Punkerhaus in East Vancouver kennengelernt, als Myriam an der Uni war. Allison hatte gerade ein Set beendet und fragte Myriam, ob sie ihren letzten Song »derivativ« fände. Dieses Wort hatte Myriam noch nie gehört, aber so, wie Allison die Frage stellte, mit verschwitzten Haaren, ernst und verletzlich, wollte Myriam auf der Stelle mit ihr ins Bett. Zwei Jahre später waren sie so verliebt, dass sie das Gefühl hatten, in einem Traum zu leben, nur in den Nächten befiel Myriam manchmal Angst. Sie war bei einer alleinerziehenden Mutter aufgewachsen, und wenn ihr Vater sie aufs Neue bedrohte, zogen sie um. Sie wusste nicht, wie man aus der Liebe eine sinnvolle Geschichte spann, und wurde häufig von existenziellen Abwärtsspiralen nach unten gezogen.

Myriam betrachtete Jonah, der die Zehen in seinen Pandasöckchen einkrallte. Sie war nicht der Meinung, dass Kinder dem Leben einen Sinn gaben. Die Kleinfamilie war ein Konzept, das dieselben Leute erfunden hatten, die einen dazu bringen wollten, Vollzeit zu arbeiten oder Kunst für Geld zu verkaufen. Und trotzdem: Als sie Jonah Allison von der Brust nahm und im Arm hielt, spürte sie die exakten Dimensionen ihres Glücks, sein Gewicht, seinen feuchten Atem. Es war kein Traum.

Myriam konnte nicht aufhören, an Jonahs Nacken zu riechen. Im Laden, im Bus, wenn sie ihm die Windeln wechselte. Sein Geruch war berauschend wie der von Permanentmarkern oder frischen

Blumen. Allison fand eine Tüte mit Stricksachen im Müllcontainer und fing an, Mützen und kleine Pullis für Jonah zu stricken, alles aus derselben lila Wolle. Myriam lernte kochen. Nach ihrer Schicht im Café kam sie nach Hause, weichte Brot in Milch und Zucker ein und machte daraus einen Brei, den Jonah essen konnte. Sie kochte Apfelmus mit Zimt, damit er Vitamine bekam und weil es dann in der Wohnung roch wie in einem Kerzenladen. Sie taute gefrorene Erbsen auf und pürierte sie mit dem Handballen.

In manchen Nächten grübelte Myriam noch immer über den Sinn des Lebens, aber dann gähnte Jonah, legte seine kleine Hand an ihren Kopf und steckte die Finger zwischen ihre Locken, während sich seine Augen allmählich schlossen. Allison zog Myriam und Jonah an ihre Brust, die zwar flach und knochig, aber trotzdem die gemütlichste Brust der Welt war. Alle Fragen verflüchtigten sich, und der Schlaf nahm sich seinen Raum.

So war es, als Jonah ein Baby war. Weich, warm, easy. Sie verbrachten ihre gesamte freie Zeit mit Spielen – Verkleiden und Durchkitzeln und Flaschendrehen mit dem Milchfläschchen. Sollte eine von ihnen Gefühlsanwandlungen bekommen, übten sie den Urschrei, dachten sich Tänze dazu aus und wirbelten im Kreis herum, bis ihnen schwindlig wurde und sie irgendwo in die Wohnung fielen.

Doch dann, eines Tages, als er zwei war, bekam Jonah eine Mittelohrentzündung. Bis dahin hatten Myriam und Allison sich um Arztbesuche gedrückt, aber diesmal ließ es sich nicht mehr vermeiden. Jonahs Oberlippe und Kinn waren rotzverklebt, weil er ständig weinte. Sein kleiner Körper war heiß wie eine Wärmflasche. Sie gingen mit ihm zur ärztlichen Ambulanz in der Nähe ihrer Wohnung und behaupteten, sie hätten seine Krankenversicherungskarte verloren.

»Gar kein Problem«, sagte die Rezeptionistin, »ich schau einfach im System nach.«

»Scheiß aufs System«, fiel Allison zum Glück rechtzeitig ein. »Das System ist nur dazu da, die Menschen zu unterdrücken, aber irgendwann kehrt die Welt zurück in den natürlichen Zustand der Anarchie.«

»Setzen Sie sich bitte einfach.«

Der Arzt war ein kleiner alter Mann mit sehr langen Augenbrauen. Er war missgelaunt, sagte ihnen, auch anarchistische Eltern müssten für die Gesundheit ihres Kindes sorgen, und schickte sie mit einem handgeschriebenen Rezept für Antibiotika nach Hause.

Sie bedankten sich bei der netten Rezeptionistin und versprachen ihr, sie würden sich bemühen, die staatlich organisierte Gesellschaft zu akzeptieren. Als sie sich umdrehten, warf Jonah gerade Zeitschriften auf den Boden, und eine Frau in einem Nadelstreifenblazer sah ihn komisch an. Im Make-up über ihren Augen bildeten sich tiefe Furchen, so heftig runzelte sie die Stirn. Allison nahm Jonah auf den Arm und entschuldigte sich bei der Frau. Als sie die Praxis verließen und an der nächsten Ecke in die Gasse bogen, in der sie Jonah gefunden hatten, hörten sie die Frau brüllen: »He, wo habt ihr das Baby her?«

»Na, ganz normal geboren halt!«, hätten sie antworten sollen, aber sie rannten schnell weg. Das war die falsche Taktik. Die Frau raste ihnen hinterher wie ein wild gewordener Kampfhund, holte sie fast augenblicklich ein und packte Allison am Pullover. Sie keuchte wie verrückt, und ihr Gesicht war knallrot, als sei sie ein Dämon. Auf den ersten Blick hatte sie wie die Art Frau ausgesehen, mit der Myriam und Allison nie reden würden: eine Geschäftsfrau oder Anwältin, jemand, die in einer Eigentumswohnung mit verchromten Gerätschaften wohnte. Von Nahem aber sah man, dass ihre Haut unter dem Make-up ledrig war, ihr zu straffer Dutt von einem lila Gummiband mit heraushängenden Silberfäden zusammengehalten wurde und ihr Kostüm nicht marineblau war, sondern die müde Farbe von Krampfadern hatte. Sie war eine Mogelpackung, was hieß, sie war eine von ihnen, was hieß, sie hatte nicht mehr Anrecht auf ein Kind als Allison und Myriam.

»Wo habt ihr das Baby her?«, fragte die Frau noch einmal.

»Sie kriegen ihn nicht«, sagte Allison. Der nächste taktische Fehler. Da hätte sie genauso gut sagen können: Wir haben ihn gefunden, deswegen dürfen wir ihn auch behalten.

Myriam überkam ein Gefühl, als hätte ihr jemand ein Glas kaltes Wasser den Rücken runtergeschüttet. Es war dasselbe Gefühl wie früher als Teenagerin in einem Montrealer Vorort, wenn sie merkte, dass ihr eine Kaufhausdetektivin durch die Reihen folgte, und ihre ganze Kuriertasche war voller Crop Tops und Lipgloss mit Geschmack. Myriam riss die Frau am Dutt nach hinten, und sie klappte zusammen wie ein Liegestuhl. Myriam packte Allison am Arm, und sie rannten weg. Als sie sich noch einmal umdrehten, versuchte die Frau gerade, auf die Knie zu kommen. Sie fasste sich in den Nacken. Ihre Augen wussten nicht, wo sie hinsollten in ihren Höhlen.

Allison zog Myriam in den Innenhof eines Wohnblocks, der nicht ihrer war. Sie schlichen sich hinten herum zu ihrem eigenen Haus, einen halben Straßenzug entfernt. Myriam war ziemlich angeturnt davon, wie raffiniert Allison die Frau abgeschüttelt hatte. Als sie wieder in der Wohnung waren, wiegten sie ihr süßes Kind, warteten keine Sekunde, nachdem es eingeschlafen war, und fielen übereinander her wie Astronautinnen, die es gerade lebend aus dem Weltall zurück auf die Erde geschafft hatten und endlich ihren Raumanzug ausziehen durften, plötzlich unwiderstehlich nackt und anfassbar, während sie in ihrer Konservenbüchse von einem Zimmer schwebten. Alles an dieser Situation war genial. Ja, ein Baby zu haben war super, aber zusammen gegen eine Erzfeindin zu kämpfen war mindestens genauso super. Sie fanden es genial, für ihre Liebe gegen alle Regeln zu verstoßen, und das Beste daran war, dass sie damit davonkamen.

Als Jonah aus dem Mittagsschlaf erwachte, legten sie alle Decken, Polster und Kissen, die sie hatten, im Wohnzimmer auf den Boden und machten es sich dort gemütlich. Sie schütteten sich Schokochips in die hohle Hand und aßen sie mit abgespreiztem kleinem Finger, als seien es winzige Appetithäppchen. Sie zerschnitten Bilderbücher und ordneten die Seiten neu an, wie es ihnen gerade gefiel. Als Allison losmusste zu ihrer Spätschicht, küsste sie ihrem Kind fünf Minuten lang das Gesicht ab, dann knutschte sie Myriam, steckte die Hand in ihre Unterhose und streichelte ihren Po.

»Sie ist da draußen«, sagte Allison, als sie am Abend von der Arbeit kam. »In ihrem Auto. Ich musste hintenrum gehen.«

Allisons Nasenflügel gingen auf und zu wie kleine Quallen: Sie machte sich Sorgen. Myriam nahm sie bei der Hand, zog sie aufs Sofa und wickelte Arme und Beine von hinten um ihren Körper, als wäre sie ein Rucksack.

»Die verschwindet schon wieder«, sagte sie Allison ins Ohr. »Wenn wir aufwachen, ist sie weg.«

Aber sie war nicht weg. Nicht als sie ihre Corn Pops aßen, nicht als sie Aerobic machten, nicht als sie ihren morgendlichen Podcast hörten.

Sie war immer noch da, als Myriam kurz vor dem Abendessen von der Arbeit kam. Und auch als sie ins Bett gingen, war sie da. Am nächsten Morgen öffneten sie die Jalousie nur einen Spalt, und da war die Frau und wischte die Windschutzscheibe mit einer Serviette ab.

Den ganzen Tag lang saß sie in ihrem alten grauen Camry bei ihnen in der Straße. Manchmal stieg sie aus und umrundete ein paar Gebäude, oder sie kniete sich mitten auf die Straße, drückte die Hände über dem Herz aneinander und sagte bitte, bitte. Erst sehr spät am Abend fuhr sie weg, am nächsten Morgen war sie wieder da.

Anfangs machte es ihnen noch richtig Spaß, wie Spione ums Haus zu schleichen, aber nach ein paar Tagen wurde die ständige Gegenwart der Frau allmählich zermürbend. Myriam und Allison verließen die Wohnung immer seltener. Die Jalousien blieben dauerhaft unten. Sie gingen nicht mehr mit Jonah auf den Spielplatz, und wenn er zu laut weinte, hockten sie sich alle zusammen ins Bad und stopften Handtücher unter die Tür, damit man auf der Straße nichts davon hörte.

Seit dem Arztbesuch waren fast zwei Wochen vergangen, und Allison und Myriam hatten einen Abend mit anderen Eltern geplant. Bis dahin war es bei solchen Treffen nur darum gegangen, sich lustige neue Spiele auszudenken oder Tipps auszutauschen, wo man kostenlose Babysachen herkriegen konnte. Diesmal nicht.

Sie hatten gedacht, die Frau würde früher oder später aufgeben, aber mittlerweile glaubten sie das nicht mehr. Am Vortag war sie in die Gasse gegangen, hatte mit blauer Kreide GEBT MIR MEINEN SOHN ZURÜCK auf den Boden geschrieben und geschrien wie eine Hexe auf dem Scheiterhaufen.

»Vielleicht ziehen wir besser um«, sagte Allison. Sie saß an ihrem alten Resopaltisch und spielte immer und immer wieder dieselben unheilvoll klingenden Töne auf einem Spielzeugkeyboard.

»Wir sollen unsere Wohnung aufgeben? Die beste Wohnung der Welt?«, sagte Myriam und lief in der Küche auf und ab. »Auf keinen Fall! Außerdem schaffen wir es nie im Leben, Jonahs Gekritzel vom Boden wegzukriegen, und auf die Kaution zu verzichten, können wir uns nicht leisten.«

»Aber irgendwas müssen wir doch tun«, sagte Allison. »Dir ist schon klar, dass sie uns unser Kind wegnehmen kann, oder?«

Myriam nahm sich einen Lappen und fing an, die Arbeitsfläche abzuwischen, was ziemlich eklig war, weil sie die nie sauber machten. Allisons Melodie verklang, und Myriam stellte sich vor, sie sei allein in der Küche, nur sie wohne hier, und es hätte nie eine Allison oder einen Jonah gegeben. In einer solchen Welt würde ihr Hirn nicht Nacht für Nacht die unbeantwortbaren Fragen des Universums wälzen. In einer solchen Welt würde es sich nicht lohnen, diese Fragen zu stellen.

»Ist ja gut«, sagte Allison und nahm Myriam in den Arm, weil sie sah, dass ihr Tränen über die Wangen liefen. Wenn Myriam weinte, wurde Allisons Stimme leise und zögerlich. Sie klang schrecklich hilflos. »Ich wollte dir keine Angst einjagen.«

»Ich weiß nicht, was aus mir werden soll, wenn ich dich oder Jonah nicht mehr hätte«, sagte Myriam und weinte an Allisons Hals. »Das Leben wäre unerträglich.«

»Das passiert schon nicht«, versicherte Allison ihr und drückte sie. »Das lassen wir nicht zu. Wir tun alles, damit es nicht so weit kommt.«

Myriam schnäuzte sich die Nase mit einer Osterserviette aus dem Sonderangebot.

»Was willst du damit sagen, Hase?«, fragte sie. »Dass wir die Frau umbringen sollen, oder was?«

Allison streichelte Myriam den Rücken und dachte nach.

»Ich weiß nicht«, sagte sie nach einer Weile. »Ich glaube nicht, dass ich bereit bin, einem anderen Menschen das Leben zu nehmen. Vielleicht versuchen wir's besser mit Erpressung.«

»Du meinst, wir finden was Schlimmes über sie raus?«

»Einen Versuch wäre es wert. Wir sind im Vorteil. Wir sehen sie, sie uns aber nicht.«

Tatsächlich konnten sie die Frau deutlich erkennen, durch einen Schlitz in der Jalousie, wie sie im Auto saß und die Lippen zu irgendeinem Lied bewegte; im gelben Laternenlicht wirkten die tiefen Halbmonde unter ihren Augen schwarz, wie gemeißelt. Sie spürten die Anwesenheit der Frau wie einen Putzeimer, aus dem das Schmutzwasser beständig über ihre Schuhe schwappte.

Allison fragte ihre Eltern, ob sie babysitten könnten, und borgte sich für den Abend ein Auto von einer Arbeitskollegin. Myriam und sie parkten drei Wagen hinter dem klapprigen Camry und versteckten sich unter einer alten Wolldecke auf dem Rücksitz. Als ihre Mission zu aufregend wurde, machten sie ein Spiel, bei dem sie sich gegenseitig zum Kommen bringen mussten, dabei aber keine Geräusche von sich geben durften. Um Mitternacht waren sie so erschöpft, dass sie fast nicht bemerkt hätten, wie die Rücklichter des Camrys angingen. Allison kletterte auf den Fahrersitz, die Kapuze tief ins Gesicht gezogen, und Myriam machte sich auf dem Beifahrersitz klein. Langsam und in gebührendem Abstand folgten sie dem Camry durch die dunklen Straßen, bis die Frau in die Einfahrt eines alten Ziegelbungalows fuhr, nur ein Dutzend Häuserblocks von ihrer Wohnung entfernt. Allison musste am Straßenrand einparken, was sie nicht besonders gut konnte, aber die Frau schien nichts davon mitzubekommen. Sie ging an der Seite des Hauses entlang und eine schmale Treppe hinunter ins Souterrain. Myriam und Allison schlichen über den feuchten Rasen und kauerten sich rechts und links neben ein schmales Kellerfenster.

Dina schenkte sich Milch ein und füllte das obere Drittel des Glases mit Kahlúa auf. Sie steckte den Finger hinein und rührte um, bis alles eine einheitlich braune Farbe hatte – Nesquik für Erwachsene. Mit dem ersten Schluck kam sie wieder zu sich, war wieder in ihren Kleidern, in ihrer Kellerwohnung mit dem alten, summenden Kühlschrank, der bläulich kalten Deckenbeleuchtung und der schönen Weihnachtsdecke, Erbstück ihrer Großmutter, die sie das ganze Jahr über auf dem Tisch liegen hatte, weil sie so *robust* war und die Rot-, Grün- und Orangetöne so *schön leuchteten.*

»Und, wie steht's?«, brachte sie heraus.

»Unentschieden«, sagte Ken, ohne den Blick vom Fernseher zu nehmen. »Hast du dein Kind gefunden?«

»Komm mir bloß nicht mit ›mein Kind‹, Ken. Er ist auch dein Sohn.«

»Ist ja gut, ist ja gut, vergiss es«, sagte Ken. »Was gibt's zu essen?«

»Im Kühlschrank ist Hühnchen. Du könntest ruhig mal deinen faulen Arsch bewegen und es dir selbst aufwärmen«, sagte Dina, öffnete den Kühlschrank und zog die Frischhaltefolie von einem Behälter mit Hühnerfleisch in Champignoncremesoße. Sie klatschte zwei Hühnerbrüste und zwei Klackse Kartoffelbrei auf Teller und stellte einen nach dem anderen in die Mikrowelle.

»Dein Boss hat angerufen. Die wollen wissen, wann du vorhast, wieder zur Arbeit zu erscheinen. ›Bald‹, habe ich gesagt. Haben sie mir wohl nicht abgekauft. Wen wundert's.«

»Ich gehe wieder hin, sobald ich meinen Jungen zurückhabe. Und wenn es den Korinthenkackern nicht passt, können sie eine Coladose schütteln und sich in den Arsch stecken.«

Dina wollte nicht zurück zur Arbeit. Sie brachte es einfach nicht fertig, noch einmal den steifen Rock anzuziehen, der tiefe, rote Furchen in ihre Flanken schnitt, und gezwungen lächelnd Reisepassanträge abzustempeln. Zum ersten Mal seit dem Verschwinden ihres Sohns fühlte sie sich lebendig. Nach all den grausigen Schicksalen, die sie sich ausgemalt hatte – Lucas, der von streunenden Hunden gefressen wurde, oder angekettet von Psychopathen, die ihn zwangen, seinen eigenen Urin zu trinken –, kam ihr die Vorstellung, dass ihn zwei halbwüchsige Lesben in zerfetzten Jeans gefunden hatten und aufzogen, geradezu lachhaft vor. Der Gedanke, dass zwischen ihr und Lucas nur ein paar anarchistische Idiotinnen standen, erfüllte sie mit Hoffnung. Sie wusste, dass die zwei sich in einem der heruntergekommenen Wohnblocks verschanzten. Es war nur eine Frage der Zeit, bis sie einen Fehler machten. Und Dina würde da sein, wenn es so weit war.

Außerdem konnte sie endlich mal mit sich selbst ins Reine kommen; sie saß den ganzen Tag im Auto, konnte ihren Gedanken nachhängen und über ihr Leben nachdenken. Bisherige Erkenntnis: Sie fühlte sich, als befände sich über ihrem Kopf die Klobrille der Welt. Sie sah scheiße aus, fühlte sich scheiße, roch wahrscheinlich wie Scheiße und, größte Ironie von allem, hatte seit mindestens zwei Wochen nicht mehr geschissen. Sie spürte regelrecht, wie sich die ganze Scheiße in ihrem Gedärm ansammelte, jedes Mal, wenn sie in einen gebutterten Bagel biss, einen Teller Minestrone aß oder nachts aufstand, um verdammt noch mal in Frieden ein Ah Caramel zu essen. Mittlerweile mussten mindestens sechs Hühnerbrüste in ihrem Darm liegen, und gleich dann sieben, dachte sie und steckte sich eine Gabel mit dampfendem Champignonhuhn in den Mund.

Zu erkennen, dass sie sich scheiße fühlte, war besser, als sich scheiße zu fühlen und davon nichts zu ahnen. Wenn sie jetzt aufs Lenkrad einschlug, wusste sie, warum sie das tat. Wenn sie anfing, sich selbst zu ohrfeigen, den Blick gen Himmel zu richten und Gott zu fragen, warum sie verdammt noch mal lebte und er ihr nicht einfach mit einem Blitz den Kopf spaltete, weil das weniger hinterfotzig wäre, als ihr das Kind wegzunehmen, dann wusste sie, dass sie Gott nur deswegen hinterfotzig nannte, weil sie es gerade wirklich nicht leicht hatte, emotional gesehen. Wem würde es anders gehen, in ihrer Situation? Seit fast zwei Jahren lief immer wieder derselbe Film in ihrem Kopf. Wie sie den kleinen Lucas in eine Flanelldecke gewickelt mitgebracht hatte zur Comedy Night, weil Babysitter zu teuer waren und sie es keine Sekunde länger in ihrem beschissenen Kellerloch aushielt. Warum sollte sich immer nur Ken amüsieren? Im Toby's hatte er dann wie üblich das Maul zu weit aufgerissen und gebrüllt: »Mach dich von der Bühne, alte Schwuchtel!« Gerichtet an einen jungen Typen, der, wie sich herausstellte, tatsächlich eine Schwuchtel war, allerdings die Sorte mit tätowierter Träne unter dem Auge und Armen wie ein Boxer. Der Typ ging mit Ken nach draußen und schlug auf ihn ein, bis sein Gesicht nicht mehr wie ein Gesicht aussah. Immer und immer wieder schlug er zu – Dina hatte noch nie so viel Blut gesehen. Dann packte er Ken am Fuß, zerrte ihn durch die Gasse und sagte, widerliche Schwulenhasser wie er verdienten nicht zu leben. Das jagte Dina Angst ein, richtige Angst. Sie konnte Ken auch nicht besonders gut leiden, aber die Vorstellung, ohne ihn leben zu müssen, war, als würde ihr der Boden unter den Füßen weggezogen werden. Sie legte das Baby in einer sicheren Ecke der Gasse ab und rannte Ken hinterher. »Hilfe!«, schrie sie wie eine Irre. Als hätte der Rest der Welt da nicht schon längst beschlossen, dass er sich raushalten würde. Sie versuchte, Ken am Bein wegzuziehen, aber der Typ trat nach ihr wie nach einem Hund. Sie stürzte und landete mit dem Kopf auf einem Hydranten. Der Rest war verschwommen.

Wieder zu Bewusstsein kam sie auf einer Liege im Gang irgendeines Krankenhauses, Pfleger und Ärztinnen rannten hektisch herum wie gerupfte Hühner. Sie machte sich dann einfach vom Acker, nahm ein Taxi, das sie nicht bezahlen konnte, und ließ sich hinterm Toby's absetzen, wo sie jedoch nur eine leere Gasse vorfand. Nichts außer Blut und Konfetti, wo ihr Baby hätte liegen sollen. Als Ken noch in derselben Nacht aus dem Krankenhaus entlassen wurde, prügelten sie sich, dass die Fetzen flogen. Es war ein armseliger Anblick, wie sie versuchten, aufeinander einzuschlagen, meist aber nicht trafen, weil sie beide so benebelt waren von Gehirnerschütterung und Schmerzmitteln. Aber es war das erste Mal, dass sie sich prügelten, also kosteten sie es richtig aus.

Am nächsten Tag lagen sie weinend zusammen im Bett, desinfizierten einander die Wunden und packten Eis auf ihre Blutergüsse. Am Tag danach ging Ken wieder zur Arbeit, führte stolz seine Veilchen und Verbände vor und hatte Lucas offensichtlich bereits vergessen.

»Einen Scheißdreck werden die unternehmen, um ihn zu finden«, sagte er, als Dina bei der Polizei anrief. »Was juckt die das? Du bist nicht hübsch genug für die Zeitung.«

Er sollte recht behalten. Die Polizei meldete das Kind in den Medien als vermisst, aber schon nach einem Monat erhielt Dina keine Benachrichtigungen mehr. Irgendwann wich ihre Trauer einem Gefühl der Betäubung, und die Zeit verging wie ein Sturmwind, der sie vor sich hertrieb wie eine leere Chipstüte.

Dina aß alles auf ihrem Teller, hob ihn an den Mund und leckte die Soße und den restlichen Kartoffelbrei ab.

»Musst du immer so schweinisch essen?«, sagte Ken.

Dina war sowieso fertig. Sie ging ins Schlafzimmer und zog die Jeans aus. Als sie den BH abnahm, bemerkte sie Bewegungen vor dem Fenster. Sie hob den Blick und sah die zwei Lesben, die sich die Augen zuhielten und das Gesicht verzogen, als hätten sie auf eine Zitrone gebissen. Mein Gott, so schlimm waren ihre Titten nun auch wieder nicht! Für zweiundvierzig hatten sie sich eigentlich sogar ziemlich gut gehalten. Sie warf ein übergroßes Labatt-T-Shirt über, raste die Treppe hoch, warf sich quer über den Rasen und landete auf den Mädchen. Sie kreischten und fluchten und versuchten wegzurollen, aber Dina packte sie an den Haaren und drückte ihre Gesichter in den schlammigen Boden.

»Gebt mir meinen Sohn zurück!«, donnerte sie. »Wo habt ihr ihn versteckt? Das ist MEIN Junge!«

»Wir verraten dir einen Scheißdreck!«, kreischte die Femininere der beiden.

»Glaubst du vielleicht.« Dina riss die beiden an den Haaren auf die Füße und schleppte sie in ihre Wohnung. »Hol das Klebeband, Ken. Das sind die miesen Bitches, die unser Baby geklaut haben.«

Dina drückte die Mädchen auf Küchenstühle, und Ken kam, um sie mit Klebeband zu umwickeln.

»Und was machen wir jetzt?«, fragte er. »Soll ich mein Messer rausholen? Sie ein bisschen bluten lassen?«

»Was meint ihr, Mädels? Ist Familie mit meinem Sohn spielen es wert, dafür ein Ohr zu verlieren?«

Die Mädchen rührten sich nicht.

»Sieht so aus, als würden die kleinen Fotzenleckerinnen nicht besonders an ihren Ohren hängen«, sagte Dina.

Ken zog sein Taschenmesser aus der Lederjacke und ging damit auf die Mädchen zu.

»Letzte Chance, Mädels. Sagt ihr mir, wo ihr unsern Sohn versteckt habt?«, fragte Dina.

Die Mädchen schüttelten die Köpfe und kniffen die Augen zu. Eine fing an, vor sich hin zu summen. Ken trat auf die Maskulinere zu, packte sie am Ohr und drückte das Messer nach unten. Blut tropfte ihr auf die Schulter.

»Mein Gott, Ken! Jetzt schneid ihr doch nicht wirklich das Ohr ab!« Dina schubste ihn weg von der Kleinen, die jetzt weinte, dass ihr der Rotz über den zugeklebten Mund floss.

Dina konnte nicht glauben, dass sie so ein Monster geheiratet hatte. Ken schien die Idee, diesen beiden beschränkt wirkenden Mädchen wehzutun, richtig Spaß zu machen.

»Mir doch egal«, sagte Ken und setzte sich zurück aufs Sofa, um weiter Eishockey zu gucken. »Jetzt mach schon! Schieß, du Pissnelke!«

Dina holte das Verbandszeug aus dem Badezimmer. Sie reinigte die Stelle hinter dem Ohr des Mädchens mit Alkohol und Gaze und klebte ein Pflaster auf die Wunde. Beide Mädchen schluchzten so heftig, dass es sie am ganzen Körper schüttelte.

»Ist ja gut, ist ja gut, so schlimm ist es nun auch wieder nicht«, sagte Dina, der ebenfalls die Tränen in den Augen standen.

Eine Träne löste sich, dann die nächste, und plötzlich lag Dina heulend vor den Mädchen. Die eine streckte den Fuß aus und streichelte Dina mit ihren Zehen den Rücken. Seit ihrer Kindheit hatte niemand mehr Dina so berührt, seit dem Tod ihrer Mutter nicht mehr. Sie legte den Kopf in den Schoß des femininen Mädchens und weinte hemmungslos. Die Mädchen machten besänftigende Tröstlaute hinter dem Klebeband auf ihren Mündern.

»Ich vermisse meinen kleinen süßen Sohn so schrecklich«, brachte Dina schluchzend hervor.

Wieder machten die Mädchen tröstende Geräusche und neigten den Kopf.

»Gebt ihr mir mein Kind zurück?«, fragte Dina, wischte sich die Nase mit dem Handrücken und riss den beiden das Klebeband vom Mund.

»Nein«, sagte die eine.

»Nichts gibt's«, stimmte die andere zu.

»Aber vielleicht könnten Sie uns ja mal besuchen kommen«, sagte die Femininere. »Was meinst du, Allison?«

»Ich weiß nicht so recht, ob wir ihr vertrauen können«, antwortete Allison. »Du hast ein Baby in einer Gasse liegen lassen, Ma'am. In einer dreckigen Gasse voller Blut, stinkendem Müll und Scherben. Myriam und ich sind uns nicht so sicher, dass jemand wie du gut für unser Kind wäre.«

»Das war nicht meine Schuld!«, protestierte Dina. »Mein Mann ist in eine Kneipenschlägerei geraten, und ich habe gedacht, er wird umgebracht!«

»Schon klar, aber warum willst du ein Kind mit jemandem aufziehen, der ständig in Schlägereien gerät?«, sagte Allison. »Jetzt mal ganz ehrlich, der Typ sieht aus wie ein Arschloch erster Güte. Guckt der echt gerade Hockey?«

»Das geht wirklich gar nicht, in so einer Situation«, pflichtete Myriam ihr bei.

»Lutsch den Puck, du elende Prärieschwuchtel«, brüllte Ken.

Dina blickte hoch zu den Mädchen, deren junge Gesichter plötzlich so weise auf sie wirkten, als seien zwei lesbische Engel, die erschienen waren, um ihr frohe Kunde zu bringen oder zumindest ihre Selbstverarschung infrage zu stellen.

»Ihr habt recht«, sagte sie, »mein Mann ist ein echter Rohrkrepierer. Ob ihr's glaubt oder nicht, er hat unserem Sohn sogar mal Bier ins Fläschchen getan, damit er endlich einschläft.«

»Ach du Scheiße. Ich fass es nicht«, erwiderte Allison.

»Aber warum sind Sie immer noch mit ihm zusammen?«, fragte Myriam.

»Die Wahrheit ist – ich hätte nie gedacht, dass ich mal so eine Frau werde. Ich wollte nie dreimal am Tag Chipsreste vom Sofa wischen oder mich in der Kneipe verstecken müssen, weil mein Mann die Kellnerin fragt, ob beim Happy Hour Special auch ihre Möpse mit dabei sind. Aber bevor ich wusste, wie mir geschieht, war's einfach so, das ist mein Leben, und ich habe kein anderes. Ich habe immer gedacht, wenn ich diesem Leben den Rücken kehre, dann gebe ich zu, dass nichts daran gut gewesen ist. Bleibe ich besser bei dem bisschen, was ich habe. Ich weiß, das klingt bescheuert.«

»Überhaupt nicht, das macht total Sinn«, sagte Myriam.

»Ja, echt eine Scheißsituation. Sei nicht so hart zu dir selbst«, sagte Allison.

Dina dachte an ihren Vater, der Schwäche zeigen für etwas gehalten hatte, wo man gut seinen Daumen reinpressen konnte. Sie dachte zurück an die ersten paar Monate mit Lucas, wie sie sich versteift hatte, wenn er weinte. Eines Tages, wenn Lucas ein großer, starker Mann wäre, würde er sein Leben so richtig in die Tonne treten. Sie dachte, wie schön es wäre, wenn diese beiden exzentrischen Mädels Lucas so anschauen würden, wie sie jetzt sie, Dina, anschauten. *Sei nicht so hart zu dir selbst.*

»Kommen Sie doch mit, Sie können bei uns pennen«, sagte Myriam. »Unsere Couch ist megagemütlich.«

»Ist es okay, wenn ich noch kurz meine Sachen packe? Ich glaube nicht, dass ich noch mal zurückkomme«, sagte Dina.

»Lass dir Zeit«, sagte Allison. »Und nimm auf jeden Fall die Tischdecke da mit. Eine super Qualität, das Ding.«

Wie sich rausstellte, war Dina richtig gut in Boggle. Sie pflichtete den Mädchen bei, dass ihre Wohnung gute Vibes hatte, und war begeistert, wie viele Spuren ihr Sohn überall hinterlassen hatte. Auf dem Boden konnte sie die Entwicklung seines künstlerischen Talents betrachten, das, wenn sie ganz ehrlich sein sollte, nicht sonderlich bemerkenswert war – Menschen, Krokodile, Häuser –, es ließ sich unmöglich sagen, was was sein sollte. Die Mädchen sagten Dina, sie dürfe so lange bleiben, wie sie wollte – sie fänden es sogar gar nicht schlecht, wenn noch jemand zur Miete beitrug.

Als Allison losfuhr, um Jonah bei ihren Eltern abzuholen, machten es sich Myriam und Dina im Wohnzimmer gemütlich. Sie mixten Cola mit Rum und redeten über den Sinn des Lebens. Es war schwer zu sagen, worin er zu finden war, da waren sie sich einig. Vielleicht in der Natur, oder in Freundschaften. In viel Geld auf jeden Fall nicht, aber vielleicht in der Kunst oder im wissenschaftlichen Fortschritt.

Als Allison mit Jonah nach Hause kam, stellten sie ihm Dina vor, aber Dina weinte so schrecklich, dass sie kein einziges Wort herausbrachte. Sie fing an zu hyperventilieren, hörte aber sofort wieder damit auf, als sich die anderen in der Wohnung verteilten, den Kopf in den Nacken warfen und Urschreie Richtung Decke ausstießen. Erst überlegte Dina, ob sie sich ihren Sohn schnappen und wegrennen sollte, doch dann löste sich in ihr ein Schrei, als hätte der schon die ganze Zeit in ihrer Kehle gesessen. Der Schrei dauerte sehr lang. Als er endete, ließen sie sich auf den Boden fallen, und Dina tat so, als würde sie schnarchen, was Jonah zum Lachen brachte, und er versuchte, sie mit Kitzeln aufzuwecken. Sie gab laute Schlafgrunzer von sich, aber alle sahen, dass ihre Lippen bebten, weil sie so sehr lachen musste.

Sie halfen Dina beim Auspacken ihrer Sachen und beschlossen, im Wohnzimmer eine Pyjamaparty zu veranstalten. Jonah schlief in Dinas Armen ein, und die drei Moms blieben bis tief in die Nacht auf und unterhielten sich leise. Myriam und Dina fragten Allison, was ihrer Meinung nach der Sinn des Lebens war, und Allison antwortete, sie glaube, das Leben habe keinen Sinn – da sei sie Nihilistin.

»Ich glaube, Liebe ist das Wichtigste«, sagte Dina.

»Das glaube ich auch«, meinte Myriam. »Liebe.«

»Interessante Theorie«, musste Allison zugeben. »Sagen wir es so: Wenn das Leben einen Sinn hat, dann ist es wahrscheinlich die Liebe.«

Zuckerhase

Ich saß an meiner Masterarbeit über Trauma und den Missbrauchszyklus in verschiedenen Werken des Realismus. Ich schrieb das
immer wieder genau so hin: »Trauma und der Missbrauchszyklus«,
weil ich noch nicht herausgefunden hatte, wo das eine endete und
das andere begann. Viele Monate waren vergangen, und ich war
immer noch auf Seite drei. Ich dachte gern über das Trauma im
Allgemeinen nach, während ich mir Fernsehsendungen mit viel
Gewalt darin anguckte und abwartete, ob sie mich verstörten
oder bewegten. Meistens wurde mir nur schlecht vom blauen
Fernseherlicht, aber ausstellen konnte ich die Glotze trotzdem
nicht. Ich kam einfach nicht hoch vom Sofa. Statt mir etwas zu
essen zu machen, verrieb ich süße oder salzige Snacks auf meiner Zunge und warf die spuckedurchweichten Reste in eine
Schüssel.

Ich hatte den rosa Zucker von einer ganzen Packung Popcorn
gelutscht. Als Allison nach Hause kam, lächelte sie mich liebevoll
an. Es war die Art Lächeln, mit der sonst nur Welpen bebedacht
werden, die ihren eigenen Kot gefressen haben. Dass Allison meine
Depressionen anziehend fand, war mehr oder weniger das einzig
Gute daran. Ich nutzte es schamlos aus, ließ mein Gesicht ins Sofa-
polster sinken und sorgte dafür, dass sie mitbekam, wie fluffig
mein Hintern in der Jogginghose aussah.

»Endlich bist du wieder da!«, sagte ich ins Sofa. »Trägst du mich ins Bett?«

»Ich mach uns lieber erst mal was Schönes zu essen«, sagte sie und räumte die Schüssel mit dem durchweichten Popcorn, das Glas warme Milch und die Kaugummipapierchen weg. Ich warf meinen Pfannkuchenkörper herum, damit ich ihr hinreißendes Gesicht sehen konnte.

»Ich habe dich nicht verdient«, rief ich ihr hinterher, als sie in die Küche ging. »Ich bin ein Krümel auf der Couch des Lebens, und du bist das Licht, das auf mich herunterscheint. Du bist ... das Fernsehen!«

Ich hörte Wasser in einen Kochtopf prasseln, warf mir eine Decke als Cape um und schlurfte in unsere kleine, zitronengelbe Küche. Ich stützte mich mit dem Kinn auf Allisons Schulter und sah zu, wie sie eine Paprikaschote von den Kernen befreite. Ihre Hände waren perfekt, wie Marzipannachbildungen echter Hände.

»Da, hack mir mal drei Zehen«, sagte sie und reichte mir einen Knoblauch.

Ich setzte mich an den Küchentresen und beobachtete Allisons Augenbrauen, die sich in der Mitte zu treffen versuchten. Sie machte momentan Überstunden im Callcenter, weil sie hoffte, dann befördert zu werden. Nachdem sie das Abendessen für uns zubereitet hatte, würde sie noch lange wach bleiben, am Laptop sitzen und ihre EP an Musikproduzenten schicken. Ich konnte quasi dabei zugucken, wie die To-do-Liste vor ihren Augen vorbeizog wie der Eröffnungstext im Vorspann von *Star Wars*.

»Du hast mir so gefehlt. Du warst so schrecklich lange bei der Arbeit«, sagte ich. »Du liebst das Callcenter mehr als mich.«

»Ich liebe euch beide gleich«, sagte Allison abwesend, während sie die Paprikawürfel anbriet und gleichzeitig auf dem Laptop einen ihrer Tracks in einer Musiksoftware betrachtete.

»Du machst dich über meine Verzweiflung lustig«, sagte ich. »Es ist dir egal, ob ich leide oder nicht.«

»Komm her«, sagte Allison, nahm die Pfanne vom Herd und klappte den Computer zu. Sie nahm mein Gesicht in beide Hände und küsste meinen Schmollmund. »Es tut mir leid, dass ich in letzter Zeit so viel gearbeitet habe. Lass uns diese Woche abends was zusammen machen, ein echtes Date.«

»Ein Date klingt gut«, seufzte ich in der Hoffnung, sie würde mir noch mehr Schönes anbieten.

»Lust, Schlittschuh zu fahren?«

»Schlittschuhfahren, wie romantisch«, sagte ich. »Weißt du, was auch romantisch ist? Zusammen einen Film gucken.«

»Myriam, deine Depressionen werden nicht besser, wenn du nur in der Bude hockst und dir Dokus über Serienmörder reinziehst«, sagte Allison. Sie nahm mir die halb gepellten Knoblauchzehen weg und fing an, sie kleinzuhacken. »Du musst unbedingt raus – autsch!«

Allison zuckte zusammen. Sie hatte sich geschnitten, und jetzt lag die Kuppe ihres Daumens auf einem Bett aus gehacktem Knoblauch. Es war kein sehr großes Stück, nur die Hornhaut mit einer Andeutung von Rosa.

»Mein armer Schatz«, sagte ich und umfasste ihren Daumen. Die ersten Blutströpfchen sickerten aus den Poren. »Halt ihn in Milch. Angeblich hört's dann auf zu bluten.«

Allison hielt ihren Daumen unter fließendes Wasser.

»Kannst du mir mal ein Pflaster holen?«, fragte sie.

»Aber klar doch«, sagte ich und wuchtete meinen in die Decke gewickelten Körper vom Barhocker. »Schon unterwegs.«

Das Stückchen Daumenhaut nahm ich mit, weil ich dachte, vielleicht müssten wir es aus medizinischen Gründen aufheben, aber sobald ich im Bad war, wurde mir klar, dass es viel zu klein war, um wieder angenäht zu werden, und dass die Kuppe von Allisons Daumen wahrscheinlich von allein wieder nachwachsen würde. Ich betrachtete sie im Licht des Schminkspiegels: hautfarbene, mikroskopisch kleine Daumenabdrucklinien, die mich an eine rote Lakritzschnecke erinnerten. Diesen Fingerabdruck gab es auf der ganzen Welt einzig und allein bei Allison. Ich steckte mir das Stück Haut in den Mund. Es hatte einen delikaten Geschmack und eine feste Konsistenz, auf der herumzukauen mir Freude bereitete, und als ich es schließlich geschluckt hatte, fühlte ich mich leicht und aufgekratzt, als hätte mich jemand mit Helium vollgepumpt.

»Ist alles in Ordnung?«, fragte Allison, als ich wieder aus dem Bad kam. »Du siehst ein bisschen verpeilt aus.«

Ich hob ihren Daumen hoch und pustete, klebte ein Pflaster auf die Wunde, beobachtete, wie das kleine Baumwollgewebe das Blut aufsaugte, und küsste das Pflaster.

»Lass uns Schlittschuhlaufen gehen«, sagte ich. »Mir ist gerade wieder eingefallen, wie gern ich Schlittschuh fahre. Der dreifache Axel, die sexy Outfits!«

Ich fuhr mit der Zunge Allisons Ohr entlang, und sie lachte.

»Wenn man so richtig schnell fährt, bis die Pomuskeln brennen«, erzählte ich weiter und legte ihre Hände auf meinen Hintern. »Da stehe ich total drauf, wie konnte ich das nur vergessen!«

»Erzähl mir mehr«, sagte Allison und drückte mich gegen den Küchentresen.

Drei Orgasmen später verschlang ich eine ganze Schüssel Penne Primavera.

Als Allison am nächsten Abend von der Arbeit kam, zogen wir viele Schichten und Schals und Mützen an und machten uns auf den Weg zur Eisbahn, die Schlittschuhe über der Schulter. Ich fühlte mich, als wäre ich bei lebendigem Leib gehäutet worden, roh und kalt bis tief in die Eingeweide, aber davon sagte ich Allison nichts. Sie belohnte mich mit einem zärtlichen Blick.

Die Schlittschuhe zogen wir in der Umkleide des Gemeindezentrums an, umgeben von feucht riechenden, plärrenden Kindern.

»Die meisten Eltern sehen aus, als hätten sie die letzten zehn Jahre in der Achterbahn verbracht«, sagte ich zu Allison, als sie mir die Schuhe schnürte. »Au, nicht, das ist zu fest.«

Sie lockerte die Schnürsenkel ein wenig.

»Kannst du dir vorstellen, du müsstest dich nicht nur um deine eigenen Gefühle und Körperfunktionen kümmern, sondern auch noch um die von jemand anderem?«, redete ich weiter.

»Klingt doch gar nicht so schlecht.« Allison zuckte die Achseln. Ihre Mundwinkel hingen enttäuscht herunter. Sie war sensibel, wenn es um das Thema Kinder ging.

»Du wärst natürlich wie gemacht dafür«, sagte ich und fuhr ihr mit den Fingern durchs Haar. »Und ich würde dir auch helfen. Sie dreimal am Tag ausführen und so weiter.«

»Ich dachte, du wolltest keine Kinder«, sagte Allison mit so neutraler, sachlicher Stimme wie möglich. Sie machte einen Doppelknoten, damit meine Senkel nicht aufgingen.

»Es könnte schon schön sein, kleine Allisons zu haben, die mir Gesellschaft leisten, wenn du bei der Arbeit bist«, sagte ich. »Außerdem mag ich süße kleine Dingerchen.«

Ich sah, wie ihre Mundwinkel sich gegen das Lächeln sträubten.

»Ich mag süße kleine Dinge auch«, sagte sie. Sie zog mich auf die

Füße und küsste meine Nase. Mein Inneres wurde warm wie ein Lagerfeuer.

Über der Eisbahn hing in kleinen Wölkchen die Atemluft der Schlittschuhfahrer. Ein paar Kinder spielten Eishockey, die kleineren stützten sich auf Plastikstühle. Allison und ich fuhren Hand in Hand und versuchten, uns umeinander im Kreis zu drehen. Dann wollte sie mir ein Kunststück vorführen, das sie als Kind gelernt hatte, eine gesprungene Drehfigur, die sie ganz sicher noch beherrschte. Ich stellte mich an den Rand und sah zu, wie sie erst vorgebeugt Tempo aufnahm und dann hochsprang. Doch als sie abhob, blieb sie mit der Kufe am Eis hängen und krachte auf die Hüfte. Sie verzog das Gesicht vor Schmerzen.

»O nein, mein armer, armer Schatz!«, schrie ich und fuhr auf sie zu, um ihr aufzuhelfen.

Ich bemerkte ein Mädchen, das ebenfalls reichlich schnell auf Allison zufuhr und ihrer nackten, auf dem Eis ausgestreckten Hand gefährlich nah kommen würde. Ich hielt es für das Beste, der Kleinen einen Schubser zu versetzen, damit sie in eine andere Richtung steuerte und meine Liebste nicht gefährdete. Ich rammte sie mit der Hüfte, allerdings zu meinem Schrecken von der falschen Seite, sodass sie ins Stolpern kam, mit der Kufe direkt auf Allisons rechtem Zeigefinger landete und ihn abtrennte. Er trudelte übers Eis davon.

»O Scheiße, Süße, Scheiße, Scheiße!«, schrie ich. Das Blut spritzte aus der Stelle, wo sich früher ihr Zeigefinger befunden hatte. Es waren solche Unmengen von Blut, dass es aussah, als sei ein Requisiteur versehentlich auf die Pumpe mit dem roten Maissirup getreten. Ich bemerkte, dass Allison ihren Mittelfinger umklammerte, scheinbar war der auch halb abgetrennt. »Ich rufe einen Krankenwagen, halt deine Hand über den Kopf oder so.«

Das Mädchen stand auf dem roten Eis und kreischte durchdringend wie eine Sirene. Ihre Eltern kamen, um sie wegzuholen, und sahen vom Rand aus zu, wie sich die Sanitäter um Allison drängten, deren Gesicht mittlerweile die Farbe von Galle angenommen hatte.

»Hat irgendjemand den Finger gesehen?«, schrie ein Sanitäter. »Schnell, sucht den Finger!«

Sämtliche Erwachsenen auf dem Eis begannen mit der hektischen Suche nach dem fehlenden Finger, während ich neben Allison kauerte, deren Gesicht in einem Ausdruck ernster Nachdenklichkeit oder Sorge erstarrt war. Wie eine griechische Statue sah sie aus. Ich sei ja da, flüsterte ich ihr ins Ohr, alles würde wieder gut.

Niemand fand den Finger.

Im Krankenhaus mussten die Ärzte ein wenig Haut von Allisons Po auf den Knöchel des Zeigefingers verpflanzen, damit die Wunde wieder schön verheilte.

»Wirklich zu schade, dass wir den Finger nicht finden konnten«, sagte unsere sommersprossenübersäte Ärztin. »Aber immerhin stehen die Chancen gut, dass der Mittelfinger wieder vollständig anwächst. Nehmen Sie einmal pro Woche den Verband ab und waschen Sie ihn, und falls der Finger schwarz wird, melden Sie sich sofort.«

Zwei Nächte lang schlief ich auf einem schmalen Klappbett neben Allisons Krankenhausbett und streichelte ihr die Stirn, wenn sie sich herumwälzte und im Schlaf stöhnte. Meine Liebste so leiden zu sehen, war schrecklich für mich, und der Gedanke, dass ich nicht ganz unschuldig daran war, bedrückte mich. Ich musste in Sekundenbruchteilschnelle eine Entscheidung treffen, sagte ich mir immer wieder, und habe getan, was in dem Augenblick das Beste für sie zu sein schien. Außerdem hatten uns die Ärzte versichert, es sei gar nicht so schlimm. Nebenan hatten sie jemandem beide Beine amputieren müssen. Allison waren immerhin die anderen Finger geblieben. In null Komma nichts würde sie sich daran gewöhnen.

»Also«, sagte ich und sprang auf unser Bett, in dem Allison um zwei Uhr nachmittags immer noch schlief. »Wir haben Eis am Stiel und die Sahnebonbons, die du so gern magst. Ich dachte, wir könnten nachher was von deinem Oxy schlucken und *Alien* gucken.«

Allison betrachtete mich, unser Zimmer und ihre verbundene Hand, als erkenne sie nichts davon wieder. Als wir am Vorabend aus dem Krankenhaus heimgekommen waren, war sie ziemlich zugedröhnt gewesen von den ganzen Schmerzmitteln.

»Ich muss mich bei der Arbeit melden«, sagte Allison. »Kannst du mir mein Telefon bringen, Myriam? Und kannst du mal nachsehen, ob wir was zu essen haben? Ich bin am Verhungern.«

»Klar«, sagte ich. Widerstrebend entfernte ich mich von meinem Laptop, auf dem ich genug Horrorfilme in der Warteschlange hatte, um uns bis zum Schlafengehen abzulenken.

Aus der Küche hörte ich, wie Allison mit der Stimme redete, die ich ihre Elternabendstimme nannte. Die Stimme erinnerte mich jedes Mal daran, dass sie ein paar Jahre älter war als ich, und sie törnte mich an.

»Wir können Ketchupsuppe machen!«, rief ich mit dem Kopf im Kühlschrank.

»Geh doch bitte schnell runter zum Norman's und hol uns ein paar Frühstückssachen, und vielleicht Fisch zum Abendessen«, bat Allison mich, als ich ins Schlafzimmer zurückkam.

»Was ist mit unserem Film? Ich dachte, wir könnten kuscheln.«

»Wir gucken den Film beim Essen, okay?«, sagte sie. »Ich geb dir ein halbes Oxy ab.«

»Fisch«, seufzte ich. »In welchem Gang find ich den?«

Auf dem Weg zum Supermarkt, um meiner Süßen einen Gefallen zu tun, steckte ich die Hand in die Parkatasche und spürte unter meinem Geldbeutel etwas Fleischiges. Allisons Finger glitt in meine Hand, wie zahllose Male zuvor, als er noch an ihrem Körper saß. Natürlich grauste es mich, als ich ihn dort fand, und noch viel grauslicher war, dass es in meinem Kopf schon einen fertigen Plan gab: Ich würde den Finger in der Gasse hinter unserer Wohnung verspeisen, irgendwo, wo mich niemand sah. Aus dem Müllcontainer stieg ein widerlich gammliger Geruch, aber ich bekam trotzdem Appetit.

Das Fleisch war so zart, dass ich kaum spürte, ob ich überhaupt auf etwas biss, bis ich mit den Zähnen auf den Knochen stieß und mein Mund sich mit einem strengen Umamigeschmack füllte. Ich musste mir den Mund zuhalten, um das wilde Stöhnen zu dämpfen, das wie Liebeslieder aus mir drang. Nachdem ich den Knochen viel zu schnell abgenagt hatte, ließ ich ihn in den Müll fallen und ging weiter zum Supermarkt.

Es war ein Gefühl, als würde ich zum ersten Mal aus einem klebrigen Urbrei auftauchen. Ich konnte die Blumen riechen, die unter dem Schnee darauf warteten, geboren zu werden. Eine ältere Frau lächelte, und ich konnte hinter ihre Zähne sehen, in ihre Kehle, ihre Speiseröhre hinab bis in ihren Magen, in dem Liebe köchelte wie ein dunkelgrüner Zaubertrank. Überall war Liebe. Kleine Läden sprangen aus dem Gehweg wie Seiten in einem Aufklappbilderbuch, die Backsteine leuchteten so hell, dass ich sie kaum anschauen konnte.

Im Norman's gab es keinen Gang für Fisch, hatte Allison gesagt. Die Fischtheke war hinten. Eingerahmt von Glasvitrinen schimmerten Regenbogen auf blass öligem Fleisch. Schwarze und gelbe Augen waren tief wie die Meere, die sie gesehen hatten. Das Leben selbst lag nackt und ausgeweidet vor meinen Augen.

Und dann überfiel mich der Geruch: stinkender Tod. Die Leuchtstoffröhren an der Decke waren zu grell, sie brannten sich durch meine Augäpfel und brachten mein Hirn zum Schmelzen. Die Wärme in meinem Bauch verwandelte sich in Säure. Ich rülpste mit geschlossenem Mund, und der strenge Fingernachgeschmack füllte meine Nebenhöhlen.

Vor dem Norman's erbrach ich mich auf dem Gehweg, das Fleisch ergoss sich in Brocken aus meiner Kehle und Nase. Es schmeckte wie Müllcontainer, und womöglich hatte nicht der Müll den Gestank verursacht, sondern der Finger. Außerdem wurde mir klar, dass ich das wahrscheinlich gewusst und den Finger trotzdem gegessen hatte; so ähnlich wie damals, als ich mit dem Sportass Julien Martone schlief, obwohl sein Penis mit verdächtigen Quaddeln bedeckt war. Wochen später tat ich völlig schockiert – ich keuchte hörbar und fluchte lauthals –, als Pusteln auf meinen Schamlippen auftauchten, dabei war ich allein im Badezimmer, und es gab niemanden, den ich von meiner Unschuld überzeugen konnte.

Auch jetzt war ich wahnsinnig enttäuscht von mir, genau wie bei der Sache mit Julien. Fischlos schleppte ich mich nach Hause, voller Reue und schlecht gewordener Liebe, und konnte es kaum abwarten, vor meiner Süßen Buße zu tun. Ich kroch zu Allison ins Bett, schmiegte mich an ihre Brust und passte dabei auf, dass ich nicht an ihre verletzte Hand stieß.

»Du hast ja Fieber«, sagte Allison und streichelte meine schweißnasse Wange. »Was ist denn los?«

»Wahrscheinlich habe ich mir im Krankenhaus einen Virus ein-
gefangen«, wimmerte ich.

Allison schob sich auf die Ellbogen und wuchtete sich aus dem
Bett. Sie ließ mir ein heißes Bad ein und löste Backnatron darin auf.
Mit ihrer guten Hand bildete sie eine Spinne und massierte mir die
Kopfhaut, während ich mir stöhnend den Bauch hielt, alle paar
Minuten den Kopf aus der Wanne reckte und in die Schüssel
kotzte, die Allison auf den Knien hielt.

In den nächsten Tagen kümmerte Allison sich um uns beide und
gewöhnte sich daran, mit einer Hand Misosuppe zu machen und
Ingwer in Scheiben zu schneiden. Nachmittags ließ sie zu, dass ich
Filme guckte und mich an sie hängte, als sei ich die Blase und sie
der Fuß. Sie erlaubte mir, dass ich meinen Mund ewig lange auf
ihren drückte, obwohl mir immer noch ein wenig schlecht war.
Ich litt wie ein Hund für das, was ich getan hatte, körperlich und
seelisch, wenn ich mitansehen musste, wie Allison wegen ihrer
neu erworbenen Einschränkung mit den alltäglichsten Dingen
kämpfte. Trotzdem hatte ich das Gefühl, dass unsere Bindung
durch das Elend aufblühte. Und von Neuem wurde mir klar, was
ich an Allison so liebte: Nicht in erster Linie ihren Geschmack,
sondern ihre Fürsorglichkeit und Verlässlichkeit. Sie war mein
Fels, und von jetzt an würde ich versuchen, auch der ihre zu sein.

Nach einer Woche ging es mir wieder gut, und ich war fest entschlossen, mich so gut wie irgend möglich um meine Liebste zu
kümmern und unorthodoxe Gelüste und egoistischen Hunger zu
ignorieren. Meine Depressionen waren zwar zurückgekehrt, aber
ich erledigte trotzdem Allisons Bankgeschäfte, schrieb für sie an
Musikproduzenten, schnitt ihr die Fingernägel und frisierte ihr
das Haar, damit ihr Selbstwertgefühl durch den Unfall nicht zu lei-

den begann. Jede Woche nahm ich ihre Fingerschiene ab, und auch wenn ich ein oder zwei Mal die Zunge in einen besonders blutigen Verband steckte und mich dann vor Ekstase zuckend auf dem Badezimmerboden wand, war es mein oberstes Ziel, die bestmögliche Freundin zu sein.

Eines Abends vor dem Schlafengehen bemerkte ich beim Desinfizieren von Allisons Finger, dass eine schüchterne Lage Fleisch über den von der Schlittschuhkufe geschaffenen Spalt gewachsen war, wie die ersten Blümchen auf der verkohlten Erde nach einem Waldbrand. Heilendes, frisches Blut füllte pochend den Mittelfinger. Aber ich spürte auch, wie sich der Finger unter der neuen Haut nur halbherzig mit dem Knöchel verband, als wolle er im Grunde gar nicht dort festsitzen. Ich spürte, wie leicht, mit einem einzigen Ruck, der Finger abzutrennen wäre, und malte mir aus, wie frisch er schmecken würde, wie lebendig.

Doch dann stellte ich mir Allisons Blick vor, wenn ich ihr wehtäte. Wie ihre Liebe zu mir auf einen Schlag erlöschen würde. Ich stellte mir unseren Schrank ohne ihre Kleider vor. Also atmete ich, statt am Finger zu ziehen, tief durch und sagte: »Lass uns ein Kind haben.«

»Myriam?«, brüllte Allison aus dem Wohnzimmer. »Kommst du mal und hilfst mir mit den blöden Druckknöpfen an der Windel? Diese Dinger sind einfach nicht für Menschen mit nur einem Zeigefinger gemacht.«

»Komme«, rief ich, ohne die Augen zu öffnen, und merkte, wie ich sofort zurückglitt in meinen öligen Halbschlaf.

In der vergangenen Nacht hatten sich Allisons Koselaute immer wieder in meinen Schlaf geschlichen. *Du riechst wie eine süße kleine Kürbisblüte*, sagte meine Betreuerin an der University of British Columbia zu mir, nachdem sie mir mitgeteilt hatte, dass ich wegen genereller Faulheit der Universität verwiesen würde, und weil sich die anderen Studierenden in meiner Nähe unwohl fühlten. Später in der Nacht war ich davon aufgewacht, dass Allison schrie. Das passierte regelmäßig, wenn Jonah sich im Bett von ihr wegdrehte und sie ihn nicht mehr spüren konnte. Einmal beging ich den Fehler, ein Gitterbett vorzuschlagen, weil ich meinte, wenn er in einem kleinen Käfig schlafe, verliere man ihn nicht so schnell aus den Augen. Nach einer peinigend einsamen dreitägigen Verbannung aufs Sofa wagte ich nie wieder, das gemeinsame Schlafen in einem Bett infrage zu stellen.

»Ich muss zur Arbeit«, sagte Allison und steckte den Kopf zur Tür herein.

Aufgrund der Verletzung hatte Allison ihre Beförderung nicht bekommen, und ein Produzent hatte zwar wegen ihrer EP zurückgeschrieben, aber sie besaß nicht mehr die nötige Fingerfertigkeit am Laptop, um die verlangten Änderungen schnell genug auszuführen. Ich fühlte mich schuldig, dass mein Verhalten womöglich zu dieser enttäuschenden Entwicklung beigetragen hatte, und erklärte mich deswegen bereit zum Kinderhüten, als Allison zurück zur Arbeit gehen wollte.

»Ja«, sagte ich. »Bin wach.«

Im Wohnzimmer machte Allison sich am Wickeltisch zu schaffen. In ihrem kohlschwarzen Outfit sah sie aus wie ein Kadaver. Sie war in kalten Schweiß gebadet, ihre Hände zitterten, vermutlich bedingt durch den Schlafmangel und die Tatsache, dass sie sich zum ersten Mal seit Jonahs Geburt weiter als eine Beinlänge von ihm würde entfernen müssen. Nachdem ich die Knöpfe an dem Windelhöschen zugedrückt hatte, legte Allison Jonah in die Babywippe und beugte sich über ihn, nahm seine Fäuste in den Mund, gab ihm quietschende Küsse in den Nacken und flüsterte ihm Sachen ins Ohr. Die beiden hatten jede Menge Geheimnisse vor mir.

»Mach dir keine Sorgen, Süße«, sagte ich. »Der kleine Geier und ich werden uns bestens amüsieren.«

Ich schob die bleiche, bebende Allison aus der Wohnung und hörte, wie sie sich von der Tür entfernte und wieder zurückkam. Irgendwann aber ertönte das *Ping* des Aufzugs, dann schloss sich langsam die Kabine. Ich ging zum Kühlschrank und wärmte ein Fläschchen mit Allisons Muttermilch in der Mikrowelle auf. Ich goss sie in eine Kaffeeschale und nahm einen köstlichen Schluck. Sie schmeckte, als würde ich aus dem besten Mittagsschlaf meines Lebens erwachen. Ich öffnete die Jalousien, legte Tame Impala auf und setzte mich an meine Masterarbeit.

Einige Vertreterinnen und Vertreter des Realismus, argumentierte ich, vermieden offensichtliche, an Kitsch grenzende Symbolik, wenn sie über Trauma und den Missbrauchszyklus schrieben. Es war nicht ganz unproblematisch, Sachverhalte surreal darzustellen, die sowieso schwer zu begreifen waren. Im wahren Leben zeigten sich Trauma und der Missbrauchszyklus häufig als eine diffuse Wolke des Verkehrten, die über den Betroffenen hing, weswegen sich diese in nicht zu verstehender, bisweilen perverser Art und Weise verhielten. Bei manchen Vertreter:innen des Realismus führte selbst schon eine auf den Einzelsatz beschränkte Metaphorik zu möglicher Dissoziation und Missverständnissen. Sie verfolgten Trauma und den Missbrauchszyklus durch den gesamten Körper, versuchten, beides im knarrenden Kiefergelenk zu verorten, in den trockenen Hautfalten eines Fingerknöchels, einem entzündeten Stück Darmwand. Wenn Trauma und der Missbrauchszyklus isoliert werden konnten – eine fleischige Perle, die in einer der beiden Herzkammern dümpelte –, dann konnte beides auch extrahiert und unter kontrollierten Bedingungen zur Explosion gebracht werden. Niemand musste verletzt werden.

Als die Wirkung der Milch viel zu schnell nachließ, verschwamm die Masterarbeit vor meinen Augen, die Fäuste hingen schwer an meinen Seiten wie kleine Bowlingkugeln, und schon war ich zurück in den dunklen Tagen von Allisons Schwangerschaft. Neun Monate hatte ich mich innerlich von Depressionen auffressen lassen und gegen den hormonellen Reiz ihres anschwellenden Körpers gewehrt. Nach der Geburt hatten ihre Plazentapillen himmlisch bei mir gewirkt, aber neulich hatte ich an einem einzigen Nachmittag, an dem Allison und Jonah zur Vorlesestunde in der Bibliothek waren, die gesamte letzte Handvoll auf einmal geschluckt. Es war einer der schönsten Nachmittage meines Lebens – ich war draußen in der Natur und genoss den Sonnenschein, der wie ein Serum in meine Haut eindrang –, aber die Wochen danach waren unerträglich gewesen. Dann hatte Allison probeweise mit dem Abpumpen der Muttermilch angefangen, damit Jonah schon ans Fläschchen gewöhnt war, wenn sie zurück zur Arbeit ging. Hier und da hatte ich mir heimlich einen schnellen Schluck in den Mund gespritzt und das Fläschchen mit Wasser und Babynahrung wieder aufgefüllt. Im Vergleich zu ihrer Plazenta – die schmeckte, als würde man einen gleißenden Sonnenuntergang schlucken – war die Milch ein eher mildes Säftchen. Wenn ich Muttermilch trank, wirkte die Welt auf einmal klar, mein Körper leicht und nützlich, mein Gehirn wie ein brandneuer Laptop, auf dem man dreißig Tabs gleichzeitig offen haben konnte. Aber schon wenige Stunden später war ich wieder mein altes, träges Ich, nur noch schlimmer, weil ich wusste, wie anders es auch sein könnte.

Als Allison am Vormittag anrief, krächzte ihre Stimme, so von

Gefühlen überwältigt war sie. Sie bat mich, das Telefon neben Jonah zu legen. Sie redete mit ihrer leisen Metronomstimme auf ihn ein, und es tat mir im Herzen weh, dass sie nicht mich angerufen hatte, sondern ein Baby, das Sprache wahrscheinlich noch nicht mal verstehen konnte. Ich war so sauer, dass ich Allison mittendrin einfach wegdrückte, und als Jonah anfing zu weinen, machte ich es mir auf dem Sofa gemütlich und stellte *True Blood* im Fernsehen an. Aber egal, wie laut ich aufdrehte, Jonah konnte mithalten. Das Geschrei aus seiner kleinen, wunden Kehle erfüllte die Wohnung wie ein tödliches Sonar.

»Bitte hör auf zu weinen«, versuchte ich, vernünftig mit ihm zu reden. »Echt jetzt, Junge, ich hab's ja kapiert: Du bist traurig.«

Ich überlegte, ob ich ihn auf den Arm nehmen sollte, aber ich wusste nicht, wie. Er trat und schlug so aggressiv um sich, dass ich vermutete, seine Gliedmaßen würden auf mich einhacken wie die stumpfen Rotorblätter eines Deckenventilators. Ich saß sehr lange auf dem Sofa und beobachtete ihn, voller Sorge, dass eine Arterie platzen und er unter meiner Aufsicht einen Hirnschlag erleiden würde. Das würde Allison mir nie verzeihen. Ich hatte fürchterliche Kopfschmerzen.

Nach Jonahs Geburt übertrug Allison mir jede Menge widerliche und langweilige Aufgaben, zum Beispiel das Waschen der wiederverwendbaren Windeln, auf denen sie bestand. Aber bis jetzt war Jonah eine Art fettes, strampelndes äußeres Organ gewesen, das in einem Tragetuch an Allison hing. Wenn ich ihn länger als zehn Sekunden auf dem Arm hielt, fing er an zu weinen und ich reichte ihn Allison. Mir kam es pervers und möglicherweise sogar illegal vor, dass sie ihn mir anvertraut hatte, obwohl ich erwiesenermaßen inkompetent in allem war, was ich in meinem Erwachsenenleben jemals in Angriff genommen hatte.

Ich drehte Jonahs Babywippe Richtung Fernseher, zappte von einem Programm zum nächsten und hoffte, dass irgendetwas seine Aufmerksamkeit erregen würde. Tatsächlich interessierte ihn eine Sendung, in der Lastwagen auf der Autobahn aus dem Straßengraben gezogen wurden – auch mich hatte die Sendung schon an vielen Vormittagen herrlich sediert. Als Jonah den Männern in neonfarbenen Winteroveralls dabei zusah, wie sie kenntnisreich auf einen riesigen umgestürzten Lkw mit Hebebühne zeigten, verwandelte sich seine violette Gesichtsfarbe allmählich zurück in ein gesünder wirkendes Rot, als sei er gerade joggen gewesen. Er krümmte sich in seinem Baumwollstrampler mit Kapuze zusammen wie ein Ringelschwanz.

Das gab mir neuen Mut, und ich fasste mit einer Hand um seinen kleinen Brustkorb und versuchte, ihn hochzuheben. Doch sein Kopf kippte zurück wie totes Gewicht, also schob ich die Hand darunter und hob ihn am Po hoch. Dann setzte ich mich zurück aufs Sofa, wo er auf meiner Brust lag wie ein heißes Brot.

»Das nennt sich *Power Buckling*«, erklärte ich ihm, während wir den Neonmännern dabei zusahen, wie sie Stahlseile unter dem Motor des Lastwagens befestigten. Jonahs Augen leuchteten auf, als er meine Stimme hörte, als verstände er, was ich sagte. Wahrscheinlich würde er mal sehr schlau werden.

Ich ignorierte Allisons Anrufe, aber gegen Mittag schickte sie mir eine Nachricht, ich solle nicht vergessen, Jonah etwas zu trinken zu geben, also mischte ich Babynahrung an und gab ihm das Fläschchen. Danach schlief er viele Stunden lang auf meinem Bauch, was mir die perfekte Entschuldigung dafür gab, mich den ganzen Nachmittag über nicht von der Stelle zu rühren. Wie sich herausstellte, war der Lebensstil von Babys und Depressiven ziemlich kompatibel.

Als Jonah wieder wach war, übte ich, Salzbrezeln auf seinem Kopf zu balancieren und sie dann mit lauten Schmatzgeräuschen zu verspeisen. Das brachte ihn zum Lachen, also tat ich so, als würde ich seine Bäckchen anknabbern, seine Nase, seinen kleinen, runden Bauch.

»Schmatz«, sagte ich. »Schmatz, schmatz.«

Als ich so tat, als würde ich auf Jonahs Füßen herumkauen, fiel mir ein, dass diese Füßchen, diese warmen, watteweichen Minimuffins zwischen meinen Zähnen, im Grunde meine Idee gewesen waren. Nie zuvor war ich in einer Beziehung gewesen, in der mein Gegenüber nur deshalb existierte, weil ich es so gewollt hatte. Das erschien mir zu viel an Verantwortung, aber gleichzeitig hätte ich Jonah am liebsten unter den Achseln gepackt und stolz einer großen Menschenmenge präsentiert, wie einen kleinen Simba. Da dachte ich mir, ich ziehe die Söckchen mal aus, nur um sie besser betrachten zu können, diese Füße, die ich mir ausgedacht hatte.

Der linke sah irgendwie komisch aus, wie bei einem Frosch oder einem Alien. Drei fette Zehen zappelten, und wo der kleine Zeh hätte sein sollen, war eine Narbe. In der anderen Lücke klebte ein dunkelrot verfärbtes Nemo-Pflaster. Ich wollte gerade unter dem Pflaster nachgucken, als ich den Schlüssel in der Tür hörte. Allison wurde kreidebleich, als sie sah, wie ich Jonahs Fuß betrachtete. Schweigend stand sie in der Tür.

»Wie konntest du nur?«, sagte ich, seltsam verletzt. »Du sollst hier doch die Erwachsene sein.«

»Myriam«, antwortete Allison und kam vorsichtig näher. »Das bin ich auch.«

»Ja, aber dann musst du doch das Richtige tun!« Meine Stimme wurde laut vor Aufregung.

»In dem Alter empfinden Säuglinge Schmerzen noch nicht so

wie wir«, sagte sie flehend und kam immer näher. »Er wird sich nicht daran erinnern.«

»Aber woher soll ich dann wissen, was richtig ist und was nicht?«, sagte ich.

»Ich weiß es nicht.« Sie war mir jetzt so nah, dass ich sah, wie ihr die Tränen das Gesicht herunterliefen. »Es tut mir so leid.«

Allison weinen und nicht weiterwissen zu sehen, war fürchterlich. Sofort fiel alles auseinander: die Holzdielen des Bodens, die Moleküle meines Körpers. Ich wollte schreien. Ich hatte Allison noch nie so sehr gebraucht. Ich fasste nach ihrem heißen Gesicht und leckte ihr die Tränen vom Kinn, von den Wangen und Wimpern. Ich öffnete ihren Mund und schluckte ihre traurige Spucke. Ich biss ihr auf die Zunge; Blut vermischte sich mit Speichel und stieg mir sofort zu Kopf. Allison schrie auf, wehrte sich aber nicht. Stattdessen zog sie mich in unser Schlafzimmer, ließ ihre Hose fallen, nahm eine scharfe Nagelschere vom Nachttisch und drückte sie mir in die Hand.

Selbst kurz nach der Geburt hatte Allison von zu Hause aus in Teilzeit gearbeitet. Sie schleppte Jonah die ganze Zeit mit sich herum und schaffte es trotzdem, alle Mahlzeiten zu kochen und meine Kleider wegzuräumen, die ich in der Form meines Körpers genau dort, wo ich sie ausgezogen hatte, auf dem Boden liegen ließ. Jeden Abend massierte sie meine depressionsschweren Waden und küsste meine Kniekehlen und Ellenbeugen, bis ich einschlief. Jonah hing stundenlang an ihrer Brust, auch wenn er nicht mehr trank, weil sie fand, falls er Hunger bekommen sollte, wäre ihre Brustwarze so direkt in seinem Mund. Sie ging mit ihm zum Babyturnen, ins Aquarium, ins Schwimmbad und zur musikalischen Frühbildung. Sie ging sogar zu einer Logopädin mit ihm, um seine

Kehl- und Zungenmuskeln zu stärken, damit er sofort ein Verbal-
athlet wurde, sobald sein Gehirn die Fähigkeit zum Sprechen ent-
wickelte. An Tagen, an denen ich nichts als ein Schmier auf dem
Sofa war, schien ihre Energie sich zu verdreifachen. Ich hatte nie
wirklich verstanden, warum Allison mich liebte, aber jetzt war es
mir völlig klar: Sie brauchte Blutegel, so wie ich Blut brauchte.

»Jonah kann schon fast laufen«, sagte sie nach dem Sex zu mir,
nachdem ich sie strategisch und maßvoll zu mir genommen hatte.
Ihre blutige Lippe zitterte. »Bald hat er mich nicht mehr nötig.«

»Ja, schon irgendwie komisch«, pflichtete ich ihr bei. »Es ist, als
würde man ein superteures Auto kaufen, und wenn man es immer
schön pflegt, fährt es einfach davon, sobald es achtzehn ist.«

»Ich weiß nicht, was ich machen soll«, sagte Allison. »Jeden Tag
wird er älter, und ich ein bisschen leerer. Es tut so verdammt weh.«

Ich spürte, wie meine Süße in unserer nassen, roten Umarmung
schauderte. Egoistisch zu sein war für sie etwas völlig Unnatür-
liches. Sie brauchte ganz offensichtlich meine Hilfe.

»Du liebst Kinder«, sagte ich. »Also sollst du Kinder haben.«

»Nicht so schnell, Kale!«, schrie ich, als ich den Blick kurz von meinem Telefon löste.

Kale rannte irgendeiner Art von Ball hinterher, und das Polyes-
tertrikot über seinem schweinchenweichen Bauch warf Falten. Ich
lag im Park in der Nähe unseres Hauses und scrollte so schnell
durch Instagram, dass mein Hirn die Bilder nur unterbewusst
wahrnahm, wenn überhaupt. Es war ein langweiliger Zeitvertreib,
aber er half mir gegen die Echtheit der Welt, die mir immer mal
wieder ins Fleisch schnitt, meistens, wenn ich die Kinder hatte.

»Du bist das Baby und ich bin der Daddy und ich bin auch der
Pizzabäcker und das hier ist meine Pizzeria und hier säbele ich den

Käse ab«, sagte Kiki und drückte mir dazu oft irgendeinen Plastikgegenstand in die Hand. Sein rosiges kleines Gesicht tauchte vor mir auf und, einmal im Fokus, attackierte mich mit seinen hyperrealistischen Wimpern und den runden, gallertartigen Wangen. Meine Gedanken wurden tintenschwarz und schlaff. Dann musste ich an meine Allison-Rationen gehen, um den Tag durchzustehen.

Wenn Allison bei der Arbeit war, passte ich auf, dass die Kids die grünen Smoothies tranken und die Paleomuffins und Bio-Makkaroni aus Vollkornreis aßen, die Allison für sie zubereitet hatte. Ich faltete vor dem Fernseher die Wäsche, und nachmittags ging ich mit den Kindern auf den Spielplatz. Es war uns wichtig, dass sie nicht zu sehr zunahmen und gesund blieben, auch wenn wir anstrengenden Mannschaftssport vermieden, damit ihr Fleisch nicht sehnig wurde. Bei den Hausaufgaben blickte ich ihnen über die Schulter und versuchte, mich an die Grundregeln der Mathematik zu erinnern, aber ich hatte alles vergessen. So viele Kinder zu haben war kräftezehrend, andererseits gab es meinem Leben auch den Sinn, der ihm vorher gefehlt hatte. Insgesamt gesehen war ich eigentlich ziemlich zufrieden.

Es half mir natürlich, dass Allison mich als Belohnung für meine harten Mutterpflichten ständig versorgte. Nach jeder Schwangerschaft pumpte sie ihre Muttermilch ab und fror sie in der Eiswürfelform ein, damit ich meine Dosen bis zur nächsten Schwangerschaft rationieren konnte. Dazu gab es die Plazentapillen, und seit alle Kids zu groß waren, um noch bei uns im Schlafzimmer zu schlafen, hatten wir auch wieder öfter Gelegenheit, unsere atypischen sexuellen Interessen auszuleben. Online gab es eine ganze Subkultur dazu. Da ließ sich viel lernen – zum Beispiel wie wir die wichtigsten Arterien vermeiden und die Instrumente in der Spülmaschine sterilisieren konnten.

Natürlich nahmen wir auch kleine Kostproben von den Kindern, nur um sicherzugehen, dass wir keine faulen Äpfel großzogen.

»Halt still, Framboise, es tut mehr weh, wenn du so zappelst«, sagte ich, während Allison das Knie von Framboise festhielt und ein carpacciodünnes Scheibchen Kalbfleisch absäbelte. Wir desinfizierten die Wunde, klebten ein Pflaster drauf und schickten unsere Tochter zum Spielen mit ihren Geschwistern. Das Fleisch legten wir in eine Petrischale und führten später, wenn die Kinder schliefen, eine Degustation durch. Es war potenter Stoff. Ein bisschen Abrieb von einem Knie, und wir gingen durch die Decke wie eine Rakete und liebten uns die ganze Nacht zwischen den Sternen.

»Wisst ihr eigentlich, wie hart Mommy Allison arbeiten muss, um eure hungrigen Mäuler zu stopfen?«, sagte ich, wenn die Kinder mal protestierten oder versuchten, uns Schuldgefühle einzureden. »Und ich hätte meinen Master machen können.«

Allison reagierte immer mit einem schrecklich verletzten Gesichtsausdruck, wenn die Kids aufmuckten. Der stumme Schmerz in ihren Augen brach jeden Widerstand.

»Wir sind dir für alles ganz doll dankbar, was du für uns tust, Mommy Allison«, sagte Tanya dann, und die ganze Familie versammelte sich zu einer großen Gruppenumarmung.

Tanya, zwei Jahre jünger als Jonah, malte ständig in ihrem Skizzenbuch. Sie zeichnete gern Frauen in irren, futuristischen Outfits. Framboise war unser kleines Computergenie – sie installierte schon Upgrades auf dem Familiencomputer, als sie erst sechs Jahre alt war. Weil sie so viel am Bildschirm hockte, war ihr Fleisch weich wie Flan, aber dagegen hatten wir nichts. Kale war gut in Mathe und machte sich gern in der Küche zu schaffen, wo er Dessertrezepte ausprobierte. Kiki war unser Nesthäkchen und zeichnete sich dadurch aus, dass er zum Anbeißen süß war. Seine Wangen sahen aus wie große, geschmolzene Marshmallows.

Jonah war ein toller großer Bruder. Er passte gut auf die anderen Kinder auf und sorgte dafür, dass alle sich die Zähne putzten und um acht Uhr in ihren Stockbetten lagen. Er betätigte sich auch als Babysitter, wenn Allison und ich unsere Eltern besuchten, denen wir nichts von unserer Wohnung voller Kinder erzählten. Wenn Jonah seine Geschwister dabei erwischte, dass sie Cola tranken oder Süßigkeiten aßen, schlug er ihnen mit dem Lineal auf die Hand. Bei Jonah wurde gehorcht, und weil er die disziplinarischen Aufgaben in der Familie übernahm, durfte er oft länger aufbleiben und mit uns im Schlafzimmer fernsehen. Das machte Allison glücklich, wie ich wusste.

»Moms«, sagte er eines Abends, als er fast mit der elften Klasse fertig war. »Gestern in Bio hat Matt Sandini an die Tafel geschrieben, ich wäre schwul. Dann hat er nach der Schule auf mich gewartet und mich gegen eine Wand gedrückt. Ich dachte, er würde mich verprügeln, aber er hat … mich geküsst.«

»Dieser Sandini klingt ja nach einem ziemlichen Bully«, sagte Allison. »Sollen wir uns bei der Direktorin beschweren?«

»Fandest du das schön, geküsst zu werden?«, fragte ich.

»Schon irgendwie, ja«, antwortete Jonah.

»Dann richte diesem Matt Sandini aus, wenn er noch einen Kuss will, dann muss er sich zu einem richtigen Date mit dir verabreden«, sagte Allison.

»Okay«, sagte Jonah. »Danke, Moms.«

Er rollte sich unter der Decke zusammen und guckte *CSI: Vegas* mit uns. Allison streichelte sein langes Haar, und schon bald fing er an zu schnarchen. Wir machten das Licht aus und krümmten uns um ihn herum. Er war mittlerweile zu schwer, um ihn in sein Bett zu tragen.

»Aber er ist noch zu jung für eine Beziehung«, flüsterte Allison mir über die lange Barriere von Jonahs Körper hinweg zu, Tränen in den Augen. »Er ist doch mein Baby. Ich will ihn noch nicht verlieren.«

»Mach dir keine Sorgen, das wird schon«, sagte ich schläfrig.

Allison steckte die Nase in Jonahs strähnige Haare und atmete tief ein.

In weniger als einem Jahr würde Jonah achtzehn werden. Piksige Stoppeln würden den weichen Flaum auf seinen Wangen ersetzen. Bevor wir wussten, wie uns geschah, würde er einen Job haben wollen, damit er sich ein Auto zulegen und so einen Freund angeln konnte, und mir nichts, dir nichts würde er seine liebenden Mütter einfach vergessen. Kinder waren wie Avocados: Einmal reif waren sie über Nacht verdorben. Wir durften keine Zeit verlieren.

»Moms«, sagte Jonah, seine Augen ausdruckslos und tropfend. »Es tut mir so leid.«

Wir waren nach Hause gekommen, und alle Kinder hatten am Tisch gesessen und still ihre Hausaufgaben gemacht. Nur Jonah fehlte.

»Jonah ist mit einem Jungen in euer Schlafzimmer gegangen«, petzte Framboise.

Wir öffneten die Schlafzimmertür und sahen Jonah über dem kleinen Sandini kauern, oder zumindest dem, was von ihm noch übrig war.

»Ich weiß überhaupt nicht, was passiert ist«, schluchzte Jonah,

beide Hände voll mit den Eingeweiden seines jungen Geliebten.
»Wir hatten es so schön miteinander.«

»Mein kleiner Engel«, sagte Allison. »Komm her. Es wird alles wieder gut.«

Jonah drückte seine blutige Wange an Allisons Kragen, und sie streichelte ihm übers Haar. Dann schickte sie ihn ins Bad, während wir den Leichnam betrachteten. Das Innere des Jungen sah aus wie ein Granatapfel. Jonah hatte ihn regelrecht ausgehöhlt. Mich schauderte, wie beim ersten Mal, als ich verstand, dass Hühnerfleisch von einem Huhn stammte. Nicht so eklig, dass ich es nicht mehr gegessen hätte, aber ich hielt doch einen Moment inne und dachte nach.

»Seine Eltern werden mehr als sauer sein«, sagte ich. Ich nahm mir ein Stückchen Haut von dem zerfleischten Oberschenkel und leckte daran. »Widerlich«, sagte ich. »Schmeckt wie Männerumkleide.«

Als Jonah aus dem Bad zurückkam, hatten wir schon damit angefangen, die Knochen mit einem Vorschlaghammer zu zertrümmern und Muskeln und Sehnen durchzusägen. Ein paar besonders gute Filetstücke von Oberschenkel und Schulter hoben wir auf, die sollte Jonah in Plastikfolie verpacken und im Gefrierfach verstauen. Die waren natürlich für ihn bestimmt: Uns würde das Fleisch seines Lovers nichts bringen. Mit tränenglänzendem Gesicht und vor Liebeshunger immer noch bebenden Lippen nahm Jonah das Fleisch entgegen. Allison brachte die Kinder ins Bett, und ich ging schnell zum Laden und kaufte einen extrastarken Standmixer. Allison und ich verbrachten die ganze Nacht in der Küche, wo wir die Knochen pulverisierten und den Abfluss runterspülten.

»Mommys«, sagte Kiki in seinem Minions-Schlafanzug und

steckte den Kopf zur Küche herein. »Was macht ihr da? Es ist so laut, wir können nicht schlafen.«

»Geh wieder ins Bett, Kiki«, sagte Allison. »Wir wollen keinen von euch hier sehen, ist das klar?«

Am Morgen hatten wir alles entsorgt und jeden Quadratzentimeter der Küche und des Schlafzimmers porentief gereinigt. Mit schwarzen Ringen unter den Augen zogen wir die Kinder an, gaben ihnen Geld fürs Mittagessen und küssten eines nach dem anderen auf die Stirn, als sie hinausgingen zum Schulbus.

»Nicht vergessen«, schärfte ich Jonah ein. »Du hast Matt Sandini seit gestern im Matheunterricht nicht mehr gesehen. Du bist direkt heimgegangen, um deine Hausaufgaben zu machen.«

Gebrochen nickte Jonah und schlich zur Tür hinaus.

Tagelang war er so. Er starrte ins Leere, aß kaum etwas und schluchzte unter der Dusche, dass es bis vor die Tür zu hören war. Das Fleisch des kleinen Sandini wollte er nicht, aus Respekt, sagte er, aber ich ertappte ihn ein paarmal dabei, wie er die gefrorenen Pakete anfasste, an den Mund führte und dann mit zitternden, gierigen Händen zurück ins Gefrierfach schob. Mir war klar, wie weh es Allison tat, ihn so zu sehen. Immer wieder versuchte sie, ihn in den Arm zu nehmen, aber er entzog sich und legte sich mit Kopfhörern auf den Ohren ins Stockbett. Auch mir behagte es nicht, ihn so leiden zu sehen, aber er musste lernen, dass seine Handlungen Konsequenzen hatten. Man kann seinen Geliebten nicht haben und gleichzeitig essen.

Als ich in der Woche danach auf dem Spielplatz war und Kiki wie hypnotisiert fast eine Stunde lang beim Schaukeln zuguckte, klingelte plötzlich mein Telefon.

»Mommy«, sagte Jonah, »ich bin bei der Polizei. Ich brauche einen Anwalt. Was soll ich bloß machen, Mommy?«

»Scheiße«, sagte ich. »Halt durch, mein kleiner Geier. Ich rufe Mommy Allison an.«

Ein paar Mitschüler hatten beobachtet, wie Matt und Jonah am Abend von Matts Verschwinden zusammen die Schule verließen. Scheinbar hatte es Vermutungen gegeben, die beiden könnten ein Paar sein. Die Polizei verschaffte sich einen Durchsuchungsbefehl, stellte unsere Wohnung auf den Kopf und fand Schulter und Lende des kleinen Sandini in unserem Gefrierfach, bedeckt von Jonahs Fingerabdrücken. Ich fühlte mich natürlich schuldig: Nie wäre ich auf die Idee gekommen, dass sie das Fleisch untersuchen würden.

Da Jonah schon siebzehn war, wurde er nach Erwachsenenrecht zu lebenslanger Haft verurteilt. Unser armes, kleines Baby.

»Diese miesen Schwulenhasser«, schluchzte Allison vor dem Gerichtsgebäude. »Du glaubst doch nicht ernsthaft, dass er so viele Jahre aufgebrummt gekriegt hätte, wenn es ein Heteroverbrechen aus Leidenschaft gewesen wäre? Das lassen wir uns nicht gefallen!«

Das sagte sie so, aber in Wirklichkeit wussten wir beide, dass wir nichts tun konnten. Sie verfrachteten unseren Jonah in einen Hochsicherheitstrakt. Und als er achtzehn wurde, hatte er schon so viele Zigaretten geraucht und so viele Klimmzüge gemacht, dass sein Fleisch ungenießbar sein würde, sollte er je entlassen werden.

Nachdem uns Jonah weggenommen wurde, verlor Allison so viel Gewicht, dass sie zwei Kleidergrößen kleiner trug. Stunden-, tagelang lag sie im Bett und starrte auf ihr Telefon. Die Kinder mussten sich das Tiefkühlessen selbst in die Mikrowelle stellen und bekamen keine aufmunternden Komplimente mehr von ihr. Trotzdem wuchsen sie heran, hartnäckig wie Unkraut. Und als Tanya an die

Schlafzimmertür klopfte, um uns stolz ihr Zulassungsschreiben von der McGill University zu zeigen, war sie größer und breiter als jeder Durchschnittserwachsene.

In den Monaten vor ihrem Auszug gab Tanya vor ihren Geschwistern ständig damit an, was für eine tolle Karriere ihr mit einem Doktor der Politikwissenschaften bevorstehe. Schon jetzt trug sie ständig den Kapuzenpulli mit dem Emblem der Uni und schleppte alle möglichen Insignien des Erwachsenenlebens an, keine Ahnung, wo sie die herhatte: nicht zusammenpassendes Besteck, eine echte Daunendecke. Allison sah so ausgehöhlt aus, dass ich es nicht mal übers Herz brachte, ihr den Schweiß abzulecken. Wenn sie nicht mehr funktionierte, war auch ich zu nichts mehr zu gebrauchen: ein überdimensionierter, aufgeblähter Donut, der auf dem Boden herumlag, wo die Kinder über ihn hinwegsteigen mussten.

Am Wochenende vor Semesterbeginn flogen wir mit Tanya nach Montreal, um ihr beim Einzug in das Studierendenwohnheim zu helfen, das wir nicht bezahlt hatten. Wir stellten unsere Sachen im Hotel ab und luden Tanya zu einem schicken Abendessen ein. Im Restaurant himmelte sie einen markigen Kellner im weißen Oberhemd an und schämte sich, wenn wir mit ihr redeten, selbst wenn wir sie nur fragten, was sie bestellen wollte. Ich sah deutlich, wie Allison in sich zusammensackte, als wäre ihr Herz ein Riesentrichter, in dem sie verschwand. Deswegen schlug ich nach dem Essen vor, dass Mommy Allison sich ein bisschen im Hotel ausruhte, und Tanya und ich würden einen Spaziergang auf den Waldwegen hinter der Uni machen und unsere Mutter-Tochter-Bindung stärken. Als wir die stillen, mondbeschienenen Wege entlanggingen, erwartete ich, dass Tanya mir ihr Herz öffnen würde – worum war es bei den seltsamen Zeichnungen ihrer Kindheit gegangen? Doch bis zum Schluss offenbarte sie mir keinerlei tiefere Einblicke in ihr Ich, aber Allison zuliebe schmückte ich es etwas aus.

»Sie war so ein schlaues Mädchen, von Anfang an«, flunkerte ich, als ich wieder im Hotel war und Tanya in kleinen, gut kaubaren Würfeln in Allisons Mund steckte. »Weißt du noch, wie unglaublich rosa sie war, als sie auf die Welt kam?«

Allison lächelte geistesabwesend und kaute mit wenig Begeisterung auf den Fleischstücken herum. Ein ganzer Arm und ein Bein waren notwendig, bevor das Gesicht meiner Süßen wieder zu strahlen begann. Noch zwei Gliedmaßen, und sie hatte wieder Kraft und freute sich auf unser gemeinsames Wochenende in Montreal. Ich zeigte ihr alle meine Lieblingsorte von früher, bestellte die beste Poutine für sie, und wir küssten uns unter den baufälligen Bögen alter Kathedralen.

»Das hat uns gutgetan«, sagte ich auf dem Rückflug nach Vancouver, aber Allison war wieder in sich gekehrt. Sie hatte einen Film angestellt, sah aber nur die ganze Zeit nachdenklich in den leeren Himmel.

Als wir heimkamen zu den Kindern, schien Allison endlich aus ihrer niedergeschlagenen Stimmung aufzuwachen –Tanya war in unseren Bäuchen und uns ganz nah. Wir spielten Mensch ärgere Dich nicht mit den Kids und lachten ununterbrochen. Kale und Kiki lachten mit, Framboise jedoch sah uns mit einem misstrauischen Teenagerblick an, den wir nicht zu deuten wussten.

»Tanya war seit Freitag nicht mehr auf WhatsApp. Warum antwortet sie mir nicht?«, fragte sie am nächsten Abend beim Essen.

Wir erzählten ihr, Tanya habe einen frankophonen Kanadier kennengelernt, der sie mitgenommen habe zu einem Hippie-Abenteuer irgendwo im Norden Québecs, wo es keinen Handyempfang gab. Aber Framboise ließ nicht locker.

»Können wir sie nicht wenigstens besuchen? Was ist, wenn ihr was zugestoßen ist? Warum macht ihr euch denn gar keine Sorgen?«

Mit ihren ständigen Spekulationen versetzte sie auch die anderen in Unruhe. In unserem sonst so harmonischen Zuhause herrschten auf einmal Misstrauen und Verfolgungswahn. Framboise war erst sechzehn, wir hatten also noch zwei Jahre mit ihr. Wir hatten sogar gehofft, dass sie vielleicht zu Hause bleiben würde, bis sie zwanzig oder dreißig war, weil die Entwicklung ihres Sozialverhaltens ungefähr mit zwölf stehen geblieben war. Mittlerweile war sie ein unangenehmes Mädchen, das in der Schule und bei ihrem Aushilfsjob nicht zurechtkam. Aber jetzt stellte sich heraus, dass wir uns in ihr getäuscht hatten. Sie war voller Freiheitsdrang, und noch stärker war ihre Aufsässigkeit, die manche Kinder an den zarten Wurzeln infizziert und vorzeitig verdirbt. Wir konnten nicht zulassen, dass Framboise Kale und Kiki gegen uns aufbrachte, deswegen sagten wir ihr, wir würden mit ihr in den Norden Québecs reisen, damit sie ihre Schwester besuchen konnte. Hinterher erzählten wir Kale und Kiki, Tanyas frankophoner Kanadier habe einen jüngeren Bruder, in den Framboise sich Hals über Kopf verliebt habe. Die vier hätten sich zusammen ein Liebesnest bei Chibougamau eingerichtet.

Sie schienen uns das abzukaufen, nickten, ohne richtig von den Hausaufgaben aufzublicken, aber mitten in der Nacht wachten Allison und ich davon auf, dass Kale seine und Kikis Kleider und Spielsachen in einen meiner alten Koffer stopfte. Wir waren immer noch sehr satt von unseren beiden Festmahlen – wenn wir die Hand nach dem Türknauf ausstreckten, fassten wir vorbei, weil uns so schwindlig war von den unendlichen Möglichkeiten der Liebe –, und wir hatten uns so auf Kales

Middleschool-Abschlussfeier gefreut, hatten die Jungs an Kikis zehntem Geburtstag ins Canada's Wonderland einladen wollen, aber wir mussten flexibel bleiben. Wir froren die zarten Filets ein und konservierten das Knochenmark, indem wir es dehydrierten und in Kapseln abfüllten. Wir pökelten den saftigen Schinken und legten die Zungen sauer ein. Dann packten wir unser Hab und Gut zusammen, mieteten einen U-Haul und zogen aufs Land.

Wir kauften eine Schaffarm und setzten sie instand. Es war ein schönes altes Holzhaus auf einem riesigen, flachen Grundstück, leises Blöken erfüllte die Luft. Immer wurde behauptet, Bauern hätten so ein schrecklich hartes Leben, aber wir fanden die Schafzucht viel einfacher, als jeden Tag zur Arbeit zu gehen und gleichzeitig Kinder großzuziehen. Schafe brauchten keine Hausaufgaben zu machen, sie weckten einen nicht mitten in der Nacht, weil sie Albträume hatten, und aus ihrem Haar konnte man Pullis stricken. Wir hatten ein Händchen für Schafe und bald den Ruf weg, die wohlschmeckendsten Lammkotteletts weit und breit zu verkaufen. Das Geschäft erwies sich als ziemlich lukrativ – wobei es natürlich hilfreich war, dass wir selbst kein sonderlich großes Interesse an Lammfleisch hatten. Uns fehlte einfach der Appetit von früher. Wir hatten ein erfülltes Leben hinter uns, mit genug Liebe für ein oder zwei Lebzeiten.

An den Wochenenden besuchten wir Jonah im Gefängnis. Unser Baby, unseren Augenstern. Er brachte uns zum Lachen. Er war ständig am Lesen, und jede Woche wusste er neue, interessante Dinge zu berichten.

»Kennt ihr Freud?«, sagte er bei einem unserer Besuche. »Der war davon überzeugt, dass ein Trauma körperlich immer wieder neu inszeniert wird, so lange, bis ein vollständiges, kohärentes Narrativ daraus geworden ist. Durch Therapie zum Beispiel.«

Unterm Tisch streichelte ich die glatte Stelle an Allisons Daumen, wo die Linien des Fingerabdrucks fehlten.

»Was willst du damit sagen, mein kleiner Geier?«

Gottesanbeterin

Nachts bin ich allein, die eigene Spiegelung meine einzige Gesellschaft: Im blau flackernden Licht ist mein Körper ein trockener Zweig, dazu ein Paar kugelrunde Augen. Auf dem Boden vor meinem Terrarium knurrt Allison im Schlaf und schlägt mit dem Schwanz auf die mondbeschienenen Fliesen. Sie träumt vom Hier und Jetzt; selbst schlafend ist sie wacher als ich.

Früher habe ich mal kühle Luft an meinem Körper gespürt, Wind pfiff durch hohes Gras, sodass jede Bö klang, als würde die Erde schreien. Jetzt höre ich nur noch Türen sich öffnen und schließen, sich schmatzend von Fliesen lösende Menschenfüße. In meinem Glaskasten bewegt sich die Luft nicht, fühlt sich nach gar nichts an. Die Zeit ist zwischen angemalten Kieselsteinen zerschmolzen und auf dem Grund meines Käfigs hart geworden. Ich falte die Hände. Ich hatte das nie als Beten bezeichnet. Aber jetzt bete ich. Ich bete zu Gott, er möge mich nicht ganz verlassen. In den Schatten meines Terrariums sehe ich Gottes Geist, dahinschwindend, flüsternd, ich solle ihm folgen. Wenn ich hier nicht bald rauskomme, werden Formen keine Bedeutung mehr haben. Wird Licht nur eine andere Art von Dunkelheit sein. Wenn dieser Augenblick gekommen ist, wird es zu spät sein, um mich zu retten.

Morgens wärmt die Sonne das tote Dach über meinem Kopf.

»Du musst mich hier rausholen«, sage ich zu Allison. »Ich gehe hier drin zugrunde, und niemanden kümmert es, niemand rettet mich.«

Sie bellt, und ich weiß, sie meint damit, *sie* wird mich retten. Der Schwanz wedelt, Liebe glänzt in ihren schwarzen Murmelaugen. Allison würde alles für mich tun.

»Siehst du denn nicht, dass es mir schlecht geht?«

»Doch!«, bellt sie, auch wenn sie es gar nicht sehen kann, weil sie außerhalb des Glaskastens lebt. »Doch! Doch! Doch!«

Ein Wecker klingelt. Ein Schlurfen. Die Tür unserer Geiselnehmerin geht auf. Riesengroß schlängelt sie sich durch den Raum und befreit hustend ihre verstopfte Kehle. Ihr Magen knurrt wie eine Steinlawine. Ständig hat sie Hunger. Ihr pfeifender Atem geht ohne Unterlass. Allison springt auf und tappt unserer Geiselnehmerin hinterher in die Küche, die Zunge hängt ihr in glücklicher Unterwerfung heraus.

Anfangs mochte ich Allison nicht besonders. Die Art, wie sie sich vor Dankbarkeit ganz klein machte, wenn unsere Geiselnehmerin ihr eine Leine um den Hals legte. Ich quälte Allison ein bisschen. Ich vertrieb mir die Zeit damit, ihr weiszumachen, unsere Geiselnehmerin verstecke Hundeleckerlis im Mülleimer, und dann konnte ich dabei zugucken, wie Allison sich vor Scham wand, als unsere Geiselnehmerin nach Hause kam und den ganzen Dreck auf dem Boden fand. Für Allison war es immer entweder Liebe oder Scham. Ich erlebte mit, wie sie vor lauter Selbsthass den Schwanz einzog, nachdem ihr ein vorlautes Gör in die Rippen getreten hatte. Das war das erste Mal, dass ich etwas anderes als Verachtung für sie empfand: das seltsame Bedürfnis, sie zu trösten. Am nächsten Tag, als unsere Geiselnehmerin Besorgungen machte, sagte ich ihr, wo die Leckerlis wirklich lagen, und brachte ihr bei, jeden Tag nur ein paar zu nehmen, um keinen Verdacht zu erregen. Monatelang war ich grausam zu ihr gewesen, aber nach dieser einen freundlichen Geste schenkte sie mir ihre vorbehaltlose Liebe. Und sie war schön, diese Liebe, auch wenn ich sie nicht verdient hatte. Sie gab dem beständigen Dahinträpfeln der Tage ein wenig Struktur.

Unsere Geiselnehmerin dreht sich auf dem Bürostuhl hin und her und spricht in ihr Headset. Sie lacht, ihr Mund ein zahnbesetzter Schnabel. Jede Sekunde markiert sie mit einem Kunststoffklicken. Im Lauf des Tages riecht sie zunehmend nach Galle, aber davon merkt Allison nichts. Unter dem Schreibtisch leckt sie unserer Geiselnehmerin die Füße. Am Spann und zwischen den Zehen. Der Fuß drückt sie nach unten, Allison bleibt liegen. Wenn unsere Geiselnehmerin geistesabwesend mit den Zehen durch das lichte Haar an Allisons vorgerecktem Bauch streicht, streckt Allison sich auf dem Rücken aus und stöhnt ihr Hundestöhnen. Mir hinter der Glaswand gefriert das grüne Blut.

Wenn das Tageslicht schwach wird wie verdünnter Zitronensaft, schlüpft unsere Geiselnehmerin in ihre Schuhe und klimpert mit den Schlüsseln. Die Haustür fällt zu, und sie ist weg, minuten- oder stundenlang.

»Schieb einen Stuhl ran«, sage ich zu Allison, »und schmeiß den Deckel von diesem blöden Kasten.«

Ihre Klauen klicken über den harten Boden. Sie haut die Zähne in ein Stuhlbein und zieht sabbernd daran.

»Mach schnell«, sage ich, Augen auf der Haustür.

Sie spannt sich an, ein einziger, großer Muskel, und zerrt den Stuhl zum Terrarium.

»Braves Mädchen«, sage ich, und Allison verzieht die Lippen zu einem albernen Lächeln. Sie kann nicht anders.

Sie befolgt meine Anweisungen und stößt mit der Schnauze gegen den Deckel des Terrariums. Ein lautes Klirren ertönt. Meine Augen schnellen zur Tür: Sie bewegt sich nicht.

»Und jetzt nimm mich in den Mund«, befehle ich ihr.

Ich denke daran, wie ich Allison zum ersten Mal dabei beobachtete, wie sie einen Knochen kaute. Die wischende Zunge, die unermüdlich mahlenden Zähne. Sie war völlig darauf konzentriert, noch das letzte bisschen Geschmack aus dem Knochen zu holen. Damals wurde mir klar, dass mir nie irgendetwas so gut schmecken würde. Und da wusste ich, dass es für mich keinen anderen Ausweg gab als die Flucht.

Allison steckt die Schnauze ins Terrarium, schleckt mich auf ihre Zunge und wartet auf meine nächste Anweisung. Innerlich trieft sie vor Redlichkeit. Treue sammelt sich in Wolken und regnet grundlos herunter. Ich blicke in den Tunnel ihrer Kehle, die lang und dunkel ist. An ihrem Ende sehe ich einen Funken der Liebe: den fleischgewordenen Gott.

Falls ich je etwas Nobles in meinem Leben getan habe – und es ist gut möglich, dass dem nicht so ist –, dann wird es das sein: mich Allison so hinzugeben, wie sie sich der ganzen Welt hingibt.

»Braves Mädchen«, sage ich, und sie schließt lächelnd das Maul.

So klappt es

Ash hatte einen Tisch im Toby's reserviert, und Allison und ich
wollten hingehen. Ash hatte Geburtstag, und unser ganzer Freun-
deskreis würde da sein. Wir hatten die anderen seit einer Weile
nicht mehr gesehen, weil wir immer allein in unserer Wohnung
hockten und stritten.

»Ich habe ja gar nicht gesagt, dass ich Blumen hasse, Myriam«,
sagte Allison, als wir rüberliefen zum Toby's. »Ich kapiere nur
einfach nicht, was so besonders daran sein soll. Es sind die Ge-
schlechtsorgane von Pflanzen, na und?«

»Ich schenk dir nie wieder was«, schnaubte ich empört, als ich
die Tür aufmachte.

Drinnen saß Ash ganz allein an einem langen Tisch und aß im
unvorteilhaften Licht des laufenden Fernsehers die Erdnüsse, die
es kostenlos zum Bier dazugab. In unserer WhatsApp-Gruppe
hatten wir alle Mitleid mit Ash. Dey war jahrelang in einer festen
Liebesbeziehung gewesen, hatte sich aber kürzlich von Dex getrennt und wohnte jetzt in einem Haus voller Leute, die an der nahe
gelegenen Clownschule studierten. Wir anderen hatten uns in
einem privaten Gruppenchat über unsere Besorgnis ausgetauscht
und verabredet, dass wir an Ashs Geburtstag für gute Laune sorgen würden.

Kamran und Levi kamen nach uns, gefolgt von Nate und

Vanessa. Alle gratulierten und fragten Ash, wie das neue Leben so laufe.

»Super!«, antwortete Ash. »Ich habe mich wieder bei meinen alten Freund:innen von früher gemeldet. Und ich habe ein paar Zines gemacht.«

»Das Leben als Single rockt!«, sagte Kamran.

»Bring doch das nächste Mal ein paar Zines mit. Die würden wir echt gern sehen!«, sagte Vanessa und streichelte dabei Nates Knie.

Wir nahmen uns alle eine Waffle-Fritte von Ashs Riesenportion, weil es zu peinlich war, Ash das ganze Ding allein verputzen zu lassen wie die Parodie eines einsamen Menschen.

»Allison hat früher auch Zines gemacht, bevor sie die Kunst aufgegeben hat«, sagte ich, während ich die Fritte mümmelte. »Stimmt's, Hase?«

»Den Kunstmarkt kannst du eh vergessen«, brummte Allison in ihr Bier.

»Sie arbeitet immer noch im Callcenter, obwohl sie den Job hasst, aber sie bewirbt sich einfach nirgendwo anders. *Ring-ring*, da braucht wohl jemand einen Weckruf«, lachte ich, allein.

»Kapitalismus, hab ich recht?«, sagte Allison auf ihre typisch sarkastische Art, und alle nickten. Mit monotoner Stimme sagte sie: »Alles ist Müll.«

Der ganze Tisch brach in Gelächter aus, und ich sah, wie Allisons Mund gegen ein stolzes kleines Grinsen ankämpfte.

Levi und Kamran schenkten uns aus dem Pitcher Bier nach und erzählten von einer Hochzeit in Island, auf der sie gerade gewesen waren. Sie ließen Kamrans Handy rumgehen mit den Bildern eines gazewehenden Festsaals, einer romantisch frisierten Braut und eines hohen, schäumenden Wasserfalls, unter dem Levi im Vordergrund stand und den Mund aufsperrte, als wolle er ihn trinken.

»Könnt ihr euch das vorstellen, an so einer Location zu heiraten?«, fragte ich verträumt, während ich durch die Bilder scrollte.

»Wenn ich meine, verreisen zu müssen«, sagte Allison, »dann esse ich einfach ein Croissant in einem überfüllten Café, und schon bin ich drüber weg.«

Die anderen lachten sich so dermaßen tot über diesen Spruch, dass es schon fast gefährlich aussah, als würden sie gleich ersticken.

»Wir überlegen, nächsten Sommer mit dem Fahrrad runter nach Mexiko zu fahren«, meinte Nate, als sich alle wieder eingekriegt hatten.

Nate und Vanessa standen seit Neuestem total auf Rennräder. Mittlerweile hatten sie den Rädern sogar schon ein eigenes Zimmer in ihrem Haus gewidmet; sie hatten mehr als ein Dutzend davon, um in allen möglichen Geländen und bei jedem Wetter fahren zu können.

»Die Biking Community ist echt genial«, sagte Vanessa. »So warmherzig und divers.«

Die Veränderung an den beiden war mir sofort aufgefallen, als sie ins Toby's kamen. Sie hatten einen breiteren Gang und strahlten dadurch mehr Selbstbewusstsein aus. Ihre Körper wirkten straffer, als wären sie von den Füßen bis zum Hals gefesselt und die ganze Lebenskraft würde hoch in ihre Gesichter gepresst, wie bei Würstchen, deren Spitze aufgeschnitten wurde. Sie strahlten geradezu.

»Das Radfahren tut uns wirklich total gut«, flüsterte Vanessa mir später zu, als wir uns auf der Toilette die Hände wuschen. »Früher hatten wir jede Menge Probleme. Nate wollte, dass seine kranke Mutter bei uns einzieht, aber ich habe gesagt: Kommt überhaupt nicht in die Tüte, ich bin doch keine Pflegekraft. Und er meinte dann: Wie soll ich eine Familie mit jemandem gründen, der keinerlei Familiensinn hat? Ich habe echt gedacht, wir müssten uns trennen. Und dann sind wir eines Tages auf unsere Fahrräder gestiegen, und der ganze Mist spielte keine Rolle mehr.«

»Aber es geht ihr gut?«, fragte ich. »Nates Mom?«

»Natürlich«, antwortete Vanessa geistesabwesend, während sie im Spiegel einen schnellen Blick auf ihre durchtrainierten Oberschenkel warf.

Später gingen Allison und ich durch den Regen nach Hause.

»Kannst du bitte aufhören, vor unseren Freunden so über mich zu reden?«, sagte Allison.

»Ich habe nur die Wahrheit gesagt«, verteidigte ich mich. »Ich darf doch wohl noch die Wahrheit sagen, oder?«

Darauf legte sie los und stach mit dem Zeigefinger in die Luft vor meinem Gesicht, als befände sich dort ein Ampelknopf. Ich sei total egoistisch und hätte sie vor ihren Freunden wie eine Idiotin dastehen lassen.

»Das sind auch meine Freunde«, sagte ich.

»Die hast du nur mir zu verdanken«, entgegnete sie, und tief im Innern wusste ich, dass sie recht hatte.

»Tut mir leid«, sagte ich. »Manchmal glaube ich bloß, du liebst gar nichts mehr. Mit so was zu leben, ist schwierig.«

»Ich liebe dich, oder etwa nicht?«, sagte sie zornig.

»Kann sein«, sagte ich. »Aber du hasst mich auch.«

Ich wollte diese Worte sofort zurücknehmen, aber der Schaden war angerichtet. Sie hingen zwischen uns wie kleine Bomben. Wenn Allison jetzt ehrlich antworten würde, wäre unsere Beziehung vorbei, das schien offensichtlich. Aber Allison antwortete nicht. Wir sagten beide auf dem gesamten Heimweg kein Wort mehr.

In unserem ersten Jahr als Paar redeten wir ganze Tage und Nächte miteinander. Wir konnten einfach nicht aufhören, konnten keine Sekunde getrennt sein. Selbst während der Arbeit schickten wir uns andauernd Nachrichten. Danach gingen wir zu Allison, oder sie kam zu mir, wir schlossen uns im Schlafzimmer ein, zogen uns aus und lagen die ganze Nacht wach und bedeckten einander mit Worten, die uns wie winzig kleine Ritzer schaudern ließen – wir wollten tiefer blicken, wollten bis ins Innerste vordringen. Doch irgendwann waren wir zu weit gegangen, hatten da reingeschnitten, wo es wehtat, in die verletzlichsten Teile, die wir zum Überleben brauchten. Wir stritten uns andauernd. Aber wir hörten nie auf zu reden. Nie hörten wir auf, es Liebe zu nennen.

Als wir zu Hause ankamen, warf Allison mir ständig Blicke zu, als würde sie etwas sagen wollen, aber dann sagte sie es doch nicht. Ich hätte gern angemerkt, wie traurig das war, so ein Leben mit Liebe als Waffe, und wenn sie mich wirklich hasste, sollte sie doch einfach gehen. Fast wären mir diese Worte über die Lippen gekommen. Aber als ich versuchte, sie auszusprechen, bewegte sich mein Mund nicht. Statt Worten puffte nur Luft heraus.

Wir liefen in der Wohnung im Kreis und schluckten die Worte, die in unserem Innern kochten. Wir wussten nicht, was wir tun sollten, wenn wir uns nicht streiten konnten. Wir seufzten laut. Wir knallten Gläser auf den Tisch. Nach einer Weile lastete das Schweigen so schwer auf uns, dass wir weder stehen noch gehen konnten. Wir ließen uns ins Bett fallen und lagen so weit voneinander entfernt, dass wir uns nicht berührten, weil wir uns ja sowieso nicht mehr berührten. Unsere Körper versanken so tief in der Matratze, dass wir zwischen den Sprungfedern schliefen.

Um fünf Uhr am nächsten Morgen sprangen unsere Augenlider von ganz allein auf, wie die Kronkorken von Limoflaschen, die man geschüttelt und immer weiter geschüttelt hat. Während wir normalerweise um halb neun darum kämpften, es aus dem Bett zu schaffen, lag jetzt eine seltsame Spannung im Raum. Wir warfen die Decke von unseren warmen Körpern, fassten in die Strumpf-schubladen und holten dicke, weiße Rippsocken heraus. Wir zogen sie an, dann Joggingschuhe, die wir fest zuschnürten, bis hoch zum Sprunggelenk. Wir standen am Fußende unseres Bettes, unsere teigigen, unterhosenbedeckten Körper glommen im letzten Mondlicht, und wir merkten, dass wir in einer bisher unbekannten Sprache miteinander kommunizierten, einer Sprache, die über Nacht aus der Unfähigkeit, miteinander zu reden, erwachsen zu sein schien. Anfangs fragte ich mich, ob es an unseren Joggingschuhen liegen mochte: Tauschten ihre Spitzen Funkwellen miteinander aus, die über Muskeln und Gliedmaßen direkt in unsere zentralen Nervensysteme flossen? Als die Signale unsere Gehirne erreichten, waren es keine Worte, nicht einmal Gedanken, sondern eine Art Intuition: Wir verstanden einander, was uns nicht wirklich verband, aber immerhin koordinierte.

Tief aus unseren Schubladen zogen wir Joggingshorts, Sport-BHs und zwei Bandanas, die, wie wir instinktiv wussten, den Schweiß daran hindern würden, uns in die Augen zu tropfen – ein bedingt durch den Salzgehalt unangenehm brennendes Gefühl. Unsere Bewegungen beim Anziehen hatten etwas Sauberes an sich, eine Qualität genau gegenteilig des Schälens einer grünen Banane. In der Küche lutschten wir löffelweise Erdnussbutter, verblüfft, dass unsere Körper plötzlich genug Speichel produzierten, um den Abgang durch unsere Kehlen zu schmieren.

Während der Aufzugfahrt hüpften wir von einem Fuß auf den

anderen, und in dem Augenblick, in dem unsere Gummisohlen den Asphalt trafen, rannten wir los. Wir rannten durch Wohngebiete, über belebte Kreuzungen, durch schmale Gassen voller Schlaglöcher. Wir rannten, bis der Schmerz wie eine harte Pflaume in der Mitte unserer Pobacken saß. Wir rannten, bis wir unter den Brüsten und zwischen den Beinen schwitzten, dann an ungewöhnlichen Stellen wie auf dem Handrücken. Wir rannten, bis wir das Gefühl hatten, wir würden ewig weiterrennen.

Als die Sonne orangerot zwischen den Ästen herausplatzte, erreichten wir den großen Park unseres Viertels. Wir sogen kieferngeschwängerte Luft mit weit aufgerissenen Nasenflügeln ein. Zum ersten Mal seit vielen Monaten sah ich Allison richtig an: Ihr Gesicht wirkte wie frisch gekocht, rot und unter der Oberfläche siedend. Ich bemerkte, dass unsere Füße, die linken wie die rechten, im Gleichtakt auf dem Boden landeten und unsere Schultern sich simultan hoben und senkten, als würden wir tanzen, als wäre das unsere seit Jahren bestehende Routine. Ich fragte mich, ob andere Paare sich immer so fühlten: diese mühevolle Mühelosigkeit, diese Übereinstimmung.

Federnd sprangen wir einen Rindenmulchweg entlang, da schnellten unsere Köpfe gleichzeitig hoch wie bei einem Rehpaar auf der Straße. Nur erblickten wir keine Scheinwerfer, sondern Meg und Megan, die ein paar Meter vor uns liefen. Wir kannten die beiden aus der Nachbarschaft, und weil wir alle zur selben Slam Poetry Night gingen, und weil ich früher mit Meg zusammen war. Darüber sprachen Allison und ich aber nicht, auch früher nicht, als wir noch miteinander sprechen *konnten* – damit ich nicht versucht war, Allison mit Meg zu vergleichen, und Allison nicht versucht war zu sagen, warum gehst du nicht einfach zurück zu Meg.

Dass Meg seit ein paar Monaten mit Megan zusammen war,

hatte ich mitbekommen. Jeder wusste es, weil eigentlich beide Megan hießen, und das war schon etwas Besonderes. Obendrein waren sie auch noch auf ähnliche Art und Weise attraktiv, wie wenn Tegan und Sara von der Band Tegan and Sara ein Paar wären. Für mich war das schwierig, weil ich mich immer noch zu Meg hingezogen fühlte, und plötzlich musste ich auf Meg *und* Megan stehen, gleichzeitig aber auch eifersüchtig sein. Nicht eifersüchtig, weil ich Meg zurückhaben wollte – tief im Herzen wusste ich, dass dem nicht so war –, sondern weil Meg und Megan immer miteinander lachten, so wie Allison und ich früher immer miteinander gelacht hatten.

Ich legte einen Zahn zu, weil ich Meg und Megan überholen wollte, deren perfekter Einklang irgendwie perfekter schien als der von mir und Allison. Ich war es leid, immer das nicht füreinander gemachte Paar zu sein, das Paar, das sich entschuldigte, es müsse aufs Klo, und dann verheult zurückkam. Seit der Streit ausgebrochen war, ging ich beschämt zur Arbeit, log über den Grund, warum ich nicht schlafen konnte und meine Kehle sich in der Stunde vor dem Heimweg immer stärker zuschnürte, bis ich irgendwann nur noch pfeifend atmete. Ich wollte etwas, worauf ich stolz sein konnte. Ich wollte, dass Allison und ich etwas Positives miteinander teilten.

Ich lief schneller, und Allison lief auch schneller, aber unser jetzt offenkundig nicht mehr perfekter Einklang behinderte uns wie ein psychisches Humpeln und machte es unmöglich, meine Ex und ihre gleichnamige Partnerin zu überholen. Frustriert blieben wir ein paar Schritte hinter ihnen, bis sie auf eine kleine Lichtung einbogen, auf der schon andere Paare die Füße kreisen ließen und an Bäumen die Beine dehnten. Als wir dort ankamen, merkten wir, dass auch wir unsere Schritte verlangsamen konnten, ja, dass unsere Beine sogar extrem schwer waren und schmerzten und auf der Stelle am nächsten Baum gestretcht werden mussten.

»Myriam? Allison?«, hörten wir hinter uns. Es waren Kamran und Levi.

Die beiden kamen in tief ausgeschnittenen Muscle Shirts und sexy Shorts auf uns zu. Jetzt sah ich auch, dass sich neue Kanten an ihren Armen und Beinen entwickelt hatten, auch wenn sie nicht so rundherum muskulös wirkten wie Nate und Vanessa. Ich fühlte mich betrogen, weil unsere Bekannten offensichtlich alle hinter unserem Rücken trainierten. Ich hatte sowieso die ständige Paranoia, dass unsere Freunde sich heimlich ohne uns trafen, dass sie unsere fiesen Bemerkungen übereinander mitbekamen und es deswegen unerfreulich fanden, mit uns zusammen zu sein.

Diese Paranoia wurde kein bisschen besser dadurch, dass Meg und Megan jetzt auf Kamran und Levi zugingen. Die vier umarmten sich wie alte Freunde, als würden sie sich immer umarmen, immer hier auf dieser Lichtung zusammenkommen – als würden sie sogar gemeinsam joggen gehen, Seite an Seite an Seite an Seite.

»Wow, hier ist ja richtig was los!«, rief Levi.

»Hey, Leute«, sagte Meg zu Allison und mir, auf diese übertrieben liebenswürdige Art, die mich schon genervt hatte, als wir noch ein Paar waren. »Ich wusste gar nicht, dass ihr auch laufen geht!«

»Wir laufen ständig«, antwortete Allison, und ich fühlte mich verbunden mit ihr, weil sie log und wir uns zusammen gegen unsere Community und ausnahmsweise mal nicht gegeneinander zur Wehr setzten.

»Genial«, sagte Kamran und grinste mit Megan um die Wette.

Dieses Grinsen klebte eine Sekunde zu lang in ihren Gesichtern, als hätten die beiden ein Geheimnis. Möglicherweise das Geheimnis, dass Allisons Antwort nicht ganz der Wahrheit entsprach.

Diese Unterstellung fand ich beleidigend, auch wenn Allison und ich zugegebenermaßen ein viel erhitzteres Gesicht hatten als alle anderen auf der Lichtung. Unsere Beine zitterten heftig und gaben dadurch preis, dass wir mit all der Bewegung unsere Komfortzone verlassen hatten, dass die Beine ihre gewohnte Sitzhaltung im Sessel und den gemächlichen Gang zum Briefkasten vermissten.

»Und, macht ihr auch den Better Half?«, fragte Meg auf ihre übertrieben nette Art. »Ihr könnt in unserer Hütte übernachten.«

»Ja, sehr gern!«, sagten Allison und ich wie aus einem Mund. Es war das erste Mal seit gestern, dass wir fast miteinander sprachen.

Bei dieser verbalen Berührung floss ein nervöses Schaudern meine Beine hinunter, und meine Füße fingen an zu tänzeln, Allisons auch. Wir mussten uns schnell über die Schulter hinweg verabschieden, weil wir schon wieder weiterliefen.

Bei der Arbeit dachte ich die ganze Zeit über die neue Richtung nach, die unsere Beziehung eingeschlagen hatte. Ich dachte an den Schweiß zwischen Allisons Schulterblättern, wie sie am Morgen neben mir hergejoggt war, ohne eine einzige übellaunige Bemerkung über den Himmel zu machen – nicht die richtige Farbe, zu blau oder zu grau –, dass Joggen abgrundtief peinlich sei, oder dass ich ihre Meinung, Pferdeschwänze seien ein ästhetisches Verbrechen, nicht persönlich nehmen solle. Darauf kam ich immer wieder zurück: Abwesenheit von Übellaunigkeit, Schweiß in den Kniekehlen. Das war sexy, anders konnte man es nicht sagen, aber ich wusste nicht mehr, wie mit sexy umgehen. Im letzten Jahr hatte ich mit sexy nichts weiter angefangen, als mich unter der Dusche zu befriedigen, während ich mir eine Meg-ähnliche Frau vorstellte, die nicht direkt Meg war, sondern eine gesichtslose Gestalt mit Megs Händen und Hintern.

Als ich nach Hause kam, konnte ich Allison nicht ins Gesicht gucken. Ich fühlte mich gehemmt, weil ich den ganzen Tag über dieses Verlangen nach ihr verspürt hatte, ein Verlangen, das ich nicht mal unter *lange keinen Sex mehr gehabt* oder *ich würde gern gewisse biologische, total natürliche und vom Arzt empfohlene Bedürfnisse befriedigen* abhaken konnte. Nein, dieses Verlangen richtete sich ganz konkret auf Allison. Ich machte mich still in der Wohnung zu schaffen, mit dem, was ich immer machte: Zeitschriften ordentlich aufstapeln oder Münzen in den Ecken aufsammeln und ins Münzglas legen.

Allison spielte mit ihrem Handy, als ich mich neben sie aufs Sofa fallen ließ. Auch wenn ich das zu diesem Zeitpunkt noch nicht wusste, waren meine Muskeln mit Milchsäure vollgepumpt, und mein gesamter Körper wurde hart wie kaltes Schmalz. Ich blickte über Allisons Schulter auf ihr Telefon. Normalerweise wäre das Anlass genug für einen Streit gewesen, aber diesmal hielt sie es mir so hin, dass ich mitlesen konnte:

Better Half: Der Whistler-Halbmarathon für Paare

Wir scrollten durch eine Menge Bilder wolkenverhangener Gebirgspfade, sprudelnder Jacuzzis, das Handy ein leuchtender Bannstrahl, der uns enger zusammenrücken ließ. Als mein Bein sich gegen das von Allison drückte, war es, als wäre es das erste Mal. Meine Beine taten weh, alle Muskeln schmerzten ganz schrecklich. Allison kam mit einem einzigen Ganzkörperhüpfer noch näher zu mir, denn der Muskelkater hatte auch sie zum Erstarren gebracht.

Die körperlichen Einschränkungen, unter denen wir litten, machten mir klar, dass wir aus wenig mehr als Fleisch und Knochen bestanden. Alles, was mich an Allison so angezogen hatte, als wir uns kennenlernten – ihr guter Kunstgeschmack, ihr nervöses Lachen –, schien jetzt völlig irrelevant. Zum ersten Mal bemerkte

ich das Muster aus bläulichen Adern unter ihrer Haut, die sauer-
stoffgesättigtes Blut zu den Muskeln und Organen transpor-
tierten – und mit einem Mal verstand ich wirklich, dass die Haut
das größte Organ von allen war. Diese Abdeckplane teilte sich
feucht an Allisons Mund und barock an den Ohren. Durch das
Fenster ihrer Augen sah ich, wie ihre Pupillen meine eigenen
Körperöffnungen anvisierten. Ihr Atem ging schneller, als bedeute
es eine Anstrengung für sie, mir so nah zu sein. Ich hätte gern etwas Aufreizendes gemacht, ein Spagat oder eine Pirouette zum
Beispiel, aber die Milchsäure fesselte mich ans Sofa. Allison schien
den Kampf gegen ihre untere Körperhälfte ebenfalls verloren zu
haben, deswegen liebten wir uns wie halbe Statuen, nichts als
Hände und Köpfe und Geächze wie von tektonischen Verschie-
bungen.

Zur Vorbereitung auf das Rennen trainierten Allison und ich jeden Tag. Morgens machten wir eine Pause auf der Lichtung, wo
wir mittlerweile derart beliebt waren, dass Meg und Megan defi-
nitiv beunruhigt sein mussten. Während sie sich am Wasserspen-
der unterhielten, einander verspielt nassspritzten oder sich den
Schweiß von der Oberlippe küssten, waren Allison und ich im
Hier und Jetzt präsent und stellten Fragen. Jogger liebten es, wenn
man ihnen Fragen stellte. Mitch und Matt etwa erklärten uns die
Muskeln, nicht größer als Mitchs Fingernagel, die das Sprunggelenk umgaben: die Stabilisatoren. Trina und Beate regten uns
dazu an, unsere eigenen, außerhalb der Fitnesswelt unbekannten
Gemüsesprossen zu züchten. Ari und Bik, viermalige Champions
des Lower-Mainland-Bergziegenlaufs, schenkten uns einen
höchsteigenen Olivenölsprüher. *Von jetzt an schwimmt euer Salat
nicht mehr im Öl*, beschworen sie uns – in diesen Kreisen gleich-

bedeutend mit einem über Kelchen voller Blut geflüsterten lateinischen Credo. Wir gehörten jetzt dazu.

Je mehr wir trainierten, desto synchronisierter wurden wir, was uns beim Sport eine Menge Kraft gab – mittlerweile beherrschten wir sogar die Liegestütze, bei denen man sich abklatschte, bevor man wieder die Arme beugte –, sich im Alltag aber bisweilen als unpraktisch erwies. Es wurde uns zum Beispiel unmöglich, uns anderswohin als auf den Mund zu küssen. Wenn ich mich vorbeugte, beugte Allison sich auch vor, wenn ich versuchte, mit dem Mund höher oder tiefer zu gehen, ging auch ihr Mund nach oben oder unten, am Ende lagen wir am Boden oder standen auf Stühlen, aber unser Kuss war immer noch perfekt zentriert. Bei einem morgendlichen Lauf stolperte Allison, und obwohl vor meinem Fuß keine Vertiefung im Asphalt war, verdrehten sich unsere Sprunggelenke im selben Winkel, und unser Kinn landete mit derselben zahnzerstörerischen Wucht auf dem Gehweg. Das war drei Wochen vor dem Halbmarathon, und wir mussten unsere Gelenke schonen und lagen dumm herum, während unsere Muskeln stündlich schlaffer wurden.

Es war eine angespannte Situation – nur wir zwei in der Wohnung, wo wir nicht miteinander reden oder uns mit den üblichen Sprints die Feuertreppe rauf und runter ablenken konnten. Wir saßen auf dem Sofa, trainierten mit Hanteln oder humpelten in der Wohnung herum, damit wenigstens das Blut ein bisschen in Bewegung blieb. Manchmal war ich so neugierig, was Allison gerade dachte, dass ich allgemeine Fragen in unserem Gruppenchat stellte. *Und, wie geht's euch?*, fragte ich, oder: *Was würdet ihr heute Abend gern essen?*

Allison schrieb nie zurück und auch von den anderen meist niemand. Ich fühlte mich unerträglich allein. Ash hätte geantwortet, aber wir schrieben uns immer noch in der WhatsApp-Gruppe, zu der dey nicht eingeladen war. Wir taten so, als wäre es, um Ash nicht ständig unsere Beziehungen unter die Nase zu reiben, aber der wahre Grund war, dass wir Ash inzwischen einfach nur noch seltsam fanden. Im alten Gruppenchat schickte Ash uns Bilder von selbstgemachten Collagen oder von sich allein bei Konzerten, als langweile dey sich und habe niemanden zum Reden.

An einem Nachmittag war Allison gerade dabei, vegane Proteinbällchen zuzubereiten, während ich im Türrahmen unseres Schlafzimmers an der Klimmzugstange hing und darauf wartete, dass die Kraft in mich fahren und mich Richtung Decke katapultieren würde. Ich hörte, wie Allison auf unserem Bürostuhl in der Küche herumrollte, aber für mich klang sie so endlos weit weg wie Donner. Ich dachte ständig, wenn ich jetzt fiele, könnte ich nicht mal um Hilfe rufen. Tage könnten vergehen, bis Allison mich fand, mit zermalmten Knochen und tödlicher Blutvergiftung. Ich lockerte den Griff an der Stange, nur um zu wissen, wie sich das anfühlte. Es fühlte sich gefährlich an; wenn ich losließ, würde sich etwas unwiderruflich verändern.

Ich ließ los. In Sekundenschnelle stand Allison besorgt über mir. Ich hatte ganz vergessen, dass unsere Körper auch ohne Worte eine Menge Geräusche von sich gaben. Mein Hintern war mit einem dumpfen Knall auf dem Holzboden gelandet, und unterwegs hatte ich mir auch noch den Ellbogen am Türrahmen gestoßen. Im Großen und Ganzen fühlte ich mich aber wie vorher, abgesehen von den Schmerzen, die sich mit neuer Macht stechend in meinen Fuß bohrten.

Allison legte die Hand auf mein anschwellendes Sprunggelenk und runzelte die Augenbrauen in liebevoller Sorge. Während sie den Knöchel abtastete, wartete ich darauf, dass sie mir in die Augen sah, denn dann musste sie anbeißen wie ein ahnungsloser Fisch am Angelhaken. Mit Blicken fragte ich sie, ob sie so einsam sei wie ich, ob ihre Haut sich auch wie eine enge, gummiartige Hülle anfühle, die ihr das Abheben unmöglich machte. Doch ich merkte, dass meine Botschaft nicht zu ihr durchdrang. Sie blickte mich nur verwirrt, aber auch neugierig an, als hätte sie das schon gerne gewusst, was es mit dem Gummi und dem Abheben auf sich hatte. Ich spürte, dass sie mir von tief unten in ihren Pupillen etwas mitteilen wollte, aber ich konnte es nicht entschlüsseln. Das Wort *Blasen* drang zu mir durch wie ein verrauschtes Radiosignal. Vielleicht auch *blubbern*. *Rauche*. Oder *Brauche*. Allison kniff die Augen zusammen, ihre Lippen bebten.

Als die aus unseren Kehlen kommende Luft sich mit Klang vermischte und kaum noch zurückzuhalten war, erwachten unsere Fußgelenke unter dem medizinischen Tape wieder zum Leben. Wir rannten aus der Wohnung und sprinteten los, so schnell, dass wir nicht einmal sahen, wo wir hinliefen. Büsche zerkratzten uns die Arme, Regentropfen klatschten uns ungebremst auf die Augäpfel, aber von alldem merkten wir nichts, als hätte die Gefahr, miteinander reden zu müssen, wie eine Spritze gegen sämtliche Schmerzen gewirkt.

In den letzten Tagen vor dem Marathon rannten wir mit solch neu erwachtem Eifer, dass wir nicht mal auf der Lichtung haltmachten. Wir rannten bei Rot über die Ampel, sprangen über Hydranten, und sollte uns Verkehr oder ein vorbeirollender Kinderwagen doch einmal aufhalten, füllten wir uns den Mund mit großen Schlucken Wasser, nur um ganz sicherzugehen, dass ihm kein Laut entschlüpfte.

In Whistler sah es genau wie auf den Fotos aus, Moos und Wolken und Berge. Man hörte seinen eigenen Herzschlag. Als wir in der Hütte eintrafen, machten Levi und Kamran schon Kniebeugen vor dem Kamin, während Meg und Megan in der Küche Nudeln mit Wildbrokkoli zubereiteten.

»Wir haben jede Menge gekocht, esst doch mit uns!«, sagte Meg. Ich war überrascht, als Allison ja sagte. Vor lauter Ehrgeiz hatte ich ganz vergessen, dass wir nicht in der Hütte übernachteten, um den Feind besser im Blick oder eine Unterkunft in der Nähe des Startpunkts zu haben; nein, es ging um Freundschaft und Geselligkeit.

Allison machte für alle Bierdosen auf, und wir setzten uns um den rustikalen Esstisch.

»Und dann hat Meg gesagt: Baby, das sind unsere Werte von *gestern*«, sagte Megan, während sie den Parmesan herumreichte, und Allison lachte aus ganzem Herzen. Ich lachte auch, teils, um keine Spielverderberin zu sein, teils aber auch, weil Megan tatsächlich ziemlich witzig war. Aber irgendetwas daran ließ mich auch traurig werden. Allison und ich stritten uns nicht, insofern war alles entspannt, und Allison wirkte glücklich. Es sah ganz so aus, als würden wir uns amüsieren.

Sogar das Zimmer, in das wir uns nach dem Abendessen zurückzogen, war perfekt. Zedernholz und Leinen und absurd schön einfallendes Mondlicht. Allison zog sich bis auf die Unterhose aus und rekelte sich auf dem Bett. Sie schien sich wohlzufühlen, ihr Bauch war rund von Pasta und Bier. Ihre Lippen waren so entspannt, dass sie sich in den Winkeln nach oben bogen, als würde sie tatsächlich lächeln. Ich legte mich neben sie und zwang meine Augen, offen zu bleiben, als sich ihre schlossen. Ich konnte mich nicht daran erinnern, wann ich Allison zum letzten Mal beim Schlafen beobachtet hatte. Unbekümmert pfiff ihr der Atem aus der Nase. Es war unglaublich, dass sie schon ihr ganzes Leben lang denselben Mund hatte.

Etwas pochte in meiner Brust, etwas Dünnes, Zerbrechliches, roh und gehäutet: Empfindsamkeit. Fest umklammerten meine Muskeln das Gefühl – eine Muschelschale, die ein schleimig weiches Inneres in sich barg. Ich dachte an das morgige Rennen und beschloss, zum Stretchen ins Wohnzimmer zu gehen.

Meg war noch wach und stocherte in der Glut herum.

»Kannst du nicht schlafen?«, fragte sie.

Ich zuckte die Achseln. Ich konnte nicht freundlich tun, brachte keine Unaufrichtigkeit mehr fertig. Ich trat vor die Tür der Hütte, setzte mich auf die Veranda und tat so, als würde ich die Sterne bewundern, obwohl ich in Wirklichkeit gar nichts sah. Die Empfindsamkeit breitete sich in mir aus, eine unwillkommene Injektion großer, tragischer Gefühle.

»Myriam?«, fragte Meg durch die Fliegentür. »Ist alles in Ordnung?«

»Nein«, sagte ich, weil ich unbedingt die unfreundliche, aber ehrliche Wahrheit sagen wollte. Meg ließ sich nicht davon abschrecken.

Sie kam nach draußen auf die Veranda und streichelte mir den Rücken. Ich hatte ganz vergessen, dass sie das auch gemacht hatte, als wir zusammen waren, besonders kurz vor unserer Trennung. Wir waren beide schrecklich traurig gewesen.

»Ich weiß, dass wir in letzter Zeit wenig miteinander zu tun hatten«, sagte sie. »Aber ich bin hier, falls du reden willst.«

Das waren typische Meg-Statements. Das würde sie vermutlich zu jeder Dahergelaufenen auf der Straße sagen.

»Ich liebe Allison«, sagte ich. Die Worte kamen gegen meinen

Willen zusammen mit einem großen, schaudernden Schluchzer heraus. »Ich will, dass wir glücklich miteinander sind.«

»Ist ja gut«, sagte Meg und strich mir weiter über den Rücken. »Lass es raus, lass ruhig alles raus.«

Es war nichts als ein Refrain, etwas, das man zueinander sagte, um die unbehagliche Stille der Traurigkeit zu füllen. Dennoch übten die Worte eine körperliche Wirkung auf mich aus, wie kleine Saugnäpfe, die auf meine Augen gesetzt wurden und die Tränen aus mir heraussaugten.

»Lass es raus, lass es einfach raus. Alles ist gut«, sagte Meg beruhigend, und das tat ich. Ich weinte ganz fürchterlich in ihren Armen.

»Du bist lieb«, sagte ich zu Meg und schniefte in ihre Achsel. »Echt lieb.«

»Du bist auch lieb, Myriam.«

Ob Meg das nun sagte, weil es stimmte, oder damit ich nicht mehr so traurig war, wusste ich nicht. Aber als sie es sagte, spürte ich alles Schöne der Welt die Nüstern blähen.

Ich war müde, weil ich zu spät ins Bett gegangen war. Während unserer morgendlichen Burpees war ich so träge, dass ich zu jedem Sprung einen Sekundenbruchteil zu spät ansetzte und am Ende einen ganzen Burpee weniger absolviert hatte als Allison. Sie warf mir Blicke von der Seite zu: *Hey, was ist los mit dir*, aber selbst wenn wir noch miteinander geredet hätten, hätten mir die Worte gefehlt, um es zu erklären.

Als wir zum Start gingen, musste ich immer wieder an Allisons herzliches Lachen am Vorabend denken, oder wie sie so entspannt und zufrieden im Bett gelegen hatte. Ich stellte mir vor, ich könnte sie noch einmal zum Lächeln bringen, wenn mir nur etwas Freundliches einfallen würde. Wenn ich die Worte nur aus mir herausbekommen würde.

Wir stellten uns zu den anderen Paaren hinter der Startlinie. Allison wärmte sich mit Dehnübungen auf, aber mein Körper hatte einen anderen Plan.

»Ich bin froh, dass wir zusammen hier sind«, sagte ich. Allison erstarrte in ihrem Ausfallschritt und sah aus, als könnte sie jeden Moment wegrennen. Aber sie blieb da und hörte zu.

»Es ist ein herrlicher Tag, und ich bin glücklich, dass ich ihn mit dir verbringen kann«, nahm ich einen zweiten Anlauf.

Ein Schaudern durchlief ihren Körper, wie bei einer Katze, bevor sie etwas hochwürgt. Allisons Lippen veranstalteten einen kleinen Tanz der Verwirrung, bevor sie das Wort »Danke« bildeten.

Beim Klang ihrer Stimme überschwemmten die Endorphine mein Gehirn, als hätte ich meinen morgendlichen Lauf schon hinter mir.

»Ja, ist ein ziemlich schöner Tag«, sagte sie, und ich konnte nicht anders, ich musste sie einfach umarmen. Erst verkrampfte sie sich, dann aber ließ sie sich fallen und drückte mich an sich.

»Du bist süß«, sagte sie und vergrub ihre Nase an meinem Hals.

»Und du erst«, erwiderte ich und freute mich, dass ich ihr Ohrläppchen küssen konnte. Die niedliche kleine Dattel. »Aber warte, was meinst du mit ›ziemlich schön‹?«

»Ach, nichts«, sagte sie. »Der Tag ist schön. Es ist nur nicht der *schönste* Tag, den man sich denken kann.«

»Was stimmt denn nicht mit ihm?«

»Nichts, Myriam, alles gut. Ich finde es nur ziemlich schwül. Du weißt, dass es mir zu heiß ist, wenn die Sonne voll vom Himmel knallt.«

»Okay«, sagte ich und drückte ihre Pobacken, während ihre Hände in meinem Haar verschwanden. »Mit dir zu reden hat mir gefehlt.«

»Mir auch«, sagte sie. »Ich habe dir so viel zu erzählen. Gestern zum Beispiel, als Meg gesagt hat: *Beim Laufen spürt man die Verbindung mit der Seele der Erde.* Ich dachte, ich sterbe.«

»Warum?«, fragte ich, weil ich ausnahmsweise mal das Gefühl hatte, Meg in Schutz nehmen zu müssen. »Was ist denn daran falsch?«

»Nichts ist *falsch* daran. Aber du weißt doch, ich hab's nicht so mit Sportfanatikerinnen«, sagte sie.

»Wir laufen gleich einen Halbmarathon.«

»Ich weiß, ich weiß. Laufen ist nur nicht so mein Ding.«

»Wir sind die letzten drei Monate jeden Tag gelaufen, und jetzt ist es plötzlich nicht dein Ding?«

»Nicht wirklich. Gibt es echt Leute, die gern in der Gegend herumrennen? Ich habe das Gefühl, es ist halt was, das man macht.«

»Ich laufe gern. Kamran und Levi laufen gern. Meg läuft gern.«

»Warum läufst du dann nicht mit Meg?«, erwiderte Allison gereizt. »Dann könnt ihr euch zu zweit mit der Seele der Erde verbinden.«

»Wenn sie nicht mit Megan zusammen wäre, dann würde ich das wahrscheinlich auch machen«, antwortete ich.

Allison wich zurück. Sie wirkte geradezu körperlich verletzt, als sie zu der Stelle humpelte, an der sie ihre Wasserflasche abgestellt hatte. Ich wusste, ich müsste mich entschuldigen, erst recht, weil es gar nicht stimmte, was ich gerade gesagt hatte. Aber ich empfand es als unfair, dass Allison einfach damit rausplatzen konnte, wie wenig sie unsere Zeit zusammen genoss, und wenn sie das sagte, war das völlig in Ordnung, weil es die Wahrheit war, fertig. Während ich leider keine Wahrheit in der Hinterhand hatte, die verletzend genug war, um mich mit ihr zu verteidigen. Die Wahrheit war: Ich wollte mit Allison zusammen sein, egal wie, sogar jetzt, wenn sie mir wehtat.

Das Startsignal ertönte. Dutzende von Paaren sprinteten los, ein ganzes Meer aus Elasthan und durchnummerierten Lätzchen. Allison und ich blieben zurück mit denen, die wahrscheinlich noch nicht mal trainiert hatten und nur »zum Spaß« teilnahmen. Allison hatte das Gesicht von mir abgewandt und wischte sich mit einem Ende ihres Bandanas die Augen. Mein Körper fühlte sich so schwer an, dass ich mich am liebsten mitten auf die Strecke gelegt und geschlafen hätte. Irgendwann waren selbst die Unsportlichen an uns vorbeigezogen und ließen uns in einer so dichten Staubwolke stehen, dass ich dachte, wir seien eventuell gestorben.

Gefühlt generationenlang standen wir da, der Staub sammelte sich zwischen unseren Zähnen und in den Falten um unsere Augen. Ich hatte nur einen Gedanken: Das ist der Moment, der letzte, bevor mein Bewusstsein wieder zurückfließt ins Universum. Und dann sah ich ihn, wie er aus den orangebraunen Wolken hervortrat – den Tod. Ein zweiköpfiges Wesen, seltsam klein, das mein Ende verkündete und mit den Worten »Moms! Moms!« auf Allison und mich zugerannt kam.

Ich blinzelte. Das Wesen war nicht eins, sondern zwei. Zwei kleine Kinder, die sich flimmernd wie Fata Morganas aus dem Staub herausschälten. Sie hätten von niemand anderem abstammen können. Das ältere hatte meine dunklen Augenbrauen, das jüngere Allisons vorgebeugte Haltung.

»Moms!«, rief die Kleinere und zog mich am Hemd. »Jonah lässt mich nie den Drachen halten!«

Ihre Hand ging durch mich hindurch, aber ich spürte die Berührung bis tief in die Knochen.

»Stimmt überhaupt nicht«, sagte der Größere, eine Drachenschnur in der Hand. »Tanya ist sowieso viel zu klein für Drachen. Drachen sind nur für Große, stimmt's, Moms?«

Die Kinder rannten davon, bevor wir antworten konnten, und der Drachen flatterte über ihnen in der Luft wie ein Leuchtfeuer, das uns den Weg zur Wahrheit weisen würde. Staub rollte in Lawinen von unseren Körpern, als wir ihnen folgen wollten. Erst vorsichtige Chamäleonschrittchen, dann rannten wir los und fanden zurück in unseren Groove.

Wir glaubten schon, sie verloren zu haben, da hörten wir sie: »Hör auf damit, Tanya, sonst sag ich's!«

Die Stimmen kamen aus einem großen Haus im Tudorstil, das auf einmal mitten auf der Laufstrecke zu stehen schien. Kegelförmige Büsche rahmten eine offene Tür.

»Ich mach dich tot!«, hörten wir Tanya von drinnen kreischen.

Ein starkes, mir völlig fremdes Verlangen, die Kinder zu ermahnen, sofort einen Gang runterzuschalten, bohrte mir in den Rücken wie ein ausgestreckter Finger und führte mich über die polierten Trittsteine zum Haus. Allison und ich traten ein.

Im Flur stapelten sich Bälle, Schläger und Frisbees, dahinter erstreckten sich echte Holzdielen, so weit das Auge reichte. Wir gingen an einer glänzenden Wendeltreppe, einem Flügel und einer Küche vorbei, in der so viele Nahrungsergänzungsmittel und mysteriöse Haushaltsgeräte auf der Arbeitsfläche standen, dass es wie die Gesundheitsfanatikerinnenversion eines Methlabors aussah. Hinter der Küche kam das Trophäenzimmer. Kleine Statuen, gravierte Kugelschreiber, Wettkampfabzeichen in jeder erdenklichen Farbe. Die rückseitige Wand bedeckte ein riesiges Foto, auf dem nichts als der Zieleinlauf zu sehen war – mitten in der Luft flatterten die beiden Teile des durchtrennten Bandes wie seidige Aale – und ein verschwommenes, hautfarbenes Etwas, das sich über den gesamten unteren Bildteil erstreckte. Es war ein zweites Bild, das sich über das Foto legte, und erst als wir näher herantraten, wurde mir klar, dass es unser Spiegelbild war.

Unsere Körper wirkten älter, aber noch immer muskulös – die weichen, jugendlichen Rundungen waren weggeschmolzen und hatten die darunter verborgenen Sehnen freigelegt. Im Lauf der Zeit waren die Unterschiede zwischen uns immer mehr verschwunden, sodass wir uns jetzt sehr ähnlich sahen: beide mit Jane-Lynch-Frisur und denselben Zip-up-Sporttops, durch viele Jahre zentriertes Küssen ohne jede Schmierschicht schmaler gewordene Lippen. An unseren Ringfingern steckten schlichte Eheringe. Ich blickte auf meine Hand und sah, dass sie knochig war, mit hervortretenden Adern. Ich sah mir den Ring genauer an, blies den Staub weg und bemerkte eine Inschrift: *Gewinner geben nie auf.* Auch Allison hatte auf ihren Ring geblasen, auf dem eingraviert stand: *Aufgeber gewinnen nie.* Es war Zeit, eine Wahl zu treffen. Gewinner oder Verlierer. Trophäen oder Konzerte allein. Dielenboden oder Laminat.

Wir drückten die Stirn aneinander, atmeten die Atemluft der anderen und lauschten den über uns herumtrampelnden Kindern. Zwischen unseren Brustkörben hing tonnenschwer die Treue, eine versteinerte Liebe. Wir verbanden unsere Gliedmaßen miteinander wie die Glieder einer Kette und machten den Verschluss zu.

Kraftvoll durchzuckte etwas meine Beine, oder waren es Allisons Beine? Wir rannten los, und ich merkte, wie unsere vier Füße auf den Boden trafen, als wären es alle meine. War das Allisons Herz, das direkt über meiner Niere schlug? Waren unsere Lippen miteinander verschmolzen, sodass wir auf ewig in einem mystischen Kuss vereint waren? Wir waren eine Einheit, eine einzige große Muskelmasse, die aus zwei frauenförmigen Klumpen bestand. Rasend durchbrachen wir die Wand aus Staub, ließen unsere Zukunft hinter uns, um ihr im Höchsttempo entgegenzurennen.

Wir zogen an all unseren Bekannten von der Lichtung vorbei, sogar an Levi und Kamran, deren andächtige Einhaltung einer gleichmäßigen Geschwindigkeit süß, aber unzureichend war. Ari und Bik hopsten den Pfad entlang, als ständen sie auf Springstöcken – viel zu vertikal, ihr Talent fürs Bergauflaufen brachte ihnen hier nichts. Meg und Megan lagen weit vorn im Feld. Attraktiv schwebten sie über die Strecke, die Laufshorts umflatterten ihre athletischen Hinterteile wie Engelsröckchen. Am liebsten hätte man ihnen zu Füßen gelegen, ihre zwillingshafte Schönheit und beinah okkulte Kommunikationsfähigkeit gepriesen. Aber das taten wir nicht. Wir rollten an ihnen vorbei als der kraftstrotzende, von Ehrgeiz angetriebene Fleischklops, zu dem wir geworden waren. Hinter uns stieg der Staub auf, und wir sahen zu, dass sie ihn fraßen.

∞

Wir standen ganz oben auf dem Treppchen, blau-weiße Rüschen bauschten sich unter uns wie die Schleppe eines Hochzeitskleids. Zu unseren Füßen brüllten und applaudierten unsere Bekannten und schwenkten bunte Pappschilder mit anfeuernden Slogans. Es hatte etwas Schleimiges an sich, wie sie ihr eigenes Versagen mit fairem Sportsgeist und fast bedrohlichem Ernst bejubelten. Sie wirkten klein und nass, die hochgereckten Ärmchen wie unter dem Gewicht der wabbeligen Schilder gekrümmte Regenwürmer.

Allison und ich verschränkten unsere Finger um den Sockel eines Pokals, der so groß und schwer war wie ein menschliches Bein, und wir stemmten ihn über unsere Köpfe, als sei nichts dabei.

Der Applaus verklang, und wir traten nach unten – linker Fuß, rechter Fuß, Boden. Während unsere Bekannten im Park feierten, Bier tranken und quasselten, als hätten sie gar nicht mitgekriegt, dass sie verloren hatten, demonstrierten Allison und ich unsere neu entdeckte Synchronizität auf dem Dancefloor. Wir grindeten zu The Weeknd, unsere vier Beine in Reih und Glied wie eine Gabel. Wir wirbelten in entgegengesetzte Richtungen wie zwei aneinander haftende Teilchen, die, gleichgültig, wie weit sie voneinander wegtanzten, immer wussten, wann das andere eine Bodyroll oder einen Kickballchange machen würde. Es war ein wahrhaftiges Wunder der Natur. Wissenschaftlerinnen hätten sich mit den neuesten Abhörgerätschaften über uns beugen können, und sie hätten rein gar nichts gehört. Zwischen uns gab es nur noch Funkstille.

The Sequel

»Ja«, sage ich, aber ich kann mich nicht konzentrieren auf das Versprechen, das ich gerade ablege. Die Fotografin von *Elle Canada* lenkt mich ab, weil sie wie eine Irre auf den Auslöser drückt, als wolle sie sich einen runterholen. Steve tippt in ähnlich rasendem Tempo auf seinem Telefon herum, Live-Twitter-Feed. Steve ist unser Agent und managt Myriam und mich. Vor zehn Jahren hat er unser Buch auf den Markt gebracht: *So klappt es! Aufbau einer gesunden lesbischen Beziehung im Patriarchat.* Ohne Steve würde Myriam immer noch Lattes für Yoginis in Designerstretch zubereiten, und ich würde die Anrufe von schwitzenden Menschen mit kaputten Klimaanlagen beantworten.

Heute früh ging es mit dem Helikopter in Vancouver los, an den schneebedeckten Hängen von Banff wurden wir abgesetzt. Wir hätten uns auch mit der Limo fahren lassen können, aber Myriam meinte, sie habe immer davon geträumt, mit dem Hubschrauber bei ihrer eigenen Hochzeit einzufliegen. Myriam und ihre Träume.

»Und du fragst dich, wo unser ganzes Geld hin ist«, meinte ich, als die Pilotin Myriams sechs große Koffer und mein kleines Handgepäck in die Penthouse Suite des Fairmont Hotels schleppte. Nach dem Einchecken fuhren wir beim örtlichen Radiosender vorbei, um vor der Trauung noch schnell ein Interview zu geben.

»Myriam und Allison treten vor den Traualtar, wer hätte das gedacht«, sagte der CKXI-Moderator John McFarland. »Im letzten Kapitel eures Buchs warnt ihr die Leserinnen doch genau davor, oder etwa nicht? ›Selbst Lesben, die eine erfolgreiche Ehe führen, scheitern letztendlich; sie haben es nur geschafft, eine Institution zu unterwandern, die ihnen mit nichts als Ablehnung gegenübersteht‹, schreibt ihr. Was hat sich verändert?«

»Danke, dass du diesen Punkt ansprichst, John«, antwortete Myriam. »Als wir beschlossen haben zu heiraten, war es natürlich unsere größte Sorge, unsere Leserinnen könnten glauben, wir hätten sie damals in die Irre führen wollen. Aber wir haben *So klappt es!* vor mehr als zehn Jahren geschrieben. Unsere Einstellung hat sich weiterentwickelt, das ist doch ganz normal.«

»Man kann sich nicht ewig darauf beschränken, gegen das System anzurennen«, führte ich den Gedanken weiter aus. »Irgendwann entscheidet man, sich das Ganze zunutze zu machen. Und außerdem heirate ich ja wohl die schönste Braut aller Zeiten, oder etwa nicht?«

»Da hört ihr es, Leute: Es ist wahre Liebe. Danke, dass ihr euch heute die Zeit genommen habt, hier vorbeizuschauen, Ladys. Euch zu Ehren spielen wir jetzt einen Song von Tegan and Sara, ›Boyfriend‹, von dem Album *Love You to Death.* Stimmt das wirklich, die beiden kommen zu eurer Hochzeit?«

»Das will ich ihnen geraten haben!« Myriam lachte.

»Habt ihr das gehört, T und S? Kneifen gilt nicht«, lachte der Moderator.

Und jetzt stehe ich in irgendeinem Château und küsse Myriam, für die Presse mit Zunge. Ich nehme sie auf die Arme, lächle, damit man meinen schiefen Eckzahn sieht, der laut mehrerer Internetforen mein schönstes Feature ist, und trage meine Frau im Laufschritt durch den Mittelgang. In der zweiten Bankreihe fährt Tegan die Tattoos auf ihrem Oberarm mit dem Finger nach, Sara starrt angewidert auf den Hinterkopf meines Dads. Myriam quietscht und steckt die Nase in meine Fliege. Ich bin unsicher, wann ich sie absetzen soll, deswegen trage ich sie den ganzen Weg bis zu unserer Suite, obwohl mir das Kreuz dabei höllisch wehtut.

»Oh mein Gott, Kristen Stewart hat eins von unseren Hochzeitsfotos retweetet!«, brüllt Myriam, dabei kann ich sie ausgezeichnet hören, da sie die Badezimmertür beim Pinkeln offen gelassen hat. Sie weiß, dass ich das nicht ausstehen kann, aber die Freude, die es ihr bereitet, ihre Körperfunktionen mit mir zu teilen, lässt sie sich davon nicht nehmen.

Ich schaue auf mein Telefon und sehe Kristens Retweet. #MAwedding trendet, genau wie #soklapptes. Eine Nachricht von Steve ploppt auf: »Die Sache ist eingetütet!«

Steve arbeitet seit einiger Zeit daran, für die Fortsetzung von *So klappt es!* einen Verlag zu finden. Nachdem *So klappt es!* herausgekommen war, stand es bei jeder queeren Frau im Regal, aber in letzter Zeit sind die Verkaufszahlen praktisch auf null gesackt. Die junge Generation findet uns nicht radikal genug; ob es ein Happy End für zwei kanadische Lesben gibt oder nicht, interessiert kein Schwein mehr. Deswegen hat Steve eine Idee aufgebracht: Die queeren Feministinnen von heute können wir vielleicht nicht erreichen, aber bei den rechtskonservativen Lesben haben wir möglicherweise eine Chance, den *Gated Community Dykes*. Die haben sowieso mehr Geld in der Tasche. Der erste Schritt war die Hochzeit, der zweite die Aufmerksamkeit der Medien, damit die Verlage mitkriegen, dass die Namen Myriam und Allison noch Zugkraft haben.

»Alles läuft bestens, Baby«, sagt Myriam. Sie lässt sich aufs Bett fallen, und ich sehe, dass sie keinen Slip unter dem Unterrock trägt. Ich wende den Blick ab.

»Ich geh mal runter zum Hotelshop«, sage ich. »Ich brauche noch Sachen für Italien.«

Ich muss nicht hingucken, um zu wissen, was sie für ein Gesicht macht: *Du bist so was von unlocker. Du machst alles kaputt.*

»Findest du nicht, dass ich gut aussehe?«, fragt sie.

»Doch, natürlich«, sage ich und denke daran, wie sie früher aussah, als wir jung waren und ich sie genug liebte, um ein Buch über unsere Liebe zu schreiben: hübsch, aber auf eine etwas müde Art.

Sie zieht ihr Kleid für die Hochzeitsfeier an, eine gebauschte Wolke aus rosa Tüll, zu stark ausgestopft an der Brust, und ich muss mich mit der heutigen Realität abfinden: Sie sieht aus wie eine Darstellerin ihrer selbst.

Myriams Tanten belagern mich am Margaritabrunnen. Ich stehe mit dem Rücken zum Büfett, weswegen der Schwalbenschwanz meines Fracks immer wieder durch die sorgsam zu einem Regenbogen arrangierten Mandeldragees wischt. Die Tanten fahren mir mit den Fingern durchs Haar, rücken meine Fliege zurecht, fragen mich nach meinem Befinden. Frauen in Kleidern stehen auf mich. Und ich liebe sie natürlich auch, obwohl ich mich schon manchmal frage, ob mir je die Wahl gelassen worden ist. Sie schmatzen dir das Gesicht ab mit ihren klebrigen Küssen, sie ziehen dich aus und ziehen dich an, passen immer schön auf mit den Reißverschlüssen. Sie drücken dich mit ihren Marshmallow-Armen, bis dir so warm und schläfrig zumute ist, dass dir die Augen ganz von allein zufallen. Und ehe man sich's versieht, haben sie sich zwischen dich und das Bett geschmuggelt, ihre Bedürfnisse eine Macht, an der kein Weg vorbeiführt.

»Mund auf!«, sagt Myriam und schiebt mir einen Berg Kuchen ins Gesicht. Die Buttercreme verschmiert mir das Kinn, klebt mir in der Nase, und die gesamte Hochzeitsgesellschaft lacht, während ich an Buttercreme ersticke. Myriam leckt sie mir aus den Nasenlöchern. Sie lutscht an meinem Kinn. Die gelangweilte Fotografin nimmt, durch die Aussicht auf einen peinlichen Moment aufgeweckt, die Kamera ans Auge. Als Myriam mir zum Abschluss ein Küsschen auf die Nase gibt, brüllt die Menge *Oooohh*. Ich grinse, verbeuge mich dramatisch und wische mir dabei unauffällig mit dem Ärmel übers Gesicht.

»Hier macht das Gerücht die Runde, dass wir in den Flitterwochen versuchen wollen, schwanger zu werden«, sagt Myriam, als wir wieder auf unseren Plätzen sitzen. »Was meinst du dazu?«

»Keine Ahnung«, sage ich. »Was denkt Steve?«

»Er meint, das könnte für die Verkaufszahlen von Vorteil sein«, antwortet Myriam. »Zeigen, dass uns traditionelle Werte und Familie wichtig sind.«

»Die Leute reden zu lassen, kann ja nicht schaden«, sage ich.

»Und sonst hast du keine Meinung dazu?«, fragt Myriam.

Ich rühre in meinem koffeinfreien Kaffee. Lasse den schlanken Löffel gegen das zarte Porzellan klingeln. Myriam schweigt, wartet, dass ich etwas sage, aber dieses Mal wird sie nicht gewinnen: Dieses Gespräch werden wir nicht führen.

»Tegan und Sara müssen los«, rettet unser Trauzeuge Steve die Lage und ist mal wieder der Beste. »Und die Fotografin kippt gleich um neben dem Margaritabrunnen. Lasst uns schnell die Abschiedsfotos machen.«

Dass Tegan und Sara sich haben blicken lassen, hat uns eine ordentliche Stange Geld gekostet. Sara wollte immer schon reiten lernen, also habe ich meinen Dad gebeten, ihr sein bestes Pferd zu schenken, einen Carolina Marsh Tacky namens Dot. Dad hat monatliche Zahlungen eingerichtet, die später von meinem Erbe abgezogen werden, falls ich ihm vor seinem Tod nicht alles zurückzahlen kann. Myriam, die noch nach ihrem Ableben die Schulden für ihre teuren Beincremes begleichen wird, hat sich nicht daran beteiligt. Als einzigen Beitrag hat sie eine Klausel im Pferdevertrag unterzeichnet, dass ein Mindestabstand von zwei Metern zwischen Tegan und ihr gewahrt bleiben muss, damit nicht noch mal so was passiert wie 2014 bei den Juno Awards.

Deswegen stellen wir uns für das Abschiedsfoto so auf: Myriam, dann ich, dann Sara, dann Tegan, mit viel Luft unter den Achseln, sodass es aussieht, als würden wir Sirtaki tanzen. Mittlerweile ist noch mehr Presse eingetroffen, sogar amerikanische Websites wie Autostraddle und ellentube. Nach ein paar Fotos lasse ich den rechten Arm fallen und muss zusehen, wie Sara im Galopp davonrennt und Tegan einen arroganten Lacher von sich gibt. Sie steigen in die Limo mit der weißen Schleife und der Aufschrift *Just Married*. Die Fotografen rennen ihnen hinterher, während wir in die andere Limo steigen, ein nur leicht verlängertes, schwarzes Auto. Steve greift ein, macht ein Foto mit seinem Handy und postet es sofort auf Twitter: #intimatesendoff #MAhoneymoon #happyendings.

Myriam hat eine ganze Packung Feuchttücher verbraucht, um im Flugzeug unsere Sitze, Armlehnen, Bildschirme, das ovale Fenster und die gesamte Wand drumherum abzuwischen. Vor drei Jahren hatte sie eine Art Nervenzusammenbruch, inzwischen hat sie sich zwar größtenteils wieder in die Gesellschaft integriert, aber die seltsamen Phobien sind geblieben. In der Öffentlichkeit kann sie keine Oberfläche berühren, ohne vorher den Ärmel über die Hand zu ziehen oder eine Flasche Desinfektionsmittel drüberzukippen. Sie bestellt die Lebensmittel online und weicht unser Obst und Gemüse in Chlorbleiche ein. Sie wäscht ihre Strümpfe und Unterwäsche im Kochwaschgang und bewahrt sie in hermetisch verschlossenen Plastikbeuteln auf. Ich stelle keine Fragen, schaue mir aber öfter mal in den Rachen, ob das viele Chlor schon die Kehle weggeätzt hat.

Auf dem Bildschirm vor mir bewegt sich ein kleines Flugzeugsymbol quer über den Atlantik. Draußen ist es so dunkel, dass es aussieht, als hätten sie die Matrix ausgeschaltet. Die dann irgendwann wieder angeknipst wird, die Schwerkraft aktiviert, und wir stürzen einem erniedrigenden Tod entgegen: bei lebendigem Leib verbrannt, mit formlosen Airline-Socken an den Füßen, die ergonomischen Memory-Foam-Nackenkissen mit Bändeln unterm Kinn befestigt. Irgendwie schaffe ich es jedes Mal, mich zum genauen Gegenteil von dem überreden zu lassen, was ich eigentlich will. Ich bin noch nie verreist – ehrlich gesagt hat mich allein der Gedanke ans Verreisen immer mit einer leisen Scham erfüllt. Eine Frau in Bikini und Schultertuch auf einem Pferd, im Hintergrund erhebt sich ein Schloss, und wir wissen alle, dass die Frau in diesem Schloss gleich Sex haben wird, sobald sie vom Pferd gestiegen ist. Ein altes Ehepaar balanciert ein teures Handy am Ende eines Selfiesticks und beißt in Chicken Quesadillas, Sombreros auf dem Kopf, die so groß sind, dass von den abgesperrten Mayaruinen hinter ihnen nichts zu sehen ist. Eine alternde *Prairie Nerd Dyke* und unbedeutende *Celesbian* schwitzt in ihr Karohemd, weil ihr Darm von zu viel Laktose entzündet ist. Mein Plan sieht vor, in Italien ausgiebig den Roomservice zu nutzen, am neuen Buch zu arbeiten und entspannt auf der Hotelterrasse zu lesen, vielleicht mal schwimmen zu gehen, wenn mir danach ist.

Ich stecke mir die Kopfhörer in die Ohren, damit ich Steves Brummbärschnarchen und Myriams nervend flache Mundatmung nicht mitanhören muss. Ich übertöne beides mit Radiohead und lasse mich die Gitarrenakkorde hinabgleiten – glatt wie geschmolzener Schotter. Ich könnte noch lernen, so zu spielen.

Arschgesicht. Es ist nicht sonderlich eloquent, aber es ist das einzige Wort, mit dem sich Myriams Gesichtsausdruck beschreiben lässt, wenn sie sinnlose Streitgespräche anfängt, ohne den kleinsten Beweis für ihre idiotischen Behauptungen anführen zu können: Sie zieht die Lippen in die Länge und die Mundwinkel nach unten, was ihre bulldoggenhaften Hängebacken betont, ihre Nasenflügel blähen sich und ihre Augenbrauen gehen in die Höhe wie arrogante kleine Augenhüte. Arschgesicht.

»Myriam«, flüstere ich, damit es die Journalistin von Out Traveler nicht mitkriegt, »wenn du mir gesagt hättest, dass wir den ganzen ersten Tag in Italien bei einem Fotoshooting verbringen, hätte ich mir was anderes angezogen. Ich hätte versucht, auf dem Flug mehr als drei Stunden zu schlafen. Aber vor allem hätte ich nie im Leben mitgemacht.«

»Das ist ja wohl nicht meine Schuld, Allison«, entgegnet Myriam, immer noch mit ihrem Arschgesicht, »wenn du nach zwanzig Sekunden alles wieder vergessen hast, was ich dir erzähle. Ich sage das nur, weil ich dich liebe, Hase, aber du musst wirklich mal zum Arzt. Das ist doch nicht normal.«

»Ich habe mir gedacht, wir fahren zuerst an den Strand«, unterbricht uns die Journalistin und dreht sich auf dem Beifahrersitz des Mietwagens zu uns um. »Dann haben wir die *Outdoor Location* schon mal erledigt. Kultur machen wir heute Nachmittag, und heute Abend zum Abschluss die Romantikfotos.«

Steve sitzt hinterm Steuer, sein Halstuch ist zu einer hübschen Schleife gebunden und weht im Wind. Er brettert mit neunzig Sachen die schmale Straße an der Steilküste entlang, als hätte er sein Leben lang nichts anderes getan.

»Klingt super, Karen«, sage ich. »Wir wissen das echt zu schätzen, dass du dir so viel Zeit für uns nimmst.«

»Kein Problem!«, sagt Karen, die riesige Sonnenbrille rutscht ihr auf der verschwitzten Nase herunter. »Ich habe mich riesig gefreut, als ich von Steve gehört habe, dass wir gleichzeitig in Süditalien sein würden. *So klappt es!* war total wichtig für mich, damals, bei meinem Coming-out.«

»Karen und ich haben an der McGill im selben Studiwohnheim gewohnt«, sagt Steve.

»Weißt du noch, wie wir dem Typen hinter dem Zwei-Dollar-Chow-Mein-Laden an der St-Laurent einen geblasen haben?«

»Karen ist bi«, erläutert Steve. »Ich steh total auf Bi-Frauen.«

Steve biegt unvermittelt von der Klippenstraße ab, und ich bin mir sicher, dass gleich ein Thelma-und-Louise-Stunt kommt, aber es geht nur eine ultrasteile, staubige Straße zu einem weißen Sandstrand hinunter. Das Meer ist gatoradeblau.

»Das bestgehütete Geheimnis von Amalfi«, sagt Karen. »Schön ruhig, und man braucht nicht zu weit rauszuschwimmen, um die Grotten zu sehen.«

Myriam gibt ein Quietschen von sich, an dessen Perfektionierung sie vor ein paar Jahren gearbeitet hat, ungefähr zur selben Zeit, als sie anfing, ständig alles »traumhaft« zu finden. Sie zieht die Schuhe aus, ihr knöchellanges Kleid wird vom heißen Wind herumgeblasen, und winkt mich zu sich. Karen fotografiert schon drauflos. Ich tue so, als würde ich überglücklich auf Myriam zurennen, die mich wie ein Kleinkind in die Wellen zieht.

»Ich habe schon immer von einem Foto geträumt, wie wir am Strand in die Luft springen«, sagt sie.

»Okay.«

»Karen, sag Allison, sie soll springen!«

»Spring, Allison!«, brüllt Karen. »Macht sich super in den sozialen Medien!«

Sehr langsam beuge ich die Knie. Für die sozialen Medien, für die sozialen Medien. Ekel vor mir selbst treibt mich in die Luft wie die Flamme unterm Arsch einer Rakete. Myriam fängt mich auf, lacht theatralisch und küsst mich. Das Foto ist längst im Kasten, aber sie küsst mich immer noch. Stellt mich sanft wieder auf dem Boden ab. Streicht mir das Haar aus dem Gesicht.

»Danke«, flüstert sie mir ins Ohr.

Die Fische sind ziemlich niedlich. Ich identifiziere mich mit ihnen, zumindest mit den kleinen. Verloren in einem Meer viel größerer Lebewesen. Aber auch stark, auf eine überraschende Art und Weise. Blitzschnell huschen sie weg, wenn eine Menschenhand in ihre Nähe kommt.

Karen, Myriam und ich schwimmen in einer blau schimmernden Grotte herum. Eine von uns hat eine metaphysische Erfahrung, während Karen und Myriam mit der Unterwasserkamera beschäftigt sind. Sie versuchen verzweifelt, das Ding zu fokussieren, damit wir endlich das Foto machen und uns von hier verpissen können.

Schon seltsam, dass Fische keine Augenlider haben. Ihre Augäpfel werden vermutlich ohnehin nicht trocken, aber ich stelle mir trotzdem gern vor, dass sie angemessen verblüfft und verängstigt in die gewaltsame Welt um sie herum blicken, in die wir alle hineingeboren werden: diesen uralten Brocken aus geschmolzenem Gestein, den wir zufälligerweise unser Zuhause nennen, die Elementarkräfte, die uns in Minutenschnelle vernichten könnten, unsere bedeutungslosen Hoffnungen und Träume, für immer gelöscht aus dem großen, gefühllosen Universum.

Wir fahren eine Serpentinenstraße hoch zu einem traditionellen Milchbauernhof, aber Myriam isst noch schnell vorher was im Auto und befreit ein Stück industrielles Trockenfleisch von seiner Plastikverpackung. Karen hat vorgeschlagen, die lokalen Spezialitäten zu probieren, aber Myriam hat panisch den Kopf geschüttelt und darauf bestanden, am nächsten Supermarkt anzuhalten, um abgepacktes, bazillenfreies Essen zu kaufen. Ich weiß nicht genau, warum sie glaubt, dass frische Lebensmittel eher verunreinigt sind als abgepackte, aber diesmal habe ich keine Einwände, weil meine Eingeweide sich durch ihre neue Position auf dem Erdball ebenfalls in Aufruhr befinden. Wenn es eins gibt, was mein Gedärm noch weniger mag als Milchprodukte, dann sind das Veränderungen. Das Stück Trockenfleisch, das ich gegessen habe, quillt bereits in meinem Darm auf, ein roter Schaum, der nur darauf wartet, gewaltsam hervorzubrechen, sobald wir unser Ziel erreicht haben. Hoffentlich nicht schon vorher. Bitte, wenn es irgendeine Gerechtigkeit auf Erden gibt – und tief in meinem Innern weiß ich, dass dem nicht so ist –, bitte nicht vorher.

Auf der Veranda des Milchhofs erwartet uns eine alte Frau mit Schürze und geblümtem Kopftuch. Als wir die Treppe zum Bauernhaus hochgehen, begrüßen sich Karen und die Frau lebhaft auf Italienisch. Ich lächle und winke, höre aber nichts als das Blut, das in meinen Ohren rauscht. Die Krämpfe in meinem Bauch werden immer schlimmer, alles dreht sich. Die alte Frau führt unser Grüppchen ins Haus, wo ich eine Toilette erspähe, in der ich mich schnell einschließe und erleichtere.

Hinterher fühle ich mich geschwächt und krank. In der Küche tragen die anderen mittlerweile Schürzen in den Farben der italienischen Flagge und üben, wie man Mozzarella dehnt. Ich sehe, wie Myriam die alte Frau gekünstelt mit vorgerecktem Hals umarmt, während Karen auf dem Steinboden kniet und knipst und knipst und knipst. Der Anblick stößt mich schrecklich ab. Ich gehe nach draußen, atme tief ein und merke, wie sich meine Lunge in der Hitze weitet. Ich laufe im Garten herum und dann zu den Kühen, deren Verschlag so alt aussieht wie der Stall, in dem Jesus auf die Welt kam.

Ich gehe durch einen Gang, in dem außer Kuhhintern und schwingenden Schwänzen nichts zu sehen ist, da höre ich Schritte. Ich verstecke mich schnell zwischen zwei Kühen und halte die Luft an, aber die eine Kuh verdreht den Kopf und fixiert mich mit einem fiesen Blick über die Schulter. Um eine Konfrontation zu vermeiden, weiche ich langsam zurück, stoße aber gegen etwas Hartes. Als ich mich umdrehe, steht vor mir ein Mann in einem schmutzigen Muscle Shirt, der mich mit hochgezogenen Augenbrauen betrachtet.

»Hast du eine neue Freundin gefunden?«, sagt er zu der Kuh, worüber ich aus irgendeinem Grund lache, was die Kuh noch stärker zu verärgern scheint.

»Ich wollte nur ...«, sage ich und richte mich auf. »Nur keinen Käse essen.«

»Ich verstehe«, sagt er und trommelt sich auf den Bauch, was einen harten, hölzernen Ton erzeugt. Der Mann zwinkert mir zu. »Gut für mich, ich kann Hilfe gebrauchen.«

Er drückt mir eine Bürste in die Hand und fängt an, Kreise auf der weichen, braunen Flanke der Kuh zu beschreiben. Wenn mich zu Hause ein sixpackbepackter Mann mit Haartolle und Muscle Shirt einladen würde, eine Kuh zu bürsten, würde ich mich schleunigst verabschieden und mit TikTok betäuben, aber hier oben auf dem Berg gibt es keinen Empfang. Also nehme ich die Bürste und fange an, sie im Kreis über die Kuh zu bewegen. Anfangs mache ich große, übertriebene Bewegungen, dazu stoße ich kurze, trockene Lacher aus, als sei das Striegeln ironisch gemeint. Aber nach einer Weile schwitze ich, der Heustaub klebt mir im Nacken, und ich spüre, wie mir das Blut in die Hände und die aprikosenkleinen Muskeln meiner Arme strömt. Für einen Moment fühlt sich mein Körper nicht mehr an wie ein in Melasse getauchter Schneeanzug, und die ganzen Gefühle, die ich seit der Hochzeit verdrängt habe, kommen hoch. Ich war so sauer auf Myriam wegen ihrer Heuchelei, ihrer Melodramatik, aber jetzt bin ich einfach nur noch traurig. Traurig, weil ich genau weiß, dass das viele Make-up und die Luftküsse nur darüber hinwegtäuschen sollen, wie labil sie ist. Aber in Wirklichkeit wirkt sie dadurch nur noch gestörter. Traurig, weil ich mir auch mal was vom Leben erhofft habe, aber jetzt, da Myriam eine psychische Störung hat, muss ich bei ihr bleiben, sonst mache ich mir ewig Vorwürfe.

Mister Muscle Shirt merkt, dass ich mir mit dem Handrücken eine Träne abwische, und wendet höflich den Blick ab. Ich werte das als Zeichen des Respekts vor meiner Männlichkeit. Als er anfängt, Heu zu verteilen, und mir eine Mistgabel gibt, weiß ich, dass er mich in einer bestimmten Tradition willkommen heißt, wie wenn Männer zusammen Bälle kloppen oder sich schubsen, um ihre Gefühle zu verarbeiten. Es ist angenehm, neben jemandem zu stehen, der stark ist, jemandem, der endlich mal mich festhalten könnte. Ich beobachte die pampelmusengroßen Muskeln des Mannes neben meinen Aprikosen, und etwas schießt durch meinen Körper, von dem ich sofort heiße Ohren bekomme.

Hinter mir ist das Klicken eines Auslösers zu hören. *Klick, klick, klick*, dann geht Karen vor mir in die Hocke, die Kamera auf mein Gesicht gerichtet.

»Ooooh«, ist Myriam von der Stalltür zu hören. »Guckt euch die vielen Muhmuhs an!«

Sie kommt hereingeschlendert, greift sich eine Mistgabel und lehnt sich auf eine unerträgliche Pseudo-Bäuerinnen-Art an die Kuh, während Karen Unmengen von Fotos schießt und sie dabei anfeuert: »Ja, so, genau so! Yes, girl!« Dann erblickt Myriam Mister Muscle Shirt und bedenkt ihn mit ihrem ultrapeinlichen, für alles offenen bisexuellen Lächeln, bei dem ich am liebsten im Erdboden versinken würde.

»Hast du heute Nacht schon was vor?«, sagt sie zu ihm. »Meine Frau und ich *amore la festa!*«

Ihr Versuch, Italienisch zu sprechen, klingt wie eine amerikanische Radiowerbung für eine Pastakette, dazu küsst sie ihre Fingerspitzen und lässt sie an der Schläfe tanzen. Ich packe sie am Arm und zerre sie aus dem Stall, Mister Muscle Shirt zwinkert mir noch mal zu.

»Was denn?«, sagt sie. »Er macht doch einen gesunden Eindruck! Was soll so schlimm sein an ein bisschen *Barebacking*, und was passiert, passiert?«

»Eklig!«, sage ich.

»Der steht voll auf dich«, sagt sie. »Ich wette, dem würde sogar der Dildo gefallen, den ich dir gekauft habe.«

Sie hat einen absurd aufgegeilten Ausdruck im Gesicht, wie eine Pornodarstellerin in einer Webcam-Werbung.

»Das ist echt ... total gestört«, sage ich, so zornig, dass ich bebe. »Wir sind verheiratet, verdammt noch mal.«

»Wir könnten ihn auch einfach um eine kleine Spende ...«, sagt sie, aber ich ignoriere sie und gehe zum Auto. »Baby! Jetzt sei doch nicht so!«

Das Auto ist abgeschlossen, also gehe ich die Straße entlang zu einem Wäldchen. Hier gefällt es mir, denke ich. Die von der Hitze gebackene Erde, die zitronengelbe Sonne. Ich will einfach immer weiter gehen, durch Weinberge und Städtchen auf Steilküsten und sterile Badeorte hindurch, bis ich wieder unter Wasser bin. Will mich zwischen den verängstigt weghuschenden Fischen unsichtbar machen.

Karen und Steve leeren zwei Flaschen Limoncello, dann ziehen sie ihre Hoodie-Einteiler mit Tierohren an und fahren mit dem Taxi nach Neapel rein. In unserem Zimmer im Resorthotel trägt Myriam immer noch ihre Seidendessous und sitzt mit ausgestreckten Beinen auf dem Bett, dessen Laken für die Fotosession ein wenig durcheinandergebracht worden ist. Ich ziehe den idiotischen Karoschlafanzug aus, den sie mir aufgezwungen haben, und streife Boxershorts und mein Woohoo's-Haunted-Castle-T-Shirt über, schnell, weil ich merke, dass Myriam mir dabei zuguckt. Ich nehme die Polster vom Zweisitzer und klappe das knarrende Bettsofa auf.

»Hase«, sagt Myriam. »Wir sind doch auf Hochzeitsreise.«

Ich durchstöbere die Schränke unserer Suite und finde Extradecken und -kissen.

»War das wirklich nötig, vorhin, dass du wegläufst und uns einfach stehen lässt?«, redet sie weiter. »Du hättest mir doch sagen können, was los ist.«

Ich schlüpfe auf dem Klappbett unter die Decke, stelle die Leselampe aus und drehe mich auf die Seite.

»Ich dachte, du wolltest Kinder«, sagt Myriam. »Willst du denn nicht mehr, dass wir eine Familie gründen?«

In der Anfangsphase unserer Beziehung hatte ich Myriam gesagt, ich wolle Kinder, aber das war, bevor sie ein Jahr lang die Wohnung nicht mehr verließ und sich den Puls fühlte, wenn sie auch nur in Kontakt mit einem Apfel kam. Aber wenn ich ihr sage, warum ich es mir anders überlegt habe, dann wird sie es in den falschen Hals kriegen und glauben, dass es nur um sie geht, und deswegen schweige ich lieber. Ich atme bewusst langsam und gleichmäßig. Das funktioniert bei mir immer. Dreimal tief atmen, als würde ich schon schlafen, und ich bin weg, bewusstlos gemacht von dem innigen Wunsch, dieser Tag möge endlich vorbei sein.

Als ich aufwache, ist das Zimmer leer. Ich rolle mich auf die Seite und öffne Instagram. Ich poste ein Selfie, das ich gestern bei meinem Spaziergang allein gemacht habe – in den paar Minuten Freiheit, bevor mir Steve, Karen und Myriam hinterherfuhren und ich ins Auto stieg.

Auf dem Foto ist mein Gesicht durch die Kondensation auf der Kamera teilweise verschwommen, was toll abstrakt aussieht. Ich schreibe eine Bildunterschrift, dass reiche Weiße immer so tun, als seien andere Kulturen ihr privater Freizeitpark, und meinen, Landesgrenzen seien nur dann Erfindungen, wenn es ihnen gerade in den Kram passt. Nach dem Posten warte ich darauf, dass die Likes kommen. Über hundert in fünf Minuten.

Myriam ist mit ihrer lauten Stimme und den offenen Armen der

Star in jedem Raum, aber die sozialen Medien sind meine Domäne. Ich vermute, dass dort die wahren Gefühle zum Ausdruck kommen, aber ich verkneife es mir, Myriam darauf hinzuweisen, dass meine Bilder viel mehr Likes kriegen als ihre. Das Bewusstsein, dass die Leute sie mögen, ist der Thron, auf dem sie sitzt, und ich habe Angst davor, was passieren könnte, wenn ich den unter ihr wegziehe.

Als Myriam ihren Nervenzusammenbruch hatte, traf mich das völlig unerwartet. Irgendwann gingen wir uns ein Eis holen, und als wir wieder zu Hause waren, stimmte irgendwas nicht mehr mit ihr. Sie legte sich aufs Sofa, und ihr Eis schmolz vergessen auf dem Couchtisch dahin. Monatelang blieb Myriam dort liegen: schwitzte die Polster durch und starrte in den Bodensatz ihrer Tasse oder die dunklen Ecken unserer Wohnung, als würde sie Gespenster sehen. Nachts lief sie im Wohnzimmer auf und ab und tippte wie eine Wilde auf ihrem Laptop, schrieb angeblich ihr Meisterwerk, aber wenn ich einen Blick in das Dokument warf, waren es nur paranoide Schilderungen, wie sie ums Leben kommen könnte. Sie auch nur dazu zu bringen, den Mund aufzumachen, damit ich ihr etwas Flüssigkeit einflößen konnte, dauerte Stunden, weil sie davon überzeugt war, das Wasser aus dem Hahn sei vergiftet. Wenn sie Nachrichten guckte, meinte sie, die Sprecherinnen würden ihr codierte Botschaften übermitteln, wie der Fernsehsender sie umbringen wolle. Manchmal zog sie mich an sich, damit die Wanzen nicht mithören konnten, und flüsterte mir ins Ohr, dass allein ich sie retten könne. Wenn ich mit Tränen in den Augen antwortete, ich wisse nicht wie, dann sah sie mich gehässig an und sagte:»Ich wette, du freust dich schon, dass ich bald tot bin.«

Zwei Jahre und einen Medizinschrank voller Antipsychotika später fürchtet sie sich zwar noch immer vor Bazillen, funktioniert aber ansonsten wieder ganz gut. Sie hat Bücher über radikal positives Denken gelesen, nimmt an Yoga Retreats mit abartigen Gurus teil, die ihr erzählen, wie perfekt sie sei, und an schwierigen Tagen macht sie die Mall unsicher, wo sie teuren Hausrat und Luxusunterwäsche mit meinem Geld kauft, weil ihre Kreditkarten alle am Anschlag sind. Im Großen und Ganzen scheint es ihr blendend zu gehen, und ich stehe da und halte ihre Handtasche, bis sie das nächste Mal ausflippt und mein Leben in Stücke schlägt.

Sobald mein Foto bei dreihundert Likes angekommen ist, wuchte ich mich aus dem Bett. Ich ziehe an den Knien abgeschnittene Jeans und mein Neutral-Milk-Hotel-T-Shirt an und trete hinaus auf die Terrasse, die den Privatstrand des Hotels überragt. Myriam trägt ein übergroßes Leinenhemd und trinkt Espresso aus einer winzigen Tasse. Auf ihrem Laptop hat sie eine Datei namens *The Sequel* geöffnet. *Ich wette, du freust dich schon, dass ich bald tot bin* hat sie bisher geschrieben, was mich mit einem Schlag sehr wütend macht.

»Das schon wieder?«, sage ich laut. »Willst du mich verarschen oder was?«

»Es ist ganz anders, als du denkst«, erwidert sie seelenruhig, was mich noch zorniger werden lässt.

»Ich habe dich verdammt noch mal geheiratet!«, schreie ich. »Was muss ich sonst noch tun, um dich davon zu überzeugen, dass ich nicht will, dass du stirbst?«

»Hase«, sagt sie und nimmt meine Hand. »Das glaube ich doch überhaupt nicht mehr. Ich schreibe nur unsere Geschichte auf. Ich versuche, ehrlich zu sein. Ich finde, das haben unsere Fans verdient.«

Sie weiß, dass ich mich immer beruhige, wenn sie unsere Fans ins Feld führt, und es funktioniert auch diesmal, obwohl ich mich ein bisschen manipuliert fühle.

»Und dir geht es wirklich nicht wieder schlecht?«, frage ich.

»Nein, ehrlich nicht, versprochen«, sagt sie und zieht mich auf ihren Schoß, sodass meine Nase in ihrem Haar landet. Es duftet nach einem süßen, tropischen Punsch. »Ich war die ganze Nacht wach und will dir sagen: Ich verstehe dich. Natürlich macht es mich traurig, dass du keine Kinder mehr mit mir haben willst. Aber ich verstehe es.«

Sie kratzt mir den Nacken mit ihren langen, manikürten Fingernägeln, wovon ich am ganzen Rücken eine angenehme Gänsehaut bekomme. Mir fällt wieder ein, dass ich es in der Anfangszeit sogar toll fand, dass Myriam so eine Femme war. Ich hatte noch nie so zarte Haut wie ihre berührt, und sie sprach immer mit einer wahnsinnig einfühlsamen Stimme, als sei sie eine fürsorgliche, aber sexhungrige junge Mutter.

»Wir müssen nicht unbedingt Kinder haben«, sagt sie. »Du bist meine Frau, und ich liebe dich. Das reicht mir. Aber ich glaube trotzdem, dass du immer noch wütend auf mich bist, wegen allem. Das ist nicht paranoid.«

Ich weiß nicht, was mich mehr erstaunt: Dass sie zugibt, was vor ein paar Jahren alles schiefgelaufen ist, oder dass sie mitkriegt, wie unglücklich ich bin. Ich war so damit beschäftigt, hypersensible Antennen für ihre Launen zu entwickeln, dass ich ganz vergessen habe, dass sie mich auch sieht.

»Es geht mir viel besser, Hase«, sagt sie. »Und ich weiß, dass wir eine harte Zeit hinter uns haben, aber ich möchte es wieder gutmachen. Ich will, dass unsere Ehe ein Neuanfang wird.«

Sie führt mich von der Terrasse hinunter zum Strand. Auf einem Tischchen zwischen zwei Liegestühlen liegen meine liebsten geräuschunterdrückenden Kopfhörer und ein ganzer Stapel herrlich glänzender neuer Bücher.

»Das hat mir gefehlt«, sagt sie. »Dein Lächeln.«

Mir war nicht klar, dass ich lächele, aber ich fühle mich in der Tat nicht unglücklich und lasse mich auf dem Liegestuhl nieder. Myriam scheint auf meiner Goodreads-Liste herumgeschnüffelt zu haben. Eine Sekunde lang empört mich das, aber dann löst es sich in Luft auf wie ein unerreichter Orgasmus. Ich bin in keinerlei Hinsicht willens zu glauben, Myriam sei auf einmal wieder normal geworden, oder dass ich es mir in unserer Liebe gemütlich machen kann wie früher. Gut möglich, dass sie das Gerede vom »Neuanfang« aus einer sektiererischen Facebookgruppe für kapitalistische Hippies hat, was weiß denn ich. Trotzdem: Wenn sie so einfühlsam mit mir redet, wirkt das wie Sirenengesang auf mich und erfüllt mich mit trügerischer Sehnsucht. Sie klingt wieder wie die Myriam von früher.

Ich nehme eines der Bücher in die Hand: *Beton* von Thomas Bernhard. Zuerst blättere ich noch mit einem Hauch von Unwillen darin und versuche, Myriam, die mich hoffnungsvoll anschaut, nicht anzulächeln. Aber dann massiert sie mir die Unterschenkel mit LSF 50 ein, und die Mittelmeerwellen plätschern wie ein Schlaflied. Meine Füße fallen zur Seite, meine Augenlider werden schwer. Meine Nachmittagsträume haben eine warme, dunkle Pfirsichfarbe. Sie sind nicht unsüß.

Als ich wach werde, läuft meine Musik nicht mehr, und von weit weg dringt ein leises Quieken an mein Ohr. Ich nehme die Kopfhörer ab und höre Myriam schreien, blicke auf und sehe heftiges Herumspritzen in den Wellen. Ich springe auf und renne zum Wasser, bleibe dann aber wie angewurzelt am Strand stehen. Eine Welle der Müdigkeit bricht über mir zusammen, und ganz kurz frage ich mich, was wohl wäre, wenn ich mich einfach zurück in den Liegestuhl fallen lasse, die Kopfhörer aufsetze und wieder einschlafe. Das, was Myriam da gerade bedroht, wird sie vermutlich auch allein loswerden, und ich könnte hinterher so tun, als hätte ich nichts mitbekommen – sie könnte noch nicht mal sauer auf mich sein.

»Hilfe!«, kreischt sie. »Da sind so kleine Dinger, ich kann nichts sehen, aber sie beißen mir in die Füße!«

Ich putze mir die Brille und versuche zu erkennen, was los sein könnte. Myriam ist noch an einem Stück, schlägt wild um sich und gibt schrille Geräusche von sich, aber da ist keine große Flosse, die im Kreis um sie schwimmt, kein Rot, das sich im Wasser ausbreitet.

Ich wate hinein. Myriam springt in meine Arme und wirft mich um. Das Wasser ist kalt, und für eine Sekunde hasse ich meine Frau, aber es fällt mir schwer, lange sauer zu sein, wenn sie hilflos herumpaddelt wie ein gestrandeter Wal. Lachend hebe ich sie hoch, das Wasser erlaubt es, ohne dass ich mir den Rücken verrenke. Ich spüre die kleinen Bisse an den Füßen auch, aber es macht mir nichts aus. Wenn ich eine Superkraft habe, dann ist es die sehr hohe Toleranz für Schmerzen.

»Meine Retterin«, sagt Myriam und küsst mir den Hals. Ihre Zunge fühlt sich schön an, wie ein kleines Meereswesen, das gekommen ist, um mich aufzuwärmen. Ich überrasche mich selbst, als ich ihr Kinn anhebe und sie auf den Mund küsse.

»Lass es uns tun«, sagt Myriam, als unsere Lippen sich trennen. Ihre Augen sind geschlossen, als genieße sie noch immer den Kuss. »Lass uns essen gehen.«

»Bist du ganz sicher?«, frage ich.

Wir haben seit Jahren in keinem Restaurant mehr gegessen. Myriam lässt sich noch nicht mal von unseren Freunden etwas kochen. Wenn wir zum Essen eingeladen werden, bringt sie sich selbst etwas mit, meistens Tiefgefrorenes in Plastik.

»Ja, ich will es«, sagt sie. »Ich will, dass wir einen romantischen Abend zusammen verbringen.«

»Ich hätte nichts dagegen, was zu essen«, sage ich.

Wir gehen am Strand entlang zu mehreren, in Pastellfarben gestrichenen Restaurants, die direkt in die Steilküste hineingebaut sind. Ständig erwarte ich, dass Myriam wie angewurzelt stehen bleibt, zum Hotel zurückrennt und sich vakuumierte Salami und eine Packung Grissini beim Roomservice bestellt, aber bevor ich weiß, wie mir geschieht, sitzen wir auf einer Terrasse am Strand, vor uns eine Kerze im Windlicht, eine sanfte Meeresbrise bläht das Tischtuch.

»Ich nehme den Salat«, sagt Myriam, als der Kellner kommt. »Den mit Tomaten.«

Die Speisekarte zittert in ihrer Hand, aber sie lächelt den Kellner tapfer an.

»Ich hätte gern die Pasta mit Sahnesoße, bitte«, sage ich. Ich versuche, mich solidarisch zu zeigen und meine Komfortzone ebenfalls zu verlassen.

Sobald der Kellner wieder weg ist, greift Myriam in ihre Handtasche und wirft einen Betablocker ein.

»Echt schön, der Sonnenuntergang«, sagt sie, den Blick auf den Horizont gerichtet. »Sieht aus wie eine Orange auf dem Kneipenboden des Himmels, und jemand ist draufgetreten.«

Das bringt mich zum Lachen. Ich hatte völlig vergessen, dass sie auch witzig sein kann.

»Geniales Bild«, sage ich.

»Na ja … immerhin bist du hier nicht die einzige Schriftstellerin«, erwidert sie.

»Ich weiß«, sage ich, aber mir schaudert bei dem Gedanken. Bisher hat Myriam außer ein paar schlecht gereimten Jugendgedichten, einer halb fertigen Masterarbeit und dazwischengerufenen, unausgegorenen Gedanken, während ich unser erstes Buch schrieb, noch nichts zustande gebracht. Als sie sich das letzte Mal ernsthaft als Schriftstellerin versuchte, trug sie eine Mütze in der Wohnung, weil sie Sachen sah, die sich an der Decke bewegten.

»Apropos«, meint sie. »Ich habe schon eine Menge Arbeit in *The Sequel* gesteckt. Ich weiß, früher haben wir uns geeinigt, dass ich besser im Geschäftlichen bin, aber ich habe mir gedacht, vielleicht könnte ich diesmal ja auch meinen Teil zum Schreiben beisteuern. Was meinst du?«

»Hängt davon ab«, sage ich. »Willst du das Buch damit beenden, dass du von Echsen gefressen wirst oder dir eine unheilbare Krankheit zuziehst, die über die Fingernägel übertragen wird?«

Es war als Witz gemeint, aber Myriam beißt sich auf die Lippen. Ich habe sie verletzt.

»Allison.« Auf einmal ist sie sehr ernst, und jetzt wünschte ich wirklich, ich hätte nichts gesagt, weil ich gleich richtig eins übergebraten bekomme. »Ich weiß, dass du nicht hundertprozentig damit einverstanden bist, wie ich mich verändert habe, seit ich wieder gesund bin, ich kapier's ja. Yoga Retreats sind nicht für jeden, aber ich merke, wie mich das mental aufbaut, wenn ich schwitze. Es stimmt natürlich, ich sehe anders aus als früher, als wir zusammengekommen sind.«

»Ich meine, ich *hasse* es nicht ...«

»Du brauchst es nicht zu mögen, nur weil ich es mag. Ich liebe mich, wie ich bin, und ich bin stolz darauf, was ich alles erreicht habe. Aber du musst schon daran glauben, dass ich wieder gesund werden kann, das brauche ich von dir. Als ich krank war, hat mich nur der Gedanke an dich am Leben erhalten. Ich habe immer gedacht, wenn ich das nur durchstehe, dann können wir wieder glücklich sein. Aber ich weiß nicht, wie ich weiter für unser Glück kämpfen soll, wenn du mich für verrückt hältst, egal, was ich sage oder mache.«

»Okay«, sage ich, zum Teil, weil ich keine Lust mehr darauf habe, zur Rede gestellt zu werden, aber auch, weil ich ihr glauben will, dass sie wieder normal werden kann – obwohl mir klar ist, wie sehr ich mich damit zur Idiotin mache. Aber falls auch nur die kleinste Chance besteht, das zurückzubekommen, was wir früher hatten, dann will ich die nicht verpassen. »Bitte verzeih mir. Ich werde versuchen, dich besser zu unterstützen.«

»*Linguine alla crema?*«, fragt der Kellner. »*Insalata caprese?*«

»Oh mein Gott«, sagt Myriam. »Das sieht ja toll aus!«

»Vielen herzlichen Dank«, sage ich.

Ich stürze mich aufs Essen und akzeptiere, dass ich den köstlichen Eintritt der Sahne in meinen Körper später am heutigen Abend mit einem gewaltsamen Austritt bezahlen werde. Myriam verreibt Desinfektionsmittel auf ihren Händen. Gute zwei Minuten lang lässt sie die Gabel über dem Salat schweben.

»Magst du mir erzählen, was dir gerade durch den Kopf geht?«, sage ich. »Ich glaube auch nicht, dass du verrückt bist, versprochen.«

»Ich weiß, das klingt jetzt nicht direkt logisch«, sagt sie. »Ich komme nur einfach nicht drüber weg, dass überall Keime sind, und man kann einfach nie wissen, welche Art von Keimen wo sitzen und was sie mit einem machen – was, wenn ich davon blind werde? Was, wenn ich nie wieder dein Gesicht sehen kann, oder einen schönen Sonnenuntergang, oder …«

»Na komm«, sage ich und lege ihr den Arm um die Schultern. »Das Restaurant serviert diesen Salat viele Male pro Tag, tagein, tagaus, das ganze Jahr über. Meinst du, sie hätten den noch auf der Speisekarte, wenn schon mal jemand blind davon geworden wäre?«

»Nein, natürlich nicht, du hast recht. Ich schaffe das«, sagt Myriam. Sie spießt ein Stück Tomate auf die Gabel und bringt es an die Lippen. »Halt mich einfach fest, okay?«

Ich schiebe meinen Stuhl neben ihren und drücke ermutigend ihren Oberarm.

»Ich bin ja da«, sage ich. »Denk einfach dran: Von Salat stirbt man nicht. Salat ist gesund.«

Sie steckt sich die Tomate in den Mund, kaut und atmet dabei tief durch die Nase ein und aus.

»Gar nicht so schlecht«, sagt sie und lacht nervös. Sie schluckt noch einen Bissen. »Schmeckt echt gut.«

Ich ziehe meinen Teller näher zu mir heran, damit ich die Pasta essen kann, während ich sie im Arm halte. Am ganzen Körper bebend isst Myriam eine Gabel voll nach der anderen.

»Du bist so eine gute Ehefrau«, sagt sie. »Können wir ein Selfie machen?«

»Na klar«, sage ich.

Myriam streckt den Arm aus, damit unser halb verspeistes Essen und der Sonnenuntergang mit aufs Bild passen. Und ich muss zugeben, wir sehen ziemlich gut aus. Ohne Make-up und mit strubbeligen Strandhaaren ist Myriam viel hübscher. Die Bildunterschrift lautet: *immer noch attraktiv für unser Alter und ziemlich normales lesbisches Paar*. Es ist wichtig, unsere Fans wissen zu lassen, dass wir auf dem Teppich geblieben sind.

Nach dem Selfie rührt Myriam ihren Salat nicht mehr an.

»Du hast richtig gut gegessen«, lobe ich sie. »Ich bin stolz auf dich.«

»Danke«, sagt sie. »Ohne dich hätte ich das nicht geschafft, meine wunderbare Frau.«

Hand in Hand gehen wir zurück auf unser Hotelzimmer. Ich kann mich nicht daran erinnern, wann ich mich zum letzten Mal so gefühlt habe. Kein bisschen unzufrieden und irgendwie leicht auf den Füßen. Ich schaue aufs Handy: Unser Selfie hat schon achthundert Likes. Es stimmt zwar, dass ich mit meinen Bildern mehr Likes kriege als Myriam, aber es stimmt auch, dass Fotos von uns zusammen noch häufiger gelikt werden als meine Soloselfies.

»Ist alles in Ordnung, Hase?«, sagt Myriam durch die Badezimmertür.

»Alles gut!«, bringe ich trotz der Bauchkrämpfe heraus.

Es ist ein einziger Brei heute Abend. Ein klebriger, stinkender Brei.

»Ich mache mir Sorgen um dich.« Myriam lässt sich nicht so schnell abwimmeln. »Kann ich dir irgendwie helfen?«

»Danke«, rufe ich, »aber jetzt ist wirklich nicht der richtige Zeitpunkt!«

»Na gut, dann gehe ich, wenn du das unbedingt willst! Aber ich bleibe in der Nähe! Ruf mich, wenn ich irgendwas tun kann!«

Ich höre, wie sie zum Bett geht und sich mit einem Knarren darauf niederlässt. Ich stelle mir die vielen anderen Orte vor, an denen ich jetzt sein könnte: im Liegestuhl, wo ich mit einem Buch im Schoß einschlafe, oder tief unten im Mittelmeer, wohin kein Geräusch dringt und die Fische mit sich selbst beschäftigt sind. Ein gasförmiges Linguine-Nebenprodukt explodiert unter mir, und von Myriam ist ein »Oooohh« zu hören, direkt hinter der Tür. War es wirklich zu viel verlangt, sich einen einzigen guten Abend zu erhoffen?

Als ich eine Stunde später aus dem Bad wanke, fühle ich mich wie die Schale einer von innen ausgekratzten Rippenmelone. Ich will nur noch schlafen, aber Myriam ist wach, liegt zusammengekrümmt auf dem Bett und starrt mich mit großen Augen an.

»Mir geht's nicht gut, Baby«, sagt sie, und ihre Unterlippe zittert. »Mein Bauch tut so weh.«

»Musst du vielleicht aufs Klo?«, frage ich.

»Ich versuch's«, sagt sie. »Kommst du mit?«

»Du weißt, dass ich nicht ins Bad gehe, wenn du beim Kacken bist«, entgegne ich. »Aber ich kann dir was vorlesen.«

»Danke, mein Frauchen«, sagt sie und verschwindet auf der Toilette.

Bald darauf fängt sie an, grässliche Geräusche von sich zu geben, und ich lese ihr so laut wie möglich vom anderen Ende des Hotelzimmers aus vor. Ich finde es verdammt unfair, dass ich Myriam bei ihrem Dünnpfiffdrama unterstützen muss, nur weil sie das unbedingt bei mir tun wollte. Ich könnte einfach das Zimmer verlassen, spazieren gehen und erst wiederkommen, wenn alles vorbei ist. Das wäre eine völlig normale Reaktion, aber ich tue es nicht. Stattdessen sitze ich da und lese und sage: »Gleich geht's dir besser«, immer und immer wieder. Ständig nehme ich die Bedürfnisse anderer Menschen ernster als meine eigenen, hat mir eine Therapeutin mal gesagt, was auch nicht wirklich hilfreich war. Ich sitze immer noch an Orten fest, an denen ich nicht sein will, während andere Sachen machen, von denen ich nichts wissen will.

»Kannst du mir ein Glas Wasser bringen?«, bittet Myriam.

Dann will sie ein Gravol haben, dann Klopapiernachschub, dann eine neue Flasche Desinfektionsmittel, dann eine Umarmung.

»Ich will dich aber nicht umarmen, während du auf der Toilette sitzt, wirklich nicht«, sage ich.

Da fängt sie an zu weinen, und ich gehe mit geschlossenen Augen rein, drücke ihren Kopf an meinen Bauch und fühle mich bei jedem Atemzug geschändet. Warum konnte ich nicht jemanden heiraten, die ihr Magengrimmen allein bewältigen kann wie ein normaler Mensch? Jemanden mit rudimentärem Respekt vor den Grenzen anderer Menschen?

»Ich fass es nicht, dass du einfach eingeschlafen bist!«, kreischt mir Myriam ins Ohr, sodass ich auf dem Zweisitzer wie von der Tarantel gestochen in die Höhe fahre. Es ist bereits Morgen.

»Bin ich gar nicht!«, wehre ich mich. »Ich war wach!«

»Du schnarchst, wenn du wach bist?«

»Ich habe gedöst, da kommt das schon mal vor«, sage ich.

»Jetzt bist du jedenfalls wach und musst mir sofort einen Krankenwagen rufen. Ich bin wahrscheinlich todkrank.«

»Was? Du hast Durchfall, das hat man beim Reisen oft, ist ganz normal.«

»Ich war seit einer Stunde nicht mehr auf dem Klo und ich merke, wie sich alles in mir anstaut. Wenn mein Darm platzt, kommen die Fäkalien ins Blut, davon kann man blind werden! Jetzt ruf mir bitte einen Krankenwagen, bitte!«

»So eine Krankheit gibt es doch gar nicht, Myriam«, sage ich. »Warum ruhst du dich nicht einfach ein bisschen aus?«

»Ich fass es nicht. Dein ›Ich glaube auch nicht, dass du verrückt bist‹ hat ja nicht sehr lange vorgehalten, was?«, sagt sie. »Von mir aus. Dann ruf mir halt keinen Krankenwagen. Ich schaffe es auch so ins Krankenhaus.«

Sie schnappt sich ihre Handtasche und läuft in Hausschlappen und einem fast durchsichtigen Nachthemd aus dem Hotelzimmer. Als ich endlich eine Bluse, die ich ihr überwerfen kann, gefunden und mir die Schuhe angezogen habe, geht die Fahrstuhltür schon zu, und ich muss drei Stockwerke nach unten rennen, wenn ich sie noch einholen will. Ich hasse es zu rennen. Meine Beine brennen, ich spüre die Muskelfasern regelrecht reißen.

In der Lobby angekommen, sehe ich Myriam vor dem Hotel stehen, wo sie ein Taxi ins Krankenhaus herbeiwinkt. Ich kann gerade noch auf den Rücksitz springen, bevor der Fahrer derart losbrettert, dass wir gegeneinander und das kochend heiße, schwarze Lederinterieur fallen. Während wir herumgeschleudert werden, schaffe ich es, ihr die Bluse über die Schultern zu werfen.

Nach dem Arschgesicht kommt etwas noch Schrecklicheres. Eine Totenmaske, als kämen keinerlei Nervenimpulse mehr in Myriams Gesicht an. Die Pupillen werden klein wie schwarze Nadeln. Das Doppelkinn ragt vor wie ein Beutel voll Gift. Hinter den Lippen bleiben die Zähne stumpf und verheißen jedem, auf den sich dieser Blick richtet, einen langsamen Tod.

»Es tut mir leid«, versuche ich mein Glück, voller Angst, was passiert, wenn meine Entschuldigung nicht angenommen wird.

Eine neue Müdigkeitswelle überrollt mich, und all meine guten Vorsätze lösen sich in Luft auf. Ist doch scheißegal, dass Myriam eine Hypochonderin ist und an Hirngespinsten leidet. Wenn sie sich nach einem Krankenhausbesuch besser fühlt, bringen wir es am besten einfach schnell hinter uns. Vielleicht können wir danach mit unserer Hochzeitsreise weitermachen, oder wenigstens noch eine Runde schlafen.

»Ich habe gedacht, Ausruhen würde helfen«, sage ich. »Aber du hast natürlich recht. Wir sollten unbedingt überprüfen lassen, ob dir auch wirklich nichts fehlt. Es ist besser, wenn wir auf Nummer sicher gehen.«

Myriam wendet mir sehr langsam den Kopf zu.

»Danke«, sagt sie, und die Totenmaske weicht einem überraschend tröstlichen Arschgesicht.

∞

Steve und ich schicken uns Nachrichten.

Sind in der Notaufnahme. Myriam hat was Normales gegessen, also ist sie total am Ausrasten.

Soll ich kommen?

Momentan alles ok. Ich halt dich auf dem Laufenden.

»Nur eine kleine Lebensmittelvergiftung«, sagt die Ärztin und lächelt uns über ihr Klemmbrett hinweg an. »Wir hängen Sie für einen Tag an den Tropf, nur um ganz sicherzugehen, dass Sie ausreichend hydriert sind.«

Die Ärztin ist groß, hat kurze Haare und ein kräftiges Kinn. Ich sehe sofort, dass Myriam sie attraktiv findet. Seit die Ärztin im Zimmer ist, wimmert sie nur noch leise vor sich hin, statt sich zu winden wie ein Tier.

»Danke, Doktor Costa«, sagt Myriam. »Ich fühle mich sehr gut aufgehoben in Ihren Händen.«

»Nennt mich doch bitte Bea.«

Die Ärztin schreibt etwas auf. Ihre Hände sehen stark aus, als könne sie den Krankenhauskuli mit einem bloßen Daumenschnippen zerbrechen. Und ihre Oberarme haben mindestens den Umfang wie die des Stalljungen. Ich betrachte Myriam, deren

Arme aus Angst vor der sich nähernden Infusionsnadel beben wie Wackelpudding, und frage mich, ob ich ihr einen Gefallen damit getan habe, dass ich sie nie aufgefordert habe, Top zu sein. Früher, als wir noch Sex hatten, glaubte ich immer, es sei meine Aufgabe, sie zu fingern, bis meine Arme sich wie Gummi anfühlten und sie bewusstlos in einem See ihres eigenen Safts lag. Die Zeit, mich zu fragen, was eigentlich ich wollte, habe ich mir nie genommen.

»Zitronentee?«, bestelle ich an der Cafeteriatheke. »Abgepackter Pudding?«

Mein Telefon summt. Noch eine Nachricht von Myriam.

Bitte besorg mir auch etwas nicht kontaminiertes Obst und Duschsandalen.

»Kompott?«, füge ich hinzu, was mir einen genervten Blick der Angestellten einträgt.

»Bestellst du dir denn selbst auch etwas?« Doktor Costa – Bea – ist hinter mir, auf dem Tablett eine Dose 7 Up und ein Bagel. »Es ist sehr wichtig, dass die Angehörigen auch für sich selbst sorgen, sonst liegt man ganz schnell im Krankenhausbett daneben, lass dir das gesagt sein.«

»Na gut, dann die Nudelsuppe für mich«, bestelle ich bei der Angestellten.

»Cooles Shirt«, sagt Bea. Ich trage immer noch mein Neutral-Milk-Hotel-T-Shirt.

»Danke«, sage ich, überrascht, dass sie die Band kennt. Als ich Myriam kennenlernte, hatte sie noch nie von Neutral Milk Hotel gehört. »Früher wollte ich immer Jeff Mangum sein.«

Ich suche mir einen Tisch bei den Verkaufsautomaten, und Bea setzt sich wie selbstverständlich mir gegenüber.

»Spielst du?«, fragt sie und beißt in ihren Thunfischbagel.

»Hauptsächlich Schlagzeug und etwas Keyboard«, sage ich, »aber wenn ich Zeit habe, bringe ich mir selbst Gitarre bei. Das kommt allerdings fast nicht mehr vor.«

»Ich kann mir vorstellen, dass ihr viel zu tun habt«, sagt Bea. »Ihr seid die Schriftstellerinnen, richtig?«

»Ja«, sage ich. »Hast du unser Buch gelesen?«

»Leider lese ich nicht mehr so viele Bücher wie früher«, sagt sie. »Aber ich habe gerade erst was *über* euch gelesen. Ich folge Kristen Stewart auf Twitter.«

Bei der Vorstellung schießt mir das Blut in den Kopf. Ich fange an zu kichern, voller Panik, Bea könnte bemerkt haben, dass ich rot werde, wodurch mir das Blut noch mehr in die Wangen steigt.

Mein Telefon summt im selben Augenblick wie Beas Krankenhauspager. Myriam schon wieder:

Ich brauche dich jetzt sofort!

Wir lassen unser Essen stehen und eilen zum Krankenzimmer.

»Hör zu«, sagt Bea. »Ich arbeite bis sechs. Falls du dann Zeit hast, würde ich dir gern etwas zeigen. Myriam kann sich so lange ausruhen.«

»Allisoooooon«, höre ich, als wir uns der Tür nähern. »Ich scheiße Blut!«

Ich nicke Bea zu, die respektvoll vor der Tür stehen bleibt, während eine Krankenschwester sie auf den neuesten Stand bringt. Die beiden flüstern auf Italienisch miteinander.

»Ihnen geht es bald wieder besser, Miss Lacroix«, brüllt die Krankenschwester durch die geschlossene Toilettentür. »Die Ärztin glaubt nicht, dass es Anlass zur Sorge gibt. Nur eine geringfügige Irritation. Aber wir behalten Sie noch ein bisschen länger zur Beobachtung hier.«

»Kannst du mich noch mal umarmen, Süße?«

»Sie ist so schön, wenn sie schläft«, sagt Steve.

Das ist ein sehr freundliches Statement, aber vielleicht hat er recht, und es hat etwas Heiter-Abgeklärtes an sich, wie der Babyflaum an Myriams Stirn klebt, als sei sie ein viktorianisches Märtyrerkind. Ihr Krankenhauskittel ist schweißgetränkt, und sie hat Zuckungen wie ein schleimbedecktes Kalb, das gerade geboren wird.

»Ich bin nur froh, dass du da bist, Mann«, sage ich.

»Ich kann mir vorstellen, dass blutige Flitzkacke nicht gerade für beste Laune bei unserer Königin gesorgt hat«, erwidert er. »Du bist zu gut zu ihr.«

Ich zucke die Achseln und lasse mich von Steve in die Arme nehmen. Er riecht nach alkoholisierter Zitrone.

Unsere zärtliche Umarmung wird davon unterbrochen, dass ich Bea in Röhrenjeans und Lederjacke auf dem Gang stehen sehe, unter jedem Arm ein Motorradhelm. Steve zieht die Augenbrauen hoch.

»Bin bald zurück«, sage ich. »Schreib, wenn's was Neues gibt.«

∞

An dieses Motorradding könnte ich mich gewöhnen. An den Geruch von Leder und Benzin, wie die Welt an uns vorbeirauscht wie ein besonders hübsches Level auf Super Mario. Ich halte mich an Beas Schultern fest, die wirklich richtig breit sind. Ich betrachte den neonfarbenen Sonnenuntergang und habe Schuldgefühle, dass ich nicht wünschte, Myriam wäre dabei, aber es ist herrlich erholsam, mal rauszukommen. Das ist der Teil von mir, an dem ich arbeiten muss, das weiß ich: dass ich das Wohlergehen anderer immer über mein eigenes stelle. Myriam ist in guten Händen. Und Angehörige müssen auch mal für sich selbst sorgen.

In Neapel stellt Bea das Motorrad in einer düsteren, engen Gasse ab, die von Garagen gesäumt ist. Mir ist klar, dass ich es jetzt nicht mehr mit Bea der Ärztin zu tun habe. Mit der Stiefelspitze zieht sie ein mit hippen Graffiti bedecktes Garagentor hoch und bedeutet mir mit einer Kopfbewegung einzutreten.

Dahinter eröffnet sich so etwas wie eine mit Fresken bemalte alte Kirche, die durch Pappwände in einzelne Arbeitsplätze aufgeteilt ist, jeder davon voller Künstlerutensilien. Von der Decke hängt eine riesige Gummiente, aufgehängt am Hals, daneben verschossene Cargoshorts und ein Ballon, der wie eine herrinnenlose Brust aussieht. Bea stellt mir eine mit Farbe beschmierte Frau vor und einen mageren Jungen, der an der Statue eines Mannes mit einem, wie ich vermute, größer als gewöhnlichen Penis herummeißelt.

»Willkommen in unserem Atelier«, sagt die bunte Frau.

»Das ist ja irre hier, danke, dass ich kommen durfte«, sage ich.

Die Frau fängt an, sich mit Bea auf Italienisch zu unterhalten, und ich fühle mich magisch angezogen von einer Ecke voller Gitarren, Elektrowerkzeuge, Holzspäne und Drahtspulen. Eine einfache Gitarre aus dunklem Holz spricht mich besonders an.

»Wow«, sage ich, als ich einen schwarzen Krakel auf dem Gitarrenkorpus bemerke. »Ist das …?«

»Es ist nicht seine Gitarre«, sagt Bea hinter mir. »Aber es ist ein exakter Nachbau, und er hat drauf unterschrieben.«

»Aber wie?«

»Ich habe sie selbst gebaut.« Bea zuckt die Achseln. »Und dann habe ich Jeff Mangum bei dem Neutral-Milk-Hotel-Reunion-Konzert gefragt, ob er sie mir signieren kann. Willst du drauf spielen?«

Bea drückt mir die Gitarre in die Hand, weil ich mich weder bewegen noch sprechen kann.

Ich setze mich auf einen niedrigen Hocker und schlage ein paar Akkorde an. Ich fasse es einfach nicht, dass Bea diese Gitarre selbst gebaut hat, der Klang ist fantastisch. Ich improvisiere einen Song, der wahrscheinlich blöd klingt, aber Bea greift sich einen Bass und macht aus meinem idiotischen Liedchen ein Kunstwerk. Schatten huschen über ihr kantiges, konzentriertes Gesicht, während sie den Takt gekonnt mit dem Fuß mitklopft.

Bevor ich weiß, wie mir geschieht, hat die bunte Frau angefangen, auf Italienisch dazu zu singen, der junge Bildhauer spielt Mandoline, und die anderen Künstlerinnen und Künstler tanzen oder improvisieren etwas mit ihrer Stimme. Ich denke: Wow, was für ein total authentischer Augenblick, aber dann beschleichen mich Zweifel, weil was bedeutet »authentisch« überhaupt? Seit wann ist mir Kunst nicht mehr wichtig, *echte* Kunst, wie die Ente, die am Hals von der Decke baumelt – etwas, das nie jemand kaufen wird, sondern von der Künstlerin nur geschaffen wurde, weil sie etwas erschaffen *wollte*? Aber dann denke ich: Macht wirklich irgendjemand Kunst nur um der Kunst willen? Will nicht sogar die Entenkünstlerin damit berühmt werden, hat aber einfach keinen Riecher dafür, was sich verkaufen lässt und was nicht? Vielleicht gibt es das Authentische ja gar nicht, nicht mal in diesem Augenblick. Der Gedanke gefällt mir. Das kommt mir nicht wie Ausbeutung vor und nimmt ganz allgemein ein bisschen Druck aus der Situation.

Die anderen Kunstschaffenden sind irgendwohin verschwunden, nur noch Bea und ich sind da und sitzen auf dem Boden, an die Wand gelehnt. Eine Weile sagen wir nicht viel, weil wir noch der tollen Musik nachspüren, unsere Gedanken treibenlassen, und ich spüre, dass sie das total in Ordnung findet.

»Habe ich dir eigentlich erzählt«, sage ich irgendwann, »dass Myriam Neutral Milk Hotel noch nicht mal kannte, als wir uns kennengelernt haben?«

Wir schweigen noch ein wenig und lassen dieses schwergewichtige Statement in der Luft hängen.

»Und wie geht's dir damit?«, fragt Bea. »So richtig toll scheint's bei euch ja nicht zu laufen.«

»Alles gut«, sage ich, »ich bin dran gewöhnt.«

»Dran gewöhnt?«

»Myriam ist ... na ja, sie kann ganz schön schwierig sein. Sie hat jede Menge irrationale Ängste, und wenn du die auch nur infrage stellst, dann bist du sofort der Unmensch schlechthin. In letzter Zeit ist sie überzeugt, alle wollen, dass sie stirbt.«

»Darf ich fragen, warum du sie geheiratet hast? Wenn das nicht zu persönlich ist?«

»Na, wahrscheinlich liebe ich sie«, antworte ich. »Oder ich erinnere mich zumindest noch daran, sie mal geliebt zu haben, den Unterschied sehe ich nicht mehr. Jedenfalls bedeutet sie mir so viel, dass ich auf jeden Fall *nicht* will, dass sie stirbt. Und ich glaube, das würde sie, wenn ich sie verlasse. Das könnte sie tatsächlich umbringen.«

»Das klingt schwierig«, sagt Bea. »Kann ich irgendwas tun?«

Wir wenden beide den Blick ab, als sie das sagt, weil wir genau wissen, was sie tun könnte, was sich jetzt gut anfühlen würde. Wir sprechen es nicht aus, aber unsere Körper tun es. Beas Bizeps zuckt. Ihre Zunge befeuchtet ihre Lippen. Mein Adidasfuß fällt zur Seite und landet auf ihrem Lederstiefel. Mein Telefon klingelt, und wir zucken beide zusammen.

»Du musst zurückkommen, sofort. Es geht ihr gar nicht gut«, sagt Steve.

»Baby?«, sagt Myriam, als ich das Krankenhauszimmer betrete. »Ich kann mein Make-up nicht finden.«

Mit einer Hand hält sie sich den Bauch, mit der anderen tastet sie auf dem Nachttisch herum, jedes Mal ein paar Zentimeter an dem Lippenstift vorbei. Als sie ihn endlich zu fassen bekommt, zieht sie den Deckel mit den Zähnen ab und trägt das korallenrote Lipgloss auf, aber ihre Finger zittern so stark, dass sie ständig über die Lippen hinwegmalt.

»Steve will ein Foto von mir machen, damit mich die Leute supporten können«, erklärt sie. »Hast du meinen Eyeliner gesehen?«

»Hier ist er«, sage ich, und sie dreht den Kopf in meine Richtung, aber ihr Blick ist unfokussiert, wenn sie mit mir redet, guckt sie in die Zimmerecke.

»Kannst du ihn mir vielleicht auftragen? Mir geht's nicht gut.«

Ich nehme den Eyeliner, und Myriam schließt vertrauensvoll die Augen. Ich halte sie am Kinn, zeichne eine Linie auf ihre Oberlider und versuche, den von ihrer Kopfhaut aufsteigenden Schimmelgeruch nicht einzuatmen.

»Wahrscheinlich sind die Fäkalien in mein Blut gelangt, und jetzt werde ich blind«, sagt sie schwer atmend. »Kannst du die Ärztin holen? Sobald Steve das Foto gemacht hat?«

»Natürlich«, sage ich.

»Eine letzte Bitte, Hase?«, sagt Myriam.

»Ja?«

»Kommst du auch mit aufs Foto?«

»Na klar«, sage ich. »Kein Problem.«

Steve holt sein Telefon heraus, und ich beuge mich unbeholfen nach unten, um meinen Kopf an den von Myriam zu lehnen.

»Lächeln!«, ruft Steve und drückt ab.

Er tritt ans Bett, um uns die Fotos zu zeigen. Ich habe den Eyeliner nicht sehr gut aufgetragen. Es sieht aus, als ständen Myriams Augen zu weit auseinander. Zusammen mit dem synthetisch wirkenden Glänzen ihrer Haut und dem rund um den Mund verschmierten, korallenroten Lipgloss wirkt sie ziemlich furchterregend.

»Sind die Fotos gut geworden?«, fragt Myriam.

»Du siehst so hervorragend aus wie immer, meine Königin«, sagt Steve und postet eins.

»Allison«, flüstert Myriam. Sie legt mir eine bebende Hand ans Herz, wie ein armes Waisenkind, das die Hand an die Fensterscheibe einer teuren Boutique drückt. »Es tut mir leid, dass ich unserer Geschichte nicht das schöne Ende geben konnte, das sie verdient.«

Erst bin ich verwirrt, warum sie so redet, als sei das Ende schon geschrieben, aber dann fällt mir ein, wie es war, als sie das letzte Mal abgedreht ist. Sie fing an, schrecklich pathetisch daherzureden, als sei jedes Ereignis Teil ihrer dramatischen Prophezeiungen. Ich bemerke den aufgeklappten Laptop auf dem Nachttisch. Das Dokument *The Sequel* ist geöffnet, dasselbe Dokument, an dem sie schon gestern gearbeitet hat.

»Allison«, flüstert Myriam. Sie legt mir eine bebende Hand ans Herz, wie ein armes Waisenkind, das die Hand an die Fensterscheibe einer teuren Boutique drückt. »Es tut mir leid, dass ich unserer Geschichte nicht das schöne Ende geben konnte, das sie verdient.«

Was soll der Scheiß? Ich weiß nicht, was absurder ist, die schwülstige Prosa oder dass Myriam allen Ernstes glaubt, sie habe unsere Geschichte in der Hand. Als seien alle meine Handlungen von ihr vorherbestimmt und keines meiner Gefühle echt. Als sei unsere ganze Beziehung nichts als eine krude Verschwörungstheorie, in der sie das Opfer ist. Ich versuche, auf etwas zu kommen, das sie aus ihren Wahnvorstellungen reißen könnte, aber mir ist klar, dass es dafür zu spät ist. Die Tränen brennen mir in den Augen. Am liebsten würde ich ihr das idiotisch geschminkte Gesicht zerkratzen, die dunklen Locken ausreißen, die mich früher beim Schlafen wie warme, seidige Ranken eingewickelt haben und jetzt als Badekappe an ihrem verschwitzten Kopf kleben. All die Jahre lang hat sie mir vorgegaukelt, wenn ich bloß alles mit mir machen lasse und ihr gebe, was sie will, dann würde sie irgendwann wieder sie selbst sein. Und wir wieder wir.

»Ich liebe dich«, krächzt Myriam.

»Ich hole die Ärztin«, sage ich und schlucke das dicke, klebrige Etwas in meinem Hals herunter.

Bea steht vor ihrem Sprechzimmer und knöpft sich den gestärkten Kittel zu. Eine Schwester reicht ihr eine Krankenakte, auf der Myriams Name steht.

»Ist alles in Ordnung?«, fragt mich Bea, als ich auf sie zugehe.

»Sie ist total durchgedreht.« Ich unterdrücke einen Schluchzer. »Ich glaube, diesmal kann ich sie nicht mehr retten.«

»Hey«, sagt Bea und führt mich in ihr Sprechzimmer. »Du schaffst das. Du bist stark.«

Sie legt die Krankenakte auf den Schreibtisch und nimmt mich in ihre kräftigen, schützenden Arme. Beas Körper, nichts als Muskeln und grober Krankenhausstoff, kommt mir echter vor als alles, was ich je gefühlt habe.

»Ich bin nicht stark«, sage ich und lasse mich in ihre Umarmung fallen. »Ich bin schwach.«

Bea trägt weder fruchtiges Parfüm noch buttrige Lotionen. Von ihrem natürlichen, authentischen Geruch – Schweiß, Leder, Vaseline – wird mir ganz schwindlig vor Erregung. Ich klammere mich an ihre Schultern, ihre Hüften, Schenkel, alles fest verankerte Felsen an einem steilen Berghang. Ohne Lipglossbarriere treffen unsere Lippen aufeinander, zwei Rindenstücke, die sich aneinander reiben und ein Feuer entfachen.

Ich gebe ein Stöhnen von mir, das bedeutet: *Ich habe Myriam nie Top sein lassen, aber jetzt ist mir klar, dass ich das immer gewollt habe.* Bea antwortet mit einem Stöhnen, das bedeutet: *Ich dachte schon, du fragst nie.*

Sie packt meine beiden Handgelenke mit ihrer baseballhandschuhgroßen Hand und drückt mich nach unten auf den Schreibtisch. Sie reißt mir Jeans und Unterhose herunter und fängt an, wie Ebbe und Flut in mich zu fließen, in einer Bewegung, die sich so ewig und gewaltig anfühlt wie das Universum. Ich bin eine kleine Plastikflasche, die von Beas Wellen herumgeworfen wird, und rutsche mit erstaunlicher Leichtigkeit über den Schreibtisch – unter meinem Hintern ist irgendetwas. Myriams Krankenakte, die wie ein Gleitmittel wirkt, ein Surfbrett, mit dem ich über die Wellen der Lust reite, die immer härter und härter auf mich einstürzen.

Ein sanftes Vibrieren pulsiert an meinen Leisten und pflanzt sich durch den gesamten Körper fort. Ich glaube, jeden Moment zu kommen, doch plötzlich hört Bea auf und zieht den Pager aus ihrer Tasche. Sie wirft einen Blick darauf und rennt aus dem Zimmer. Ich ziehe meine Hose hoch und folge ihr durch den Gang zu Myriams Zimmer.

Myriams Augen haben sich nach hinten verdreht, zwischen den halb geschlossenen Lidern ist nur rot geädertes Weiß zu sehen. Ihr Mund ist mit Erbrochenem gefüllt, als sei er eine Tasse. Auf dem Telefon in ihrer Hand gehen unter ständigem Vibrieren neue Twitter-Meldungen ein. Das Pulsieren des Telefons wird übertönt vom monotonen, peinlich schrillen Ton des Herzmonitors.

Sergio trägt den *Zwei Moms sind besser als eine*-Strampler, den wir letzten Sommer auf dem Bauernmarkt einfach kaufen mussten. Ich lasse ihn auf meinem Schoß hüpfen, und er gluckst zufrieden vor sich hin. Das Publikum kann sich gar nicht an ihm sattsehen.

»Ich muss euch das jetzt fragen«, sagt Ellen, und ihr blonder Pony wirkt vor lauter Neugier wie elektrisch geladen. »Was ist das für ein Gefühl, eines der heißesten Paare der Welt zu sein?«

»Jetzt übertreibst du aber«, erwidert Bea, die sich cool in Ellens Sofa lehnt.

»Doch, ich meine das wirklich ernst, wirklich! Euer Album *The Sequel* steht seit acht Wochen ganz oben in den Charts, ihr habt ein unglaublich süßes Kind, eine Traumfamilie und alles, und wie viele Häuser habt ihr jetzt?«

»Ohne unsere fantastischen Fans hätten wir nichts davon erreicht«, antwortet Bea.

»Das Glück meint es gut mit uns«, füge ich hinzu. »Und wir haben sieben Häuser.«

»Schön, schön, aber jetzt mal ganz ehrlich. Auf *The Sequel* gibt es einen Megahit nach dem anderen, ich meine, die Fans lieben eure Musik, aber da steckt doch auch was Ernstes dahinter, oder nicht? Wollt ihr uns vielleicht ein bisschen mehr darüber erzählen?«

»Du hast recht, Ellen«, antwortet Bea, »so wundervoll unser gemeinsames Leben auch ist, Allison und ich haben uns unter schwierigen Umständen kennengelernt.«

»Die meisten von euch wissen ja sicher«, übernehme ich, »dass meine Karriere angefangen hat, als ich ein Buch mit meiner ersten Frau Myriam schrieb, die dann tragischerweise gestorben ist, nachdem sie einen kontaminierten Salat gegessen hat. Und ob ihr's glaubt oder nicht: Bea war ihre Ärztin in dem Krankenhaus, in dem ...«

Das Publikum hält die Luft an.

»Wie unglaublich tragisch«, sagt Ellen. »Es war ja nicht so, als ob du wolltest, dass deiner ersten Frau etwas Schlimmes zustößt, andererseits hättest du Bea sonst nie kennengelernt! Und Bea ist, wie du auf dem Album sagst – du bist ja sehr offen in der Hinsicht –, die Liebe deines Lebens?«

»Absolut, Ellen, es ist eine ziemlich komplizierte Situation«, sage ich. »Und was ich daraus gelernt habe, ist, dass es im Leben immer weitergeht, so oder so, auch wenn man gerade eine schwere Zeit durchmacht. Und wenn es eins gibt, auf das man sich immer verlassen kann, dann ist es die Liebe. Liebe währt ewig, sie vergeht nie, hab ich recht?«

Das Publikum jubelt, Ellen klatscht langsam in die Hände und nickt tiefsinnig mit dem Kopf.

»Ich danke dir für diese Worte, Allison«, sagt sie. »Aber wartet mal, was höre ich denn da?«

Unser neuer Release mit Tegan and Sara wird abgespielt, und das Publikum fängt wieder an zu jubeln.

»Wie wär's, Ladys? Wollen wir tanzen?«, sagt Ellen und wiegt die Hüften zu unserem neuen Song. Wir stehen auf, zappeln mit den Füßen und boxen im Takt in die Luft.

Bea entfährt ein Schrei, tief aus dem Bauch, als die Polster des Sofas nach oben klappen und Tegan und Sara herausspringen. Tegan umarmt Bea innig – die beiden hängen in letzter Zeit viel miteinander ab, so sind wir auch an den Deal mit dem gemeinsamen Song gekommen.

Ellen führt ihre berühmten Dancemoves vor, und Tegan und Sara kitzeln Sergio am Hals. Ich lasse ihn auf dem Arm hüpfen, und Bea wiegt sich mit uns hin und her, einen Arm um unsere Schultern. Von oben rieselt Konfetti auf uns herunter, und die Energie im Raum ist so ansteckend, dass sogar das Publikum tanzt.

»Dieser Song ist für Myriam!«, ruft Ellen. »Möge sie ewig unvergessen bleiben!«

»Wer?«, sagt Tegan unhörbar zu Sara, die die Achseln zuckt, die Arme in die Luft wirft und händeweise Konfetti fängt.

Love in the Dark

Acht Monate ist es her seit Allisons Verschwinden. Sie ging runter zum Norman's Fruit and Salad, um Küchenkrepp zu kaufen, und kam nicht wieder. Am Abend, als sie verschwand, saßen wir auf unserem Balkon und tranken Bier, es war ein sehr warmer Abend und wir waren beide müde von der Arbeit. Sie saß neben mir auf dem Schaukelstuhl, der Ausschnitt ihres Woohoo's-Haunted-Castle-T-Shirts war schweißgetränkt, ihre Hand klebte auf meinem Oberschenkel wie ein medizinisches Pflaster, das mein Herz am Schlagen hielt.

Ich erzählte ihr gerade von meiner Kollegin Trish, die von heute auf morgen gekündigt, ihren Freund verlassen und nach Bali gezogen war, um dort unbezahlt in einem Ashram zu arbeiten.

»Einfach alles so hinzuschmeißen«, sagte ich. »Vor so was hätte ich viel zu viel Respekt. Das einzige Mal, dass ich verreist bin, habe ich über sieben Kilo abgenommen, weil ich Angst hatte, mir was im Restaurant zu bestellen.«

Allison zog die Hand von meinem Bein: zur Strafe. Ständig wiederhole ich mich, ständig rede ich darüber, wie schwer ich es damit habe, ich zu sein. Ich kann es einfach nicht lassen.

»Ich wünschte nur, mein Leben wäre nicht so festgefahren«, versuchte ich zu erklären. »Ich wünschte, ich wäre die Art Mensch, die einfach …«

»Abhauen könnte?«

Allison knallte ihr Bierglas so heftig auf den Tisch, dass es in tausend Stücke zerbrach. Sie versuchte, die Sauerei aufzuwischen, aber überall waren Bier und Scherben, und wir hatten kein Küchenkrepp mehr. Ich sagte, mir sei klar, dass sie das nicht absichtlich gemacht habe, aber sie bekam nichts davon mit. Sie rastete völlig aus. Wenn Allison sich aufregt, werden ihre Lippen röter. Das passt gut zu ihren Augen.

Als sie nicht sofort vom Norman's zurückkam, war ich überzeugt, sie brauche einfach ein bisschen Zeit, um sich zu beruhigen. Manchmal geht sie auf lange Spaziergänge, um Dampf abzulassen, oder sie geht Bier trinken mit ihren Freundinnen. Wenn das passiert, rufe ich sie an und weine. Ich sage ihr, es sei nicht schlimm, wenn man mal wütend wird, aber sie könne jetzt ruhig wieder nach Hause kommen. Dann lässt sie sich extra viel Zeit. Deswegen rief ich diesmal nicht an. Ich weinte, schminkte mir danach aber stark die Augen, damit sie nicht sehen würde, dass ich geweint hatte, wenn sie heimkam. Warum hast du dich so aufgebrezelt, würde sie fragen, und ich würde sagen, das geht dich gar nichts an. Vielleicht würde sie dann glauben, ich würde mit *meinen* Freundinnen ausgehen, oder dass ich die belebteste Straße unserer Stadt entlanglaufen und dramatisch das Gesicht verziehen würde, wenn mir Männer etwas hinterherriefen. Vielleicht würde sie mir befehlen, mich übers Sofa zu beugen, mir die Unterhose runterziehen und fragen, ob ich eine kleine Schlampe sei, und wenn ich ja sagte, würde sie mir die Finger reinstecken und sagen, dass sie mich liebte. Nach so was zu weinen, war immer in Ordnung, und dann weinten wir beide.

Fünf Tage später meldete sie sich endlich. Sie entschuldigte sich dafür, dass sie wütend geworden war. Beim Norman's habe sie jemanden kennengelernt – nein, nein, nichts in der Art. Eine Frau namens Maggie, die im Norden ein Retreatcenter leite, einen sicheren Hafen für Menschen, die Probleme mit Drogen oder ihrer seelischen Verfassung hatten. Sie müsse eine Weile weggehen und an sich arbeiten, damit sie nicht mehr ständig ausflippte.

»Es tut mir leid, dass ich dich wütend gemacht habe«, sagte ich.

»Schon gut«, sagte sie. »Ich habe nur das Gefühl ... als wäre ich nie gut genug für dich.«

»Nein, ich bin diejenige, die nicht gut genug ist, aber ich werde mich bessern. Ich werde glücklich sein. Komm einfach zurück nach Hause, dann bin ich glücklich.«

»Vielleicht wird es unserer Beziehung guttun, wenn wir uns mal eine Weile nicht sehen.«

»Bitte geh nicht weg.«

»Tut mir leid. Ich rufe an, sobald ich kann.«

Bisher hat sie nicht angerufen, aber vielleicht ist es ja Teil der inneren Reinigung, dass man sich von der ganzen Technologie lossagt, und das Handy zu benutzen wäre ein Rückschlag.

Allein in unserer Wohnung baue ich mir ein Nest aus Allisons Pullovern und tue so, als steckten ihre Arme in den Ärmeln. Immer und immer wieder höre ich mir Bonnie Tylers »Total Eclipse of the Heart« an. Ich sage mir laut vor: *Ist ja gut, bald geht's dir besser*, aber alles, was ich vor meinem inneren Auge sehe, sind die Worte, in allen erdenklichen Schrifttypen. Wenn ich mir vorzustellen versuche, wie das aussähe, wenn es mir besserginge, dann sehe ich im Geist ein kurzes Video von mir, in dem ich reglos an einem stürmischen Strand stehe, nur mein Haar flattert im Wind. Auffordernd starre ich das Meer an: *Komm und hol mich*. Das Wasser zieht sich zurück. Mein Haar flattert. Von Weisheit benetzt, brauchen meine Augen nicht mehr zu blinzeln.

Als ich meine Therapeutin fragte, woran ich ganz spezifisch arbeiten sollte, sagte sie, das könne sie mir nicht sagen; woran ich denn meiner Meinung nach arbeiten sollte? Ich sagte, das wisse ich nicht, vielleicht, dass ich meine Beziehung nicht mehr als Krücke für meine psychischen Störungen missbrauche? Da nickte sie, als befände ich mich auf der richtigen Spur.

Deswegen habe ich angefangen, Sachen allein zu machen, in der Hoffnung, dass es mir helfen wird, unabhängiger zu werden, was mir wiederum erlauben wird, bessere Beziehungen zu führen. Morgens gehe ich joggen, dabei weine ich immer, aber die Tränen vermischen sich mit Schweiß, insofern ist es fast, als würde ich nicht weinen. Abends male ich ein Malbuch für Erwachsene aus, in dem lauter aufbauende Motti stehen. *Heilung verläuft nie geradlinig. Du bist genug.* Meine Therapeutin lässt mich Listen mit persönlichen Zielen anlegen, Dingen, die ich nur für mich will. Ich will, dass Allison nach Hause kommt, aber stattdessen schreibe ich Sachen auf wie: Lernen, wie man Moussaka macht, neue Freundschaften schließen, eine neue Kunstform praktizieren, eine schönere Handschrift entwickeln. Zu diesem Zweck besuche ich immer montags und mittwochs nach der Arbeit einen Kalligrafiekurs im Gemeindezentrum. Ich möchte gerne eine Person mit einer ordentlichen Handschrift werden, deren Finger nicht ständig mit Tintenflecken verschmiert sind. Ich möchte mein bestes Ich werden.

Halb geflochtene Körbe bilden einen schiefen Stoß in der Ecke, daneben liegen zusammengerollte Matten für den Jazzercise-Kurs und Kleenex-Boxen der Supportgruppe für Geschäftsfrauen. Der Raum ist klein, aber das Licht ist gut, eine der grundlegenden Voraussetzungen, um es in der Kalligrafie zu etwas zu bringen.

»Wie ich sehe, haben ein paar von euch noch Schwierigkeiten

mit dem Aufstrich. Denkt dran: Richtet euren Blick in dieselbe Richtung wie euren Strich«, sagt unser Lehrer. Er heißt Mario und ist nicht besonders groß.

»Dem würde ich gern mal einen Aufstrich verpassen«, sagt das Mädchen neben mir, Karla heißt sie, wie sehr elegant auf ihrem Übungsbuch vermerkt ist. Karla steht auf Mario und hat mich dazu auserkoren, mir alles über ihren Schwarm zu erzählen. »Ich mag Männer, die schwächer sind als ich«, hat sie mir schon in der allerersten Stunde anvertraut.

Auch ich vertraue mich ihr an.

»Ich sehe mich als Abfolge von Diagrammen«, sage ich ihr ins Ohr, während sie den Buchstaben G mit einem Pinselstift übt. »Oder als Reihe farbiger Phiolen, die eigentlich voll sein müssten, es aber nicht sind. Selbstbewusstsein ist grün und gefährlich leer. Sinn für Humor ist orange und war irgendwann mal halb voll, scheint aber mangels Benutzung eingetrocknet zu sein.«

Karla hört nicht gern zu. In der letzten Stunde habe ich ihr davon erzählt, dass ich völlig wahllos Telefonnummern im Norden anrufe, um zu fragen, ob sie meine Freundin gesehen hätten, aber Karla konnte sich trotzdem so gut konzentrieren, dass sie mit ihrem Semikolon das nächste Level erreichte.

»Vielleicht würde sie es ja spüren, wenn ich in Lebensgefahr schweben würde«, sage ich. »Ich glaube, unsere Liebe ist so stark, weißt du, was ich meine?«

»Schööön«, sagt Karla und bläst die Tinte ihres perfekten Kommas trocken.

Es verletzt mich, dass Karla ihre Mitmenschen so komplett ausblenden kann, aber es hat auch etwas Inspirierendes. Sie scheint über jede Menge emotionale Energie zu verfügen, darauf gerichtet, ihr bestes Ich zu sein. Karla ist erfolgreich in der Performanceszene und obendrein Miteigentümerin einer Location, die The Space heißt, in der Indiekonzerte und Avantgarde-Clown-Auftritte stattfinden. Sie hat einen festen Freund und nebenbei noch mehrere Lover. Ihrem Federstrich sieht man augenblicklich an, dass sie eine Macherin ist. Willensstark und zielsicher. Sie hat sich garantiert noch nie unter der Bettdecke versteckt, Duftöle inhaliert, einen Podcast namens *Das Licht der Gelassenheit* gehört und dabei die Minuten gezählt, bis ihre bessere Hälfte nach Hause kommt.

Ich versuche, gerade, parallele Linien zu zeichnen, auf denen ich meine Schönschriftbuchstaben üben kann. Der restliche Kurs ist längst zu Tinte übergegangen, während ich immer noch einen Bleistift benutze. Mario findet, ich müsse mich den Grundlagen noch ein wenig länger widmen.

»Das ABC ist die Grundlage von allem«, sagte er am Anfang zu mir, den Kopf herablassend geneigt.

Ich habe die Linien mittlerweile so oft ausradiert und wieder neu gezogen, dass mein Blatt voller Rillen ist. Ich versuche, mit diesen Vertiefungen zu arbeiten, und hoffe, sie werden meiner Handschrift einen persönlichen Stil verleihen. A, B, C versuche ich. Mein Stift stockt. A, B, C versuche ich wieder, aber der Stift verrutscht mir nach oben, und das C ist auf einmal geschlossen und sieht aus wie ein O. Tränen tropfen auf meine Seite und durchnässen sie. Allison fehlt mir.

»Hey«, sagt Karla und taucht aus ihrer tiefen Konzentration auf. »Warum kommst du heute Abend nicht mit ins Space? Es treten richtig gute Leute auf. Das wird dich ein bisschen ablenken.«

Karla. Sie kümmert sich doch.

»Na gut«, sage ich und wische mir den Rotz mit dem Handrücken ab.

Das Space liegt im Souterrain eines heruntergekommenen Hotels. Karla hat echt was gemacht aus dem Keller. Er ist muffig, gleichzeitig elegant, mit alten Vinylsitzecken, Samtvorhängen und falschen Kandelabern. An der Bar werden raffiniert klingende Drinks aus billigen Zutaten gemixt. Nachdem ich mir meinen Stempel abgeholt habe, sehe ich Karla, die an einem Stehtisch lehnt und mit einer kleinen Blondine redet.

»Hey, Myriam«, sagt sie, als ich auf sie zukomme, »das ist Paisley. Dey ist auch seit neuestem Single.«

»Hallo«, sagt Paisley und streicht sich kraftlos den Pony aus dem Gesicht. »Ich hol mir was zu trinken.«

»Sieht super aus, findest du nicht?«, sagt Karla, nachdem Paisley weggegangen ist. »Ihr zwei seid doch wie gemacht füreinander.«

»Ich weiß nicht, ob dey wirklich mein Typ ist.«

»Und was ist dein Typ? Du musst heute Abend mal ordentlich auf die Kacke hauen, ich krieg ja schon schlechte Laune, wenn ich dich nur anschaue.«

»Keine Ahnung«, antworte ich. »Wahrscheinlich stehe ich auf dickes Haar. Und schiefe Zähne. Aber ich glaube nicht ...«

Ein Mann kommt auf Karla zu und ruft irgendwas von wegen Scheinwerfer und Kabel. Karla runzelt die Stirn und verschwindet, das Meer aus Zuschauern teilt sich vor ihr.

Ich dränge mich durch die dichtstehenden Menschen. Heute Abend gibt es Burlesque, und der Space ist gerammelt voll. Ich stehe relativ weit vorne links hinter einem Pärchen im Partnerlook: gleiche Jeans, gleiche über den Ohren hochgerollte Beanies. Der Zwickel meiner silbernen Strumpfhose rutscht ständig, und ich versuche, sie unauffällig unter dem Kleid wieder hochzuziehen. Die silberne Strumpfhose hatte ich auch bei meinem ersten Date mit Allison an und hatte genau die gleichen Probleme damit wie jetzt – bis sie mir das Ding vom Leib riss.

Der Vorhang öffnet sich für den ersten Akt: ein Mann in einem Katzenkostüm aus Latex, der seinen Katzenschwanz wie eine Peitsche herumschleudert, dann zieht er ihn zwischen den Beinen hindurch und steckt ihn sich in den Mund. Das Publikum johlt, und ich denke an Allison, die mir den Mund manchmal mit Seidenbändern stopfte und mich damit aufzog, dass uns noch gekündigt würde, wenn ich weiter so laut stöhnte, dann küsste sie meinen bänderverschlossenen Mund.

Als Nächstes kommt eine als Puppe verkleidete Frau, die sich mit ihren eigenen Haarspangen ritzt, künstliches Blut läuft an ihren angemalten Wangen herunter. Ich denke an die Narben auf Allisons Armen, Beinen und Bauch, die sie sich selbst zugefügt hat, als ihr Blut so heiß floss, dass sie etwas davon herauslassen musste. Die Puppe schleppt sich von der Bühne und hinterlässt eine lange Blutspur.

Und dann kommt sie. *Allison.*

Sie betritt die Bühne in ihren normalen Klamotten. Jeans und eine mit kleinen Speichenrädern bedruckte Bluse, obwohl es schwer zu sagen ist, ob es die gleichen Jeans, die gleichen Speichenräder sind. Ich blicke mich um, ob mir hier vielleicht ein Streich gespielt wird und alle eingeweiht sind außer mir, aber das restliche Publikum wirkt genauso gespannt wie ich.

Es sieht so aus, als wolle Allison etwas sagen, aber bevor sie den Mund aufmachen kann, dringt ein schriller Ton aus dem Lautsprecher, und ein außerirdisches blaues Licht scheint auf sie herunter. Voller Ehrfurcht und Angst blickt sie hinein. Sie zittert, sie bebt, sie fällt zu Boden und windet sich zuckend. Ihr Körper erschlafft. Das Licht geht aus. Das Publikum hält die Luft an. Von der Bühne sind

Geräusche zu hören, Schritte und Gegenstände, die verschoben werden.

Als das Licht wieder angeht, erwacht Allison vor einer Mondlandschaft. Weihnachtsbaumbeleuchtung glitzert hinter einer Papiergalaxie. Schläfrig räkelt sie sich, blaues Licht beleuchtet sie von allen Seiten. Sie erhebt sich und knöpft ganz langsam die Bluse auf, bis ihre fast flache Brust zum Vorschein kommt, ihre lange Taille, ihre blau schimmernden Rippen. Ihre Augen strahlen, wie Suchscheinwerfer, die im Nebel durch die Menge schweifen. Ich frage mich, ob sie nach mir Ausschau hält, aber ihr Blick geht über meinen Kopf hinweg in die Dunkelheit des Publikums.

Allison schnürt ihre gefälschten Adidas auf und zieht die Jeans herunter. Aus der Unterhose zieht sie ein schmales Taschenbuch: Kurt Vonnegut. Sie setzt sich auf einen großen Styroporfelsen, fängt an zu lesen und kaut dabei konzentriert auf ihren Lippen herum. Alle paar Sekunden schlägt sie eine Seite um – eine, zwei, drei, vier –, dann geht das Licht aus.

Nach der Vorstellung suche ich nach ihr, kann sie aber nirgendwo entdecken. Ströme von Menschen ziehen vorbei und reiben sich von allen Seiten an mir. Allison und ich gehen mal mit Bekannten essen, ansonsten sind wir aber eigentlich nur zu Hause, gucken im Bett Filme, spielen Boggle oder reden.

An der Bar frage ich: »Die dritte Performerin, die mit dem blauen Licht? Weißt du, wo sie hin ist?«

»Die ist total irre, oder? Sie hat in New York studiert, habe ich gehört, an irgendeiner abgefahrenen Uni.«

»Wow«, sage ich.

»Guck doch mal hinter der Bühne. Angeblich hat sie jede Menge Rituale vor und nach der Performance.«

Der Backstagebereich besteht aus einem Raum bei den Klos, in dem die Künstlerinnen und Künstler ein und aus gehen. Ich halte schnell die Tür fest, als der Katzenmann herauskommt. In der Garderobe gibt es einen staubigen Spiegel, eine offene Toilette und ein aufgehängtes Bettlaken, hinter dem man sich umziehen kann. Auf einem Plastikteller liegen vertrocknete Karottenschnitze. Allison steht vor dem Spiegel, ihr reflektiertes Ich sieht mich an.

»Die Klos sind gegenüber«, sagt sie. »Wobei ich verstehe, wie man das verwechseln kann.«

Sie macht eine Armbewegung durch den Raum und grinst. Selbst außerhalb der Bühne wirkt ihre Haut ein wenig bläulich, wie fettfreie Milch, ihre Lippen sind kalkig violett.

»Ich muss nicht pinkeln«, sage ich.

»Na dann«, sagt sie. »Mach's dir gemütlich, ich wollte gerade meditieren.«

»Hast du das oben in der Arktis gelernt? Das Meditieren?«

»Stimmt«, sagt sie, dreht sich zu mir um und mustert mich. »Woher weißt du das?«

»Ich bin deine Freundin«, sage ich.

»Schön wär's.« Sie lacht unsicher. »Ich bin Claire.«

Ich suche nach irgendeinem Zeichen, dass Claire mich erkennt. Sie lächelt mit einem Mundwinkel und drückt nervös die Fingerspitzen in ihren Handteller, so, wie auch Allison es damals machte, als wir uns kennenlernten.

Claire nimmt zwei Kissen von einem kleinen Cordsofa, legt sie auf den Boden und klopft auf das Kissen neben sich. Sie schließt die Augen und atmet tief durch. Ich möchte jeden Teil von ihr mit meinen Lippen berühren, aber ich sitze nur da, atme und betrachte sie mit halb geschlossenen Lidern.

Ihre Hände, die vor Kurzem noch Fäuste waren, liegen locker

auf ihren Knien. Der Atem geht durch sie hindurch wie Meereswellen. Sie wirkt unglaublich gelassen.

Wir gehen vorbei an Cafés, in denen Allison und ich oft zum Lesen saßen, unseren Lebensmittelläden. Nichts davon scheint Claire zu erkennen, aber sie fasst nach meiner Hand, als sei es alte Gewohnheit. Sie erzählt mir von der Stadt, in der sie auf die Welt kam, einem Vorort in Saskatchewan, zwei Ortschaften neben Allisons Heimatstadt, und von ihrer ersten Freundin, Cindy aus Moose Jaw, und mir fällt wieder ein, dass auch Allisons erste Freundin Cindy hieß und aus Moose Jaw kam – Cindy mit dem legendären Stick-and- Poke-Kameltattoo auf dem großen Zeh. Allison war als Sechzehnjährige mit Cindy zusammen, aber nur ein halbes Jahr lang, weil Cindy mit Meth anfing und sich nicht mehr meldete. Ungefähr zu dem Zeitpunkt kam dann Claire mit ihr zusammen. Cindy stand auf Meth und Ficken, und Claire fickte gern mit Cindy, und bald waren sie dann beide abhängig.

Nach der Highschool ging Allison weg, um Musik zu studieren, und Claire beschloss, zusammen mit Cindy durch Kanada zu trampen, aber sie hatten es kaum aus Saskatchewan rausgeschafft, als Cindy sich eine Überdosis reinpfiff. Sie verließ das Krankenhaus mit einem Gesicht wie nasse Watte, nahm den nächsten Bus zurück nach Moose Jaw, zog wieder zu ihren Eltern, wurde clean und später eine von den ganzkörpertätowierten Krankenschwestern mit lauter, tiefer Stimme, die jeder heiraten will. Claire versuchte auch, clean zu werden, hatte aber kein Glück, schlief bei Leuten auf dem Boden, die sie nicht leiden konnte, fuhr mit ihnen nach Saskatoon, um geklautes Zeug zu verticken, und hielt sich hauptsächlich mit den Kalorien am Leben, die sie sonntags beim allwöchentlichen Abendessen bei ihren Eltern zu sich nahm.

An einem dieser Sonntage, mitten im Winter, sagte ihr Dad dann, er wolle mit ihr zur Mall fahren, um neue Stiefel zu kaufen, aber er fuhr auf dem Highway immer weiter nach Norden und hörte nicht auf zu fahren, bis sich die Bäume in mickrige Sträucher und die Erde in Fels verwandelt hatte. Die Tage wurden immer kürzer, und als sie am Ziel ankamen, existierte der Tag nicht mehr. Claire wurde in der ewigen Polarnacht abgesetzt und einer Frau namens Maggie übergeben, die ihrem Vater die Hand schüttelte und versprach, dass sie Claire heilen würde.

»Maggie war total überzeugt von Clowning. Sie glaubt an Exorzismus durch Übertreibung«, erläutert Claire. »Also zum Beispiel, dass man die negativsten Aspekte von sich ins Extrem steigert und dann verkörpert und sich viel Zeit für den Entwurf ihrer Outfits nimmt, ihren Gang, ihre Ticks. Den negativen Seiten Leben einzuhauchen ist die einzige Art, wie man sie ehrlich lieben lernen kann.«

»Und hat es funktioniert?«

»Allerdings. Nach der Zeit bei Maggie bin ich aus der Tundra runtergetrampt nach New York und habe dort Darstellende Künste studiert. Seitdem bin ich pausenlos *on the road* und trete überall auf, wo man mich haben will.«

»Ich bin keine besonders gute Künstlerin«, sage ich. »Ich mache gerade einen Kalligrafiekurs, aber ich bin zu ängstlich, jede Linie sieht aus, als würde ich ein Erdbeben aufzeichnen.«

»Vielleicht ist das dein Clown-Ich«, meint Claire. »Der Tatterclown.«

Ich lache, weil es stimmt: Das bin ich, der Tatterclown. Es ist absurd und nur ein bisschen schrecklich.

∞

Als wir zum Haus von Karla kommen, wo Claire übernachtet, ist es schon sehr spät. Auf Zehenspitzen schleichen wir durchs Wohnzimmer, wo die sich ritzende Puppe in einem Metallica-T-Shirt auf dem Sofa schläft. Claire bewohnt eine kleine Dachkammer mit einer Schaumstoffmatratze auf dem Boden, außerdem liegen dort ein Rucksack und ein mit Kostümen vollgestopfter Koffer. Den Rucksack erkenne ich: ein Neutral-Milk-Hotel-Button, ein Flanellflicken. Anderes an diesem Rucksack ist mir dagegen unbekannt: ein Button vom Calgary Circus, ein grüner Tintenfleck unten. Auf dem Bett liegt derselbe Schlafsack, in dem Allison und ich bei unserem Zelturlaub in den Bergen geschlafen haben. Eines Nachts verschütteten wir Whiskey darauf, stritten uns, während wir im alkoholgeschwängerten Nass lagen, und fickten in den Whiskeyschwaden.

Claire und ich sitzen auf der Matratze, und sie zieht ein Boggle-Spiel aus dem Koffer. Sie schüttelt die Würfel. *ABI, ABT, ALL, AMI, AMT, ARM.*

Ich kann einfach nicht aufhören, ihr ins Gesicht zu schauen. Sie ist Allison, aber allmählich sehe ich, dass sie auch Claire ist. Sie hat etwas an sich, das mich dazu drängt, ihr alles zu erzählen, als würde man mit einem Gespenst reden. Ich erzähle ihr von den Phiolen, und dass ich ein besserer Mensch werden will, aber nicht weiß wie.

»Ich mache das so«, sagt sie, »dass ich mir meine Beerdigung vorstelle. Die Leute halten traurige Reden, und ich sitze hinten auf einer Bank und hake die Punkte ab. *Witzig*, check. *Klug*, check. Aber dann frage ich mich: Warum hat niemand mein gutes Aussehen erwähnt? Fanden sie mich zu dürr oder was? Sind meine schiefen Zähne schuld?«

Ich lache.

»Ich an deiner Stelle«, sagt sie mit ihrer unendlich sanften

Stimme, die nie schreien könnte, »ich würde absolut nichts an dir verändern.«

Ich lasse mich langsam nach vorne sinken, bis unsere Lippen aufeinandertreffen. Wir küssen uns, als würden wir unter die Bettdecke schlüpfen, als würden wir Wasser trinken. Im Dunkeln sieht Claires Haut eisblau aus, als sei sie in eine Tiefkühltruhe gesteckt und nach hundert Jahren wieder aufgetaut worden. Als sie mir die kühle Hand unters Hemd schiebt, schaudere ich. Ich frage mich, ob ich Allison gerade betrüge. Ich frage mich, ob es so etwas wie Klone gibt, oder ob diese mysteriösen Stätten im hohen Norden aggressive Freundinnen in sanfte Wesen verwandeln können, womöglich durch das Einlegen in einer blauen Substanz. Ich ziehe Claire aus und suche nach Zeichen. Ich vergrabe mich immer tiefer in ihr, doch ich finde nicht, wonach ich suche. Aber da ist etwas anderes, etwas, von dem ich nicht ahnte, dass ich es wollte, etwas, von dem ich mir nach wie vor nicht sicher bin, dass ich es will. Da ist Platz, im Innern.

Der Klang eines landenden Raumschiffs weckt mich auf: mein Klingelton.

»Hallo?« Claire ist nirgendwo zu sehen. Ihr Gepäck ist verschwunden, das Kissen neben meinem ohne Abdruck.

»Hi«, sagt Allison. Ihre Stimme klingt sehr weit weg, als riefe sie mich aus dem Nirgendwo an, aus der Dunkelheit des Weltraums, wo ich sie erreichen wollte, aber nicht konnte. »Wir sind an einer Tankstelle in Bearpaw ... wahrscheinlich bin ich heute Nacht zu Hause.«

»Du kommst nach Hause? Jetzt?«

Ich frage mich, wie das jemanden verändert, so lange nirgendwo zu sein.

»Bist du sauer auf mich?«

Ihre Stimme klingt völlig verändert.

»Ich hatte keine Ahnung, ob du je wieder heimkommen würdest. Es war grauenhaft.«

Ich stelle mir Allisons Körper vor, wie er knapp über der Erdatmosphäre schwebt. Die Zellen sind zwar noch alle an ihrem Platz, aber die Raumzeit bringt ihre DNA durcheinander und verwandelt sie ganz allmählich in eine schiefe, fremdartige Version ihrer selbst – für das ungeschulte Auge identisch, aber für die, die sie aufrichtig geliebt haben, nicht wiederzuerkennen.

»Tut mir leid«, sagt Allison, »die Verbindung wird schlechter. Bis heute Abend.«

Sobald der Anruf vorbei ist, materialisiert Claire sich wieder in der Ecke des Raums, nichts als ein silbernes Unterhemd am Leib. Sie schwimmt durch die Luft, Arme angewinkelt wie Flossen, bleibt aber stehen, als sie sieht, wie ich sie anstarre.

»Hast du gut geschlafen?«, fragt sie und kriecht zu mir zurück unter die Decke.

»Ja, nicht schlecht«, sage ich und fahre die Kissenabdrücke in ihrem Gesicht nach. Ihre Haut ist weich wie aufgehender Hefeteig. »Bist du beim Üben?«

»Ja, ich arbeite schon eine ganze Weile dran. Ich bin ein Fisch oder eine Art Meeresungeheuer, weißt du? Ich schwimme einfach immer im Kreis, bis mir auf einmal klar wird, dass ich in einem Goldfischglas festsitze. Und sobald mir das klar ist, kann ich nur noch an eins denken: wie ich da rauskomme. Obwohl ich nicht weiß, was außerhalb des Glases ist. Obwohl ich glücklich war, bevor ich gegen das Glas gestoßen bin.«

»Woher weißt du, dass du glücklich warst?«

»Keine Ahnung.«

»Vielleicht verstehst du es ja erst, sobald du draußen bist. Draußen wird alles besser sein, oder viel schlimmer.«

»Interessant.« Claire holt ein Notizbuch aus dem Rucksack und schreibt schnell etwas auf. Ihr Rucksack steht klar und deutlich am Fußende der Matratze. Ich frage mich, wie ich ihn übersehen konnte.

»Willst du heute mit mir ins Schwimmbad gehen? Recherche«, sagt sie und macht wieder Flossenbewegungen mit den Armen.

Unten kocht Karla gerade Kaffee. Mario sitzt auf einem Küchenhocker, ein Handtuch dreimal um die dünnen Hüften gewickelt. Ich sehe, dass er einen schmalen Ring in der linken Brustwarze trägt.

»Wahnsinn, das war ja der reinste Fuckathon hier letzte Nacht«, meint Karla und schenkt uns beiden eine Tasse Kaffee ein. »Der Katzenmann und der Tontechniker haben die Wände zum Wackeln gebracht.«

»Könntest du mir einen Badeanzug leihen?«, frage ich und trinke einen Schluck Kaffee.

Karla führt mich in ihr Schlafzimmer: ein riesiger Raum mit hohen Decken, vergilbter Wandfarbe und staubigem Stuck. Überall steht dreckiges Geschirr herum, es sieht aus, als hätte hier seit Jahren niemand mehr gefegt. Sofort fühle ich mich Karla näher, die gerade dabei ist, die Kleiderberge auf dem Boden ihres begehbaren Kleiderschranks zu durchwühlen.

»Sieht ganz so aus, als könntest du wieder lächeln«, sagt sie.

»Allison kommt heute Abend nach Hause«, sage ich.

»Mist«, sagt Karla. »Was hast du vor?«

»Keine Ahnung«, sage ich. »Ich kann Allison unmöglich von Claire erzählen. Aber ich kann ihr auch nicht nichts sagen.«

»Tja, wenn die Kacke sowieso am Dampfen ist«, sagt Karla und reicht mir einen Bikini, »dann genieß wenigstens die Wärme.«

Das öffentliche Hallenbad ist grell beleuchtet und feuchtwarm, ein einzigartiges Ökosystem voller Echos und chemischer Gerüche. Alte Leute machen Brustschwimmen, Kinder gleiten unter Wasser mit ihren Kaulquappenkörpern an uns vorbei. Am Rand des höchsten Sprungbretts steht ein kleines Mädchen. Sie federt hoch in die Luft, lässt sich kerzengerade fallen und durchstößt die Wasseroberfläche wie eine Nadel.

Am flachen Ende lasse ich mich auf dem Rücken treiben, und Claire bewegt mich an den Füßen durchs Wasser. Dabei erzählt sie mir Geschichten, wie sie mit einer Performance namens *Hump* durch Europa getourt sei, einem auf *Moby Dick* basierenden, erotischen Musical.

»Jedenfalls ist es echt ungemütlich, im Berghain auf dem Klo zu übernachten«, sagt sie.

Ich habe keine Ahnung, wovon sie redet. Ich möchte mir jedes ihrer Worte unter die Haut tätowieren, aber alles, was sie sagt, gleitet wie Wasser über meinen Kopf hinweg oder unter mir hindurch. Ihre Haut verschwimmt mit dem Schwimmbeckenblau, ihr Lächeln mit den Strudeln und Wellen. Ich fasse nach ihrer Hand, aber ich spüre sie kaum, als sei ihr Körper aus Gaze gemacht. Mir schnürt sich die Kehle zu.

Ich muss an Allisons ersten Ausraster denken, wie schnell das ging. Wir waren auf dem Weg zur Eisdiele, und bevor ich überhaupt wusste, was sie so wütend gemacht hatte, brüllte sie mich an, ihr Zorn dermaßen außer Kontrolle, dass mein Instinkt die Oberhand gewann und ich wegrannte. Als ich über die Schulter blickte und sah, dass sie mich verfolgte, blieb die Welt stehen. Alles war totenstill, die Straße weit weg und fremd, und die Schatten – die mich schon immer aus den Zimmerecken oder vom klaffenden Tassenboden angestarrt haben – holten mich ein. Wenn mich die Schatten umzingeln, wie jetzt, da ich spüre, dass Claire sich verflüchtigt und Allison näher kommt, zieht mich die Erde in ihren Mittelpunkt, hinab in die völlige Dunkelheit. Dass Allison mich liebt, ist meine einzige Hoffnung.

»Au!«, ruft Claire, weil ich ihre Hand zerquetsche. Mein Herz hämmert so stark, dass ich Angst habe, die Glasbausteine in den Mauern des Schwimmbads könnten zerspringen. »Was ist los?«

»Bitte bleib bei mir«, sage ich und klammere mich so fest ich kann an sie. »Bitte lass mich nicht allein.«

»Warum sagst du das?«, fragt Claire. »Aber wenn du willst, dass ich bleibe, bleibe ich natürlich. Keine Sorge.«

Claire fährt mir mit dem Daumen über die Wange, was sich so echt anfühlt wie alles, was ich je gefühlt habe. Ich sehe in ihre glänzenden, halb durchsichtigen Augen. Die Schatten lockern ihren Griff. Ich glaube ihr.

»Okay«, sage ich mit einem Seufzer. Ich entspanne mich und lasse mich in Claires Armen zu Gummi werden. Ich fühle mich gestärkt, als könnte ich in die Mitte der Erde fallen und danach einfach wieder herausschnellen und auf den Füßen landen. »Dann bin ich jetzt so weit. Ich werde springen.«

Claires Augen folgen meinen zum höchsten Sprungbrett, das so weit oben ist, dass es wie ein blauer Strich an der Decke aussieht. Sie drückt mir die Hand.

Als wir die Leiter hochklettern, halte ich den Blick fest auf Claires Kniekehlen gerichtet. Ich selbst habe keine Knie mehr, meine Schenkelknochen tanzen lose. Ich ziehe mich an den Sprossen nach oben und fühle mich wie ein Teil von etwas Überzeitlichem. Ich stelle mir die zahllosen Kinder und die Handvoll Erwachsenen vor, die der Angst den Krieg erklärt haben und von ähnlichen Sprungbrettern in aller Welt in den Tod gesprungen sind, die Haut beim Kontakt mit dem Wasser aufgeplatzt wie sich öffnende Knospen, Nasen in den Kopf gepresst, wo sie sich ins Gehirn gebohrt haben.

Ich bleibe auf dem festen Teil des Sprungturms stehen und halte mich voller Angst am Geländer fest, während Claire vorgeht bis ganz an den Rand. Sie flackert, zart wie ein Mondstrahl hinter belaubten Zweigen.

»Ich warte unten auf dich«, sagt sie, und ihre Stimme hallt durch die Kuppeldecke. »Du musst das nicht alleine tun.«

Claire beugt die Knie und springt hoch, hoch in den Himmel des Schwimmbads. Die Deckenstrahler scheinen durch sie hindurch, leuchten heller durch ihre Fasern, so hell, dass ich geblendet bin und wegschauen muss. Das Sprungbrett federt zurück, aber ich höre kein Platschen, nur ein feines Zischen, leise wie fallender Schnee.

Ich taste mich vor bis an den Rand des Sprungbretts, blicke hinab zum weit entfernten, winzigen Becken, lasse mich auf die Knie fallen und halte das Brett umklammert. Ich kann mich nicht bewegen.

»Claire?«, rufe ich. »Claire?«

Unten im Wasser rührt sich nichts. Mit Blicken suche ich das Schwimmbecken, den Whirlpool, die Liegeflächen ab, doch Claire ist nirgendwo zu sehen.

Starr vor Angst bleibe ich so knien, eine gefühlte Ewigkeit. Ich sehe zu, wie die Badegäste weggehen, einer nach dem anderen, bis ich ganz allein bin und ins Nichts unter mir starre.

»Das Schwimmbad schließt jetzt!«, brüllt der Bademeister zu mir hinauf.

»Ich stecke fest!«, schreie ich nach unten.

Der junge Mann klettert die Leiter hoch.

»Geben Sie mir die Hand«, sagt er. Ich löse meinen Griff vom Sprungbrett und zerquetsche ihm fast die Finger, während ich zurück in Richtung Leiter rutsche.

»Ich bin mit einer anderen Frau hergekommen«, sage ich zu ihm, als wir es nach unten geschafft haben. »Was, wenn sie ertrunken ist?«

»Sie sind der letzte Badegast, Ma'am«, sagt der Mann. »Zeit, nach Hause zu gehen.«

In der Umkleide sehe ich auf mein Telefon. Allison hat mir eine Nachricht geschickt.

Ich bin in der Wohnung. Wo bist du?

Ich rufe Karla an. Atemlos geht sie dran, im Hintergrund höre ich einen Mann lachen, der nicht wie Mario klingt.

»Ist Claire bei dir?«, frage ich.

»Welche Claire?«, fragt Karla zurück. »Ist alles in Ordnung, Süße?«

Als ich unsere Wohnung betrete, hat Allison es sich auf dem Bett gemütlich gemacht. Sie hat eine sehr lange Fahrt hinter sich. Ich schmiege mich an sie und atme ihre Hitze, ihren Schweiß ein. Ich tränke ihr T-Shirt mit Tränen.

»Ich habe dich vermisst«, sagt sie.

»Ich habe dich so schrecklich vermisst«, sage ich. »Ich dachte, ich müsste sterben.«

»Von jetzt an wird alles besser«, sagt sie. »Das verspreche ich dir.«

Ich sehe Allison zu, wie sie ihre Kleidung, die ich in Pappkartons gepackt hatte, weil ich nicht wusste, ob sie je wiederkommt, zurück in den Schrank hängt. Nichts davon kommt mir real vor. Sie bewegt sich durch den Raum wie ein mythisches Wesen. In unserem Schrank tauchen ihre Pullis wieder auf, einer nach dem anderen, und schieben meine zurück auf die angestammte Seite. Ihre Brille liegt wieder auf dem Nachttisch, und ich frage mich, wie meine Bücher das finden, meine Handlotion, die Kerze, die einmal sehr groß war und nun, seit sie sich zum letzten Mal die Ablage mit der Brille teilen musste, heruntergebrannt ist bis auf den Docht. Allison erzählt mir von ihrer Zeit im Norden, in dem Retreat, und ich denke an Claire. Ich frage mich, ob sie dorthin zurückgekehrt, von den Wänden wieder aufgenommen worden ist, der Zauber gebrochen, der sie hat Wirklichkeit werden lassen.

»In einer Nacht ist sie mit mir rausgefahren, mitten in die Tundra«, erzählt Allison und hängt ihr Woohoo's-Haunted-Castle-T-Shirt in die Mitte unseres Schranks – das Gespenst der Nacht, in der sie mich verließ. »Da oben geht die Sonne im Sommer nie unter. Maggie und ich haben stundenlang gesungen, bis die Sonne nur noch eine rote Knolle am Horizont war und mein Gesang Geschrei. All meine Ängste, meine ganze Unsicherheit sind nur so aus mir rausgeflossen, aber das war nicht schlimm, weil ich nichts zurückzuhalten brauchte. Ich wusste, dass Maggie meinen Schmerz aushalten konnte und nicht wegrennen würde. Sie nahm mich einfach in den Arm und hielt mich fest, bis sich alles in Tränen aufgelöst hat.«

»Das ist super, dass du sie gefunden hast«, sage ich. »Muss so was wie Vorsehung gewesen sein.«

»Ich habe das Gefühl, ich bin ein völlig neuer Mensch«, sagt Allison und legt sich wieder zu mir ins Bett. »Und ich will gut zu dir sein. Du hast jemanden verdient, der gut zu dir ist.«

Ich werde von zwei hellen Lichtern geblendet, und für einen Moment meine ich, Claire zu sehen, die mich aus Allisons Innerem anblickt. Vor unserem Schlafzimmerfenster schnurrt ein Automotor, dann verschwinden die Lichter wieder, Scheinwerfer in der Nacht.

»Ich liebe dich«, sagt Allison. Sie streicht mir übers Haar, küsst mein feuchtes Gesicht, und ich bin wieder zusammengezippt wie ein Reißverschluss.

»Ich liebe dich«, sage ich.

Allison rollt sich auf mich, vergräbt die Finger in meinem Haar und zieht meinen Kopf nach hinten. Mit einem Bein drückt sie meine Schenkel auseinander, dann sinkt sie mit ihrem ganzen Körpergewicht auf mich. Ich atme aus. Lange, bevor sie in mir ist, bin ich in ihr. Ich bin das Feld der Nervenenden unter ihrer Haut, der durchsichtige Faden, der ihre Knochen zusammenhält. Ich streife meine eigene Haut ab. Meinen harten, unbewohnbaren Wirt. Ich fühle mich okay. Ich bin zur Liebe fähig.

Sie steckt die Hand in meine Strumpfhose. Auch Allison ist zur Liebe fähig. Mit der anderen Hand zerrt sie meine Strumpfhose nach unten, hält aber plötzlich inne, als sie gerade erst am Oberschenkel angekommen ist.

»Warst du schwimmen?«, fragt sie.

»Ja«, sage ich.

»Ist das ein neuer Bikini?«

»Äh, nein, der gehört Karla. Aus meinem Kalligrafiekurs«, antworte ich. »Ich war bei ihr und hatte meinen nicht dabei.«

»Hast du da geschlafen?«, fragt Allison und bohrt sich ihre Fingernägel ins Bein. »Mit Karla?«

»Ja, ich meine, nein, nicht *mit* Karla, nur *bei* Karla. Ich war gestern Abend bei einer Performance.«

»Und warum bist du nach der Performance nicht einfach nach Hause gegangen?« Sie bebt nur so und versucht, ihren Zorn zu bändigen, indem sie die Fäuste ballt. »Was verschweigst du mir?«

Ich habe Angst, etwas zu sagen, Angst zu schweigen.

»Kannst du mir mal antworten? Warum antwortest du mir nicht?«

»Ich habe dich so schrecklich vermisst«, sage ich kraftlos.

»Ich bin so eine Idiotin!«, sagt Allison, vergräbt die Finger jetzt in ihrem eigenen Haar und zieht daran. »Ich habe mein gesamtes Leben auf Eis gelegt, damit ich dir eine bessere Partnerin sein kann, und du machst einfach mit der Nächstbesten herum, die dir über den Weg läuft. Hast du überhaupt mitgekriegt, dass ich nicht da war? Hat es dir überhaupt was ausgemacht?«

Ich mache mir Sorgen, dass sie sich die Haare ausreißt, wenn sie weiter so fest daran zieht, und wenn sie erst mal draußen sind, werden sie nicht mehr nach ihr riechen.

»Ich wollte nicht, dass du weggehst«, erwidere ich. »Ich habe dich gebeten zu bleiben, und du hast mich einfach verlassen. Nicht mal angerufen hast du.«

»Das habe ich für *dich* getan!«, schreit Allison. »Alles, was ich mache, mache ich für dich, und du willst immer nur mehr, mehr, mehr! Du interessierst dich nur für dich selbst!«

Ich halte mir die Ohren zu. Vor lauter Zorn verzieht Allison das Gesicht zu einer Grimasse, deswegen kneife ich auch noch die Augen zu. Da sehe ich sie, auf der Innenseite meiner Lider: mein besseres Ich. Ihr Haar ist wie vom Wind zerzaust. Ihre Augen sind in den Höhlen geschrumpft, weil sie der Gefahr zu lange ins Gesicht gestarrt haben. Jetzt sieht sie alles, all die Fische mit ihren spitzen Zähnen am Meeresgrund, die dunklen Grotten, die drohen, hinter ihr einzustürzen. Dennoch macht sie den nächsten

Schritt, hinein in die trüben Brecher. Ihr Kleid schmiegt sich an ihre schlanken Beine. Eisiges Wasser durchbohrt sie wie tausend scharfe Messer. Ihr ganzer Körper schreit, sie soll zurück ans Ufer gehen.

»Dreh dich um!«, schreit Allison, als ich auf die Wohnungstür zugehe. »Warum läufst du vor mir davon? Dreh dich sofort um!«

Salzwasser schlägt über ihrem Kopf zusammen und füllt ihre Lunge. Sie dreht sich nicht um.

»Das ist ja widerlich«, sagt Karla mit vollem Mund. »Jetzt guck mich nicht so an! Ich meine nicht deine Moussaka.«

Wir sind im Space, ich probe meine neue Performance. Karla ist auf meinem Insta-Feed unterwegs und sucht nach einem guten Bild von mir, fürs Plakat.

»Was dann?«, frage ich und wickle meine Schenkel sorgfältig mit Tüchern ein.

»Ich weiß nicht, ob du das echt sehen willst.« Karla zögert. »Ich bemühe mich, mehr auf die Gefühle anderer Leute zu achten.«

»Jetzt zeig schon«, sage ich.

Karla gibt mir mein Telefon, und ich habe Allisons neuesten Post vor der Nase. *Bin heute mit meinem Lieblingsmensch zusammengezogen. Voller Dankbarkeit für jeden Tag mit diesem Goldstück. #uhauling #itsnotastereotypeifitstrue.* Zu sehen ist ein Bild von Allison und Maggie, die in ihrer neuen Wohnung auf Kartons sitzen. Maggie hat schneeweiße Haare, eine eckige, randlose Brille und trägt eine cremefarbene Bluse. Sie ist erschütternd schön.

»Beziehungen mit viel Älteren sind so was von geschmacklos«, sagt Karla. »Kann sie nicht wenigstens *versuchen*, ihre Mutterkomplexe zu verstecken?«

Ich gebe ihr das Handy zurück.

»Ich bin soweit«, sage ich. »Zieh mich hoch.«

Ich werde an den Tüchern über der Bühne in die Höhe gezogen. Ich bin weit oben und habe sehr viel Angst. Mein Herz rast. Mein Körper verkrampft sich zu einem Ball und will sich nicht lösen. Wenn ich falle, werde ich zerbrechen, und nichts wird mich wieder zusammenflicken.

Karla zieht an einem Hebel, und im Hintergrund beginnt sich die Papiergalaxie zu drehen, die Claire für ihre Performance benutzt hat. Die Lichter bewegen sich nach oben, wodurch es aussieht, als würde ich sinken, hinab in die Schatten der Bühne. Karla legt »Total Eclipse of the Heart« auf, und ich öffne mich. In Sternform hänge ich da und lasse die Tränen auf die Bühne regnen. Ich gebe mich der Dunkelheit unter mir hin.

Anthropozän

»Ich bin die erste queere Geschäftsfrau mit zehn Jachten«, sagt Jewel mit einem übertrieben québecfranzösischen Akzent. »Willst du meine Auszeichnung als Frau des Jahres lecken?«

Sie macht sich über Myriam Lacroix lustig, die CEO von Glacier Air. Ich lache, verstecke mich aber ein bisschen hinter meinem Bier, weil es mir peinlich ist, dass ich so sehr lachen muss. Gleichzeitig bin ich stolz darauf, dass ich lauter lache als Nate, weil es ja bitte schön offensichtlich ist, dass Jewel und ich einen besseren Draht zueinander haben, als das bei ihr und Nate je der Fall sein wird, weil Nate ziemlich spießig sein kann, außerdem ist er ein Mann. Wenn Jewel lacht, wischt das dünne, seidige Ende ihres Pferdeschwanzes über ihren Nacken. Ihre Haut ist seidig weich wie bei einem pummeligen Baby, nur dass sie kein bisschen pummelig ist und das Gegenteil eines Babys.

»Eigentlich komisch, ich bin ihr noch nie persönlich begegnet«, sage ich.

»Ich sehe sie manchmal in der Bäckerei in der Nähe von meiner Arbeit«, sagt Jewel. »Ich glaube, sie wohnt in einem der Lofts direkt am Wasser, wo es früher mal billige Wohnungen gab, und jetzt haben sie Helipads auf dem Dach.«

»Kriminell«, sagt Nate.

»Ach, übrigens, Allison«, sagt Jewel, und ich mache mich aufs

Schlimmste gefasst. Sie hat einen sanften Tonfall angeschlagen, damit ich mich nicht erschrecke »Hast du noch mal drüber nachgedacht, ob du nicht bei uns mitmachen willst? Ich habe meiner Chefin erzählt, wie gut du schreibst, und sie findet auch, dass wir dein Talent wirklich gut gebrauchen könnten, besonders jetzt, wo im Parlament endlich über das Erneuerbare-Energien-Gesetz abgestimmt werden soll.«

Nachdem die kanadische Regierung jahrzehntelang vor der Erdölindustrie gekuscht hat, scheint es fast unglaublich, dass eine Umstellung auf saubere Energie im Lauf der nächsten zehn Jahre überhaupt in Erwägung gezogen wird. Ich freue mich natürlich darüber, wie jeder normale Mensch, dem etwas am Fortbestand des irdischen Lebens liegt, aber ich bin nach der Arbeit immer dermaßen fertig, dass ich nicht so gut informiert bin, wie ich sein sollte.

»Nett von dir«, sage ich und blättere in der Getränkekarte, als hätte ich mein Bierbudget für diesen Monat nicht längst ausgegeben. »Danke, Jewel.«

»Du musst ihr nur eine Arbeitsprobe schicken, den Job hast du quasi schon in der Tasche«, sagt Jewel. »Du schreibst ihr eine Mail, ja?«

Ich lache, wie ich bei Konfrontationen immer lache. Gehemmt, stockend, unschön für alle, die es sehen.

Vor vielen Jahren haben Jewel, Nate und ich ungefähr zur gleichen Zeit bei Glacier Air angefangen. Wir lästerten den ganzen Tag auf Glacier Air Messaging ab, und nach der Arbeit kotzten wir uns beim Bier über den Kapitalismus und miese Jobs aus, und wie man in diesem Scheißsystem überhaupt überleben soll. Damals war Nate mit einem Mädchen namens Vanessa zusammen, und es fühlte sich an, als könnte zwischen Jewel und mir etwas laufen. Eines Abends, nach einem Auftritt von Nate und mir im

Toby's, gab Nate ganz beiläufig bekannt, das mit ihm und Vanessa sei vorbei. Jewel hing nach dem Konzert mit uns ab und zeigte sich wie immer sehr mitfühlend für den Liebeskummer ihrer Freunde. Insofern dachte ich mir nichts dabei, als Nate und sie unter dem Tisch Händchen hielten. Aber als wir dann zusammen das Toby's verließen, lag Nates Arm schon um Jewels Taille, und ich konnte mir nicht länger weismachen, das habe alles nichts zu bedeuten. Innerhalb weniger Wochen fanden die beiden bessere Jobs, zogen zusammen in eine schöne Wohnung und fuhren mit Nates Familie in Urlaub, weil Jewel mit ihrer nicht redet. Jewels Großmutter, die einzige Verwandte, mit der sie sich gut verstand, starb vor einer ganzen Weile während einer Hitzewelle in Ottawa, weswegen Jewel anfing, sich beim Climate Action Collective zu engagieren, und irgendwann stellte das Collective sie in Vollzeit als Eventmanagerin ein. Seitdem erzählt sie mir ständig von offenen Stellen oder Qualifizierungsangeboten bei den hiesigen Colleges, als sei ich allein zu schwach, um der kapitalistischen Klaue zu entkommen. Als bräuchte ich nur »das finden, wofür ich brenne«, und schon würde es mir besser gehen als dem Rest der Welt, der unter den Bedingungen des Kapitalismus schuftet.

Aber so eindringlich wie heute hat sie das Thema noch nie angesprochen.

»Ich kapier's einfach nicht«, legt sie los, als Nate pinkeln geht. Wenn Jewel sich aufregt, beben ihre Hände wie Pudding, der von der Tragweite eines Gefühls in Schwingung versetzt wird – der Anlass dafür zu sein, ist schrecklich. »Du bist einer der schlausten Menschen, die ich kenne. Du könntest echt was erreichen, und was machst du? Du arbeitest für eine Firma, die buchstäblich aus der Erderwärmung Profit schlägt, und scheinbar willst du da noch nicht mal weg.«

Ich zucke die Achseln und schiele ein bisschen, damit die Welt verschwimmt und aussieht, als säße ich in einem Aquarium oder würde auf einen Bildschirm starren.

»Ich weiß, wie schwer das für dich war, als sich die Band aufgelöst hat«, sagt Jewel – beinah hätte ich sie korrigiert: »Als Nate die Band aufgelöst hat«, aber ich halte den Mund. Als Nate und Jewel zusammenkamen, war er auf einmal zu beschäftigt damit, den Erwachsenen zu spielen, und kam nicht mehr zur Probe, und da die Band nur aus mir und ihm bestand, war das so ziemlich das Ende all meiner Träume, die ich damit verbunden hatte.

»Die Sache mit der Musik ist nicht so gelaufen, wie du dir das gedacht hast«, fährt sie fort. »Du bist trotzdem eine tolle Musikerin und ein noch viel tollerer Mensch. Du musst aufhören, dich zu verstecken, Allison.«

Damit hat sie nicht unrecht. Ich will mich verstecken. Ich will mich in Jewels Innerem verkriechen, mich ganz klein in ihr machen, damit sie mich den ganzen Tag mit sich herumträgt, ohne zu wissen, dass ich es bin, die ihr zuflüstert: *Du bist das Beste, was mir je passiert ist. Hallo, herrlicher Haaransatz. Dein Bauch ist ein Kissen aus Gold.*

»Und bin ich schlauer als Nate?«, sage ich, weil ich das Thema wechseln und Jewel zum Lachen bringen will.

»Ach, Allison!«, stöhnt Jewel, muss aber gegen ihren Willen lächeln, und als unsere Blicke sich treffen, ist er sofort wieder da: der Funken. Der Grund, warum Jewel mir ständig im Nacken sitzt. Schnell wenden wir beide den Blick ab, als Nate zurück zum Tisch kommt.

»Hast du's ihr gesagt?«, fragt Nate Jewel und schnippt ihren Pferdeschwanz mit der Selbstverständlichkeit eines kleinen Jungen, der gegen eine leere Schaukel tritt. Ich kann nicht glauben, dass ich ihn je für meinen besten Freund gehalten habe.

Jetzt ist es Jewel, die verstummt und jeden Augenkontakt vermeidet.

»Wir ziehen ins Landesinnere!«, verkündet Nate und klatscht mit der Hand auf den Tisch. »Klimamigration, Baby, es geht los!«

Er stößt mit mir an, dabei halte ich mein Bierglas nur deswegen hoch, weil ich in dieser Haltung erstarrt bin.

»Nate konnte diesen Sommer noch kein einziges Mal Rad fahren wegen dem Rauch von den vielen Waldbränden«, erklärt Jewel mir leise.

»Nur Vollidioten ziehen an die Küste«, sagt Nate. »Wenn man heiraten und ein eigenes Haus haben will, muss man schon an die Zukunft denken.«

Dann lässt er sich in aller Breite über Bearpaw aus, wie billig man sich da was kaufen kann und wie grandios die Mountainbikeszene dort ist, was in eine Schmährede über die neueste Lenkertechnologie mündet, aber Jewel und ich hören nicht hin. Die Wörter *Heiraten* und *Bearpaw* drehen sich zwischen uns immer schneller im Kreis, wie ein Strudel, der alle Möglichkeiten mit sich nach unten zieht. Die Möglichkeit, dass ich etwas aus mir mache und mich einer Frau wie Jewel als würdig erweise. Dass ich den Mut aufbringe, Jewel zu sagen, was ich für sie empfinde, oder ihr direkt in die Augen zu blicken, damit sie es selbst sieht, statt jedes Mal, wenn sie mich am Arm berührt oder mir sagt, wie süß ich in meinen Jeans aussehe, den Kopf tiefer in den Kragen meines Karohemds zu ziehen. Die Möglichkeit, dass Jewel ihre feste Heterobeziehung für eine nicht mehr ganz junge *Prairie Nerd Dyke* aufgibt, für eine Lesbe, die von weit weniger intelligenten oder rosig aussehenden Frauen verlassen worden ist, von Frauen, deren Pullis nach Kaninchenstreu rochen oder deren gesamte Persönlichkeit sich um ihre Lebensmittelallergien drehten. Und jetzt geht Jewel weg, und es ist auf einmal völlig gleichgültig, ob ich mein Scheißleben auf die Reihe kriege oder nicht. Sie wird nicht mehr da sein, um es mitzuerleben.

Tränen treten mir in die Augen, weil ich mir so verraten vorkomme. Ich fingere an meiner Hose herum und nippe alle paar Sekunden an meinem Bier, damit ich eine Entschuldigung habe, warum ich nichts sage. Aber irgendwann hat der Alkohol mir zumindest so weit die Zunge gelockert, dass ich Nate anschauen und sagen kann: »Ihr habt doch nicht etwa vor, Kinder zu kriegen? Da adoptiert ihr besser mich!«

Ich schaffe es nicht, Jewel anzublicken, und weiß noch nicht mal, ob sie lacht, weil Nate alles mit seinem unausstehlich lauten Männerlachen zudröhnt. Das nervt mich, aber ich lege nach, damit er noch lauter lacht.

»Ich trink meine Milch am liebsten schön heiß, nur dass ihr's wisst.«

Irgendwann wird mir dann klar, dass Nate unsere Getränke bezahlt hat, und er und Jewel stehen auf.

»Immer schön, dich zu sehen«, sagt Nate und drückt meine Schulter.

»Jaja«, sage ich. »Macht's gut.«

Nate zieht Jewel in seine Achselhöhle, und sie verlassen die Kneipe. Ich bleibe mit schamrotem Gesicht sitzen und trinke das Bier aus, das er mir bezahlt hat.

Zu Hause in meiner Einzimmerwohnung koche ich Schälerbsen in Gemüsebrühe und eine Kanne Verdauungstee. Aber für beides ist mir zu heiß und elend zumute, deswegen lasse ich es auf dem Tisch stehen, lege mich nackt aufs Bett und lese einen Comic. Meine Augen brennen, und anfangs denke ich, das kommt vom Rauch der Waldbrände, der durch die Ritzen unter meinen Fenstern eindringt, doch dann merke ich, wie mir der Ventilator die Tränen in die Ohren bläst. Statt weiter zu weinen, versuche ich, mit der Faust ein Loch in die Wand zu schlagen, aber es bleibt noch nicht mal eine Delle, was wieder mal typisch ist. Ich lasse mich zurück aufs Bett fallen und halte meine dünnknochige Hand. Ich heule Rotz und Wasser, bis ich das Gefühl habe, dass mein ganzer Körper in Flammen steht.

Als ich am nächsten Tag zur Arbeit gehe, bin ich so ausgedörrt vom Kater und vom vielen Weinen, dass sich meine Zunge wie eine Kugel Klebeband anfühlt. Am Empfang sitzt Pat, die ins Headset nickt und sagt: »Mmhm, aha, ja, genau, sehr richtig.« Sie bedenkt mich mit dem üblichen Augenverdrehen, das *beschissener Saftladen* bedeutet. Stöhnend schlurfe ich auf meinen Arbeitsplatz zu, was Pat zu einem düsteren Lachen verleitet.

Mein Telefon fängt in derselben Sekunde an zu klingeln, in der ich meinen Anschluss freischalte. Die kanadische Bevölkerung schwitzt, allen ist viel zu heiß. Der Rauch dringt bei den Leuten ein, der Luftfilter funktioniert nicht, die Kinder haben Bindehautentzündung, ihre Augen sind verklebt und gehen nicht mehr auf. In einer Fabrik am Rand von Winnipeg sind innerhalb einer Woche fünf Angestellte ohnmächtig geworden, weil selbst unsere stärkste Klimaanlage nicht gegen die Hitze ankommt. In Toronto bricht der Luftqualitätsindex neue Negativrekorde, und die an Asthma leidende Tochter eines Mannes, der sich als Martin vorstellt, liegt seit Tagen angeschlossen an ein Beatmungsgerät im Bett. Martin ist Besitzer eines Restaurants – in dem er mich feuern würde, wenn er mein Chef wäre –, und seit seine Belüftungsanlage am Wochenende den Geist aufgegeben hat, hat er den Glauben an das Gute im Menschen verloren. Er ist Priority Member, was bedeutet, dass er dreißig Dollar im Monat für das falsche Sicherheitsgefühl zahlt, ein Techniker würde im selben Moment, in dem seine Belüftungsanlage kaputtgeht, bei ihm vor der Tür stehen. In Wirklichkeit kommen alle Kundinnen und Kunden auf dieselbe Warteliste für Reparaturen. Priority Members kriegen darüber hinaus lediglich einen wöchentlichen Newsletter und zu Weihnachten eine E-Card.

»Es tut mir außerordentlich leid, dass ich heute nicht in der Lage war, Ihre Bedürfnisse zu befriedigen«, sage ich. »Soll ich einen Vorgang für Sie eröffnen?«

»Soll ich einen Vorgang für Sie eröffnen?«, äfft Martin mich nach. »Wie wär's, ich komme vorbei und zeige euch, wo ihr euch euren Scheißvorgang hinstecken könnt. Verdammtes Lügenpack.«

Für diese Beleidigungen könnte ich Martin wahrscheinlich drankriegen, aber vermutlich habe ich sie verdient. Sechs Jahre lang habe ich mir vorgemacht, dass ich etwas Gutes tue, wenn ich der Kundschaft geduldig zuhöre und das Gefühl gebe, jemand leide mit ihnen. »Das geht wirklich gar nicht!«, sage ich zu den Anrufenden – und es stimmt doch auch: Es geht einfach nicht, dass die Regierung weiter in die Förderung fossiler Energien investiert, während der gefährdetste Teil der Bevölkerung die Konsequenzen trägt. Es ist unmöglich, dass Glacier Air billige Kühlmittel einsetzt, die überproportional stark zum Treibhauseffekt beitragen, während der Preis unserer Produkte parallel zu den Außentemperaturen durch die Decke geht. »Ich verstehe sehr gut, dass Sie frustriert sind!«

Auf meinem Angestellten-Profil häufen sich derweil die Fünf-Sterne-Bewertungen. Jedes Jahr werfe ich eine Plakette weg, die ich als Kundendienst-Superstar bekomme, aber die Gutscheinkarten hebe ich in einem alten Turnschuh auf und stelle mir vor, dass es eines Tages die besondere Frau in meinem Leben geben wird und ich das Zwei-zum-Preis-von-einem-Nudelgericht in der lokalen Pizzeria werde genießen können, ohne dass ich das Restaurant allein, mit rotem Mund und Restetüte in der Hand verlassen muss. Dienstags fahre ich mit dem Aufzug runter ins Erdgeschoss des Glacier-Air-Hochhauses und lasse mir von einem muskulösen Mann die Daumen ins Gesicht graben, bis mir das Wasser in die Augen schießt. Am Eingang ziehe ich meine Karte für Zusatzleistungen durch und überquere die Straße, um mir einen frisch gepressten Rote-Bete-Saft für neun Dollar zu holen, im Atrium Café, wo mich Hängepflanzen beim Bezahlen im Nacken kitzeln. Ich bin eine Heuchlerin, genau wie Jewel gesagt hat. Da hat Martin nicht unrecht.

»Heute Erdnussnudeln?«, fragt Lyn gegen Mittag. Ich freue mich so sehr, sie zu sehen, dass meine Augen sich mit Tränen füllen. »Was hast du denn, Kindchen?«

Lyn lässt zu, dass ich während des gesamten Mittagessens wie ein Schluck Wasser in der Ecke hänge und mit der Wange auf dem Tisch im Food-Court klebe. Alles, was sie zu mir sagt, ist Balsam für meine Seele.

»Du bist nicht gut genug für diese Schnepfe? Sie ist nicht gut genug für dich!«

Wenn Lyn sauer ist, blähen sich ihre Nasenflügel, als könne sie jede Art von Bullshit von Weitem riechen. Das liebe ich an ihr.

»Und hör mir bloß auf mit Nate«, sagt Lyn. »Wenn mir dieser Depp noch einen einzigen Vortrag über Fahrradhelmpflege hält, bin ich zu allem in der Lage!«

Ich muss so schrecklich lachen, dass es mir die Tränen in die Augen treibt. Lyn nimmt mich in ihre weichen Ältere-Frauen-Arme und lässt mich an ihrer parfümierten Bluse hicksen, danach kauft sie mir ein Joghurteis.

»Das geht wirklich gar nicht!«, sage ich nach dem Mittagessen ins Telefon, aber ich klinge nicht überzeugend. Eine Frau beschreibt den Ausschlag, den sie unter ihrem Busen hat, weil sie ständig schwitzt, da leuchtet mein Handy auf, eine Nachricht von Jewel.

Sorry, dass ich gestern Abend so penetrant war. Für mich ist momentan alles politisch! Nate meckert auch schon. Nächstes Wochenende machen wir eine Abschiedsparty, du kommst doch hoffentlich? Ich liebe dich, Allison. Ich hoffe, du weißt das.

Die Worte treffen mich – *Ich liebe dich* –, und ich frage mich, ob Jewel diesen Pfeil absichtlich auf mich abgefeuert hat, um mich dafür zu bestrafen, dass ich nicht das aus mir mache, was ihrer Meinung nach in mir steckt. Wenn ich mir vorstelle, Jewel würde diese Worte aussprechen, fließen sie ihr aus dem Mund wie Atem, den sie nicht länger anhalten kann. Ihre Wangen sind gerötet, ihre Lippen beben ein wenig, ihre Hände drücken sich in meinen Rücken. Stattdessen ploppen die Worte lediglich in einer Comic-Sprechblase auf meinem Telefon auf, gemeint natürlich mit einem impliziten *trotzdem*. Ich liebe dich trotzdem, obwohl du dich vom Kapitalismus knechten lässt. Ich liebe dich, kommst du zu meiner Abschiedsparty?

Das Callcenter-Telefon klingelt schon wieder.

»Ich will mit der Geschäftsleitung sprechen«, sagt Martin. »Meine Tochter liegt seit einer Woche im Bett, wenn das so weitergeht, muss sie den Unterricht im Sommer nachholen. Ich verstehe einfach nicht, warum ihr Arschlöcher glaubt, ihr könnt euch alles erlauben!«

»Warum nicht?«, frage ich.

»Wie bitte?«

»Was verstehen Sie daran nicht? Wir verkaufen seit Jahrzehnten einen Priority Plan, der absolut nichts bringt, und bisher hat das noch nie jemand infrage gestellt. Das Asthma Ihrer Tochter finanziert den Helipad unserer Chefin, den sie da hat bauen lassen, wo früher arme Leute gewohnt haben. Was uns angeht: Je mehr asthmakranke Töchter, desto besser! Was wollen Sie überhaupt, wenigstens lebt Ihre Tochter noch. Sie können sich ein Beatmungsgerät leisten, und sie kann solange mit dem Handy spielen. In ein paar Tagen wird Ihre Klimaanlage repariert sein, und dann interessieren Sie sich wieder einen Scheißdreck für die Klimakatastrophe und die vielen Menschen, die fliehen müssen, verhungern oder schon tot sind. Sie interessieren sich doch nur für Gerechtigkeit, wenn's um Sie selbst geht. Und wenn Sie fünfzigmal am Tag bei Glacier Air anrufen, wird die Erderwärmung davon auch nicht langsamer, es nervt nur total.«

Ich lege auf und schicke Martins Fall an die Regionalleiterin weiter, die sich vermutlich erst nächste Woche damit beschäftigen wird, mehr kann ich nicht für ihn tun. Dann gehe ich zu Lyns Büro und sage: »Du, Lyn, mir geht's nicht gut. Ich glaube, ich muss heimgehen.«

»Du Arme«, sagt Lyn geistesabwesend. »Geh ruhig, Kindchen, ich weiß, du würdest nicht drum bitten, wenn es nicht was Ernstes wäre.«

An meinem Arbeitsplatz ziehe ich das Handyladegerät aus der Wand und hole meine Packung Kekse aus der Teeküche. Ich verabschiede mich von der allzeit bereitstehenden Kanne Decaf und von der herrlich klimatisierten Luft, in der man das Gefühl hat, man existiere gar nicht. Auf dem Weg nach draußen winke ich Pat zu und hoffe, dass sie sich morgen, wenn ich anrufe, um meine Kündigung bekannt zu geben, und die Neuigkeit sich herumspricht, an die Würde meines Abgangs erinnern wird, an die stille Zielstrebigkeit.

Draußen ist die Sonne ein blutroter Ball, und die Luft riecht nach Holzkohlegrill, aber das ist mir egal, ich erfreue mich am Akt des Weggehens und will nicht mit dem Bus fahren. Wenn mir irgendjemand auf dem menschenleeren Bürgersteig begegnet wäre, hätte ich ihm in die Augen geblickt und gesagt: »Mir reicht's. Ich will nicht mehr nach den Spielregeln des Kapitalismus leben. Ich kündige!«

Zu Hause angekommen, laufe ich wie getrieben im Zimmer herum. Dann setze ich mich aufs Bett, genieße die Stille des Nachmittags, denke an meinen Kater und fummele an seinem alten Halsband herum, an dem Glöckchen hingen, damit er keine Vögel fressen konnte. Damit sah er immer aus wie ein kleiner Hofnarr. Ich stoße einen zitternden Schrei aus, dann hole ich meinen Laptop und öffne ein paar ältere Texte, die ich geschrieben habe: Artikel, Kurzgeschichten, persönliche Essays. Mir ist klar, dass ich keinen davon an Jewels Vorgesetzte schicken werde. Ich muss selbst einen tollen Job finden, damit ich Jewel beweisen kann, dass sie sich in mir irrt. Sobald ich den neuen Job habe, wird ihr klar, dass ich insgeheim schon seit Langem an meinem Erfolg arbeite und einfach nur den richtigen Augenblick abgewartet habe, um den großen Plan in die Tat umzusetzen.

Ich überfliege die Stellenanzeigen und überlege, ob ich mich als Werbetexterin bewerben soll, auch wenn ich null Jahre Erfahrung habe und nicht fünf. Ich versuche, mir irgendeinen megaoriginellen Pitch einfallen zu lassen, der eine Zeitschrift dazu bewegen könnte, jemanden als Redakteurin einzustellen, deren einzige Ver-

öffentlichung vor über fünf Jahren in einer kostenlosen Lokal-
gazette erschienen ist. Da könnten sie sich damit brüsten, meine
frische, unverbrauchte Stimme entdeckt zu haben.

Ich werfe einen Blick auf mein Bankkonto und beschließe, die
Erbsensuppe zu essen, die noch vom Vorabend auf dem Tisch
steht. Ich werde müde. Irgendwann weiß ich nicht mehr, wie viele
Folgen *Parks and Recreation* ich geguckt habe, und auf einmal ist es
schon sehr spät. Ich schmiere mir ein Brot für die Arbeit morgen,
gehe ins Bett und schicke Jewel eine Nachricht.

Klingt super! Klar komme ich.

Ins Büro zurückzukehren ist ein Gefühl, als würde ich mit einer Ex
schlafen. Ein bisschen bin ich enttäuscht von mir, aber größtenteils
erleichtert. Ich winke Pat zu, die mich mit seltsam hochgezogenen Augenbrauen ansieht. Ich gieße gerade Sahne in meinen Koffeinfreien, als Lyn in der Teeküche auftaucht.

»Du steckst in Schwierigkeiten, mein Fräulein.«

Mir rutscht das Herz in die Hose. Ich frage mich, wie sie bloß
herausgefunden haben, dass ich gar nicht krank war. In Wirklichkeit hatte ich nämlich schon gestern vermutet, dass ich meinen Job
nicht wirklich hinschmeißen würde, aber ich dachte zumindest,
ich hätte meine Minirebellion überzeugend als Bauchschmerzen
verkauft.

»Myriam will dich sprechen«, sagt Lyn ernst.

Während sie mit mir zum Aufzug geht, holt sie ihr Handy heraus und zeigt mir den Twitter-Account von Glacier Air, auf dem
schätzungsweise ein Tweet pro Sekunde eingeht. Martin – der, wie
sich herausstellt, nicht nur Restaurantbesitzer, sondern auch Food
Influencer mit großer Reichweite ist – hat eine Aufzeichnung
unseres Gesprächs gepostet, und das Ganze ging viral.

»Viel Glück«, sagt Lyn, als sich die Stahltür des Aufzugs vor meiner Nase schließt, und mir ist klar, dass sie diesmal nicht auf meiner Seite ist.

Im obersten Stockwerk ist alles riesig und kommerzmäßig hässlich. Ich bin so ziemlich der einzige Mensch, abgesehen von einer Vorzimmerdame mit einem fröhlich strahlenden Gesicht, das symptomatisch für eine umfassendere Bedrohung wirkt, wie ein Anglerfisch, an dem die eigene Beleuchtung wächst. Das Tiefseewesen telefoniert, lotst mich aber mit offener Hand zur Chefinnentür.

»Komm rein!«, ruft Myriam, als ich klopfe.

Das Büro ist erstaunlich warm und einladend: klassisch modernes, dunkles Holzmobiliar, ein großes, mit Büchern gefülltes Regal, Originalgemälde in kräftigen Farben. Auch physisch ist es warm, aber nicht verschwitzt und smoggeplagt, sondern auf eine gemütliche, Strümpfe-auf-dem-Holzofen-Art.

»Du bist also die, die überall rumerzählt, ich hätte einen Helipad?«, sagt Myriam und winkt mich herein.

Die Situation ist noch viel furchteinflößender, als ich dachte. Meine Chefin hat das Kinn auf die Faust gestützt und lächelt mich an. Sie ist jung, höchstens Anfang dreißig, und sieht eher wie eine Kindergärtnerin als eine Firmenchefin aus: leicht futuristischer Kurzhaarschnitt, Rock mit hoher Taille, Bluse mit Kätzchenmuster. Ihre Schneidezähne wirken etwas zu groß, wie Erwachsenenzähne in einem Kindermund.

»Ja«, sage ich und setze mich vor den Schreibtisch. Fürs Leugnen scheint es zu spät zu sein.

»Genial!«, sagt sie. »Nichts ist verhasster als ein Helipad.«

Sie macht eine Pause, als habe sie mir eine Frage gestellt.

»Ja, so was ist ziemlich abartig.«

»Ist doch so, oder?«, lacht sie. »Versteh mich nicht falsch, ich würde alles dafür tun, nicht so viel Zeit in Flughäfen verbringen zu müssen, aber ein großer Asphaltteppich auf dem Dach der eigenen Wohnung? Schrecklich geschmacklos. Da kann man sich ja gleich *Ich Herz Verschwendung von fossilen Brennstoffen* auf den Unterarm tätowieren.«

Myriam kaut auf ihrem Stift und dreht den Monitor ihres Computers zu mir. Der Twitter-Account von Glacier Air hat dreitausend neue Mitteilungen.

»Aber du weißt schon, dass die Priority-Mitglieder wirklich auf einer eigenen Liste landen?«, sagt sie. »Wir sind nur momentan etwas im Rückstand.«

»Oh«, sage ich. »Nein, das wusste ich nicht.«

»Aber *ich* weiß es«, entgegnet Myriam. »Und das zu wissen, ist nicht mal meine Aufgabe. Genauer gesagt ist es *deine* Aufgabe.«

Sie lächelt nicht mehr, aber sie wirkt auch nicht verärgert. Sie lehnt sich auf ihrem Chefinnensessel zurück, klopft mit dem Stift gegen ihre Zähne und kneift die Augen zusammen, als könne sie meine Gedanken hören. Wellen der Scham brechen sich hinter meiner Gesichtshaut, aber ich kann nicht sagen, ob es eine Reaktion auf Myriams forschenden Blick oder auf mein Verhalten ist.

»Ich muss zugeben, heute Morgen war ich ziemlich angepisst«, sagt Myriam. »Ich habe dich hierher bestellt, um dich persönlich zu feuern. Aber mittlerweile will ich mich lieber bei dir bedanken, glaube ich.«

Myriam kommt um den Schreibtisch herum, setzt sich auf den Stuhl neben mich, beugt sich vor und sieht mir schockierend direkt in die Augen.

»Noch vor ein paar Jahrzehnten war Glacier Air eine kleine

Klimaanlagenklitsche in Vancouver. Heute sind wir eines der umsatzstärksten Unternehmen in ganz Nordamerika«, sagt Myriam.

Sie redet mit mir, als sei ich die Kamera einer Reality-TV-Show, der sie gerade die Lebensbeichte ablegt. Aber ich bin ich, niemanden interessiert, was ich denke. Ich habe keine Ahnung, warum sie mir das sagt.

»Das Geschäft läuft gut, ja«, redet sie weiter, »alle Welt weiß, dass die Erderwärmung die Nachfrage nach unseren Produkten steigert. Trotzdem reden wir nicht darüber – als sei es ein schmutziges Geheimnis. Gleichzeitig aber helfen unsere Produkte Teenagern mit Asthma, besser Luft zu bekommen. Mit AC am Arbeitsplatz, in der Schule und zu Hause kann die nordamerikanische Durchschnittsfamilie Hitzewellen, Waldbrände und Tage mit giftigem Rauch relativ schmerzfrei überstehen.«

»Aber glauben Sie nicht, das trägt dazu bei, dass wir weiterhin den Kopf in den Sand stecken?«

»Der Klimawandel ist den Menschen nicht gleichgültig, Allison«, sagt Myriam. »Dir ist er wichtig, mir ist er wichtig, wir wollen alle unser Bestes tun, und das werden wir auch. Wir finden eine Lösung. Aber bis dahin: Findest du wirklich, wir sollen asthmatische Teenies einfach ersticken, alte Leute in ihrer Wohnung am Hitzschlag sterben lassen? Ist das deine Vorstellung von Klimaaktivismus?«

Ich zucke die Achseln.

»Eigentlich bin ich gar keine Aktivistin«, sage ich. »Ich lese nur die Nachrichten.«

»Haargenau«, sagt Myriam.

Ich denke mehrere Sekunden darüber nach, komme aber nicht drauf, was sie mit »haargenau« meint.

»Ich habe mir online ein paar von deinen Artikeln angeguckt.

Grottige Magazine, aber du weißt, wie man eine Aussage rüberbringt«, sagt Myriam. »Und jetzt hast du das Ohr der ganzen Welt.«

Sie ist mir so nah, dass mir ganz schwummerig wird von ihrem Parfüm. Sie duftet nach Kuchen mit weißer Buttercreme, aber versetzt mit einer raffiniert herben Note.

»Also hilf uns dabei, unsere Message rüberzubringen: Glacier Air nimmt den Klimawandel sehr, sehr ernst. Wir sitzen nicht länger untätig in unserem Hochhaus rum. Von jetzt an gehen wir die Sache mit aller Entschiedenheit an. Was meinst du?«

Sie sieht mich mit großen, hoffnungsvollen Augen an, als hätte sie mich gerade gebeten, mit ihr zum Abschlussball zu gehen. Als sei ich eine gutaussehende, überdurchschnittlich intelligente Person, und ihr Schicksal läge in meinen Händen. Das ist mir peinlich, turnt mich aber auch ein wenig an. Ich nehme ihr sogar ab, dass ich eine Aussage gut rüberbringen kann, und normalerweise glaube ich solche Sachen niemandem.

»Ich weiß nicht«, sage ich, weil es stimmt, aber plötzlich frage ich mich, ob ich mich vielleicht absichtlich ziere, weil ich von ihr überredet werden will. »Wenn Glacier Air wirklich bereit ist, sich zu ändern, dann könnte man darüber nachdenken, glaube ich.«

»Super!«, sagt Myriam. »Komm um fünf wieder, dann reden wir über Strategie.«

»Okay«, höre ich mich sagen, bin aber nach wie vor unsicher, ob ich wirklich zu irgendwas ja gesagt habe.

Als ich das Chefinnenbüro verlasse, spüre ich ein seltsam heißes Brennen auf meinem Hintern, als wären unsichtbare Laserstrahlen auf ihn gerichtet. Ich gehe zurück an meinen Platz und trinke so viel Koffeinfreien, dass ich den ganzen Nachmittag unterm Schreibtisch verbringe und meine schwitzenden Handflächen in den Teppichboden drücke.

Als ich am Ende meiner Schicht wieder nach oben fahre, hat Myriam es sich auf dem Cordsofa gemütlich gemacht und liest den *New Yorker*. Die Kätzchenbluse trägt sie immer noch, hat dazu aber eine hochglänzende, schwarze Leggins angezogen, mit der sie wie in Teer getaucht aussieht.

»Gott sei Dank bist du da«, sagt sie, zieht ihre nur mit Söckchen bekleideten Füße an sich und klopft neben sich aufs Polster. »Meine Meetings heute waren so grauenhaft langweilig.«

Ich setze mich ans äußerste Ende des Sofas, die Knie geschlossen nebeneinander und nach vorn gerichtet.

»So unterhaltsam bin ich auch wieder nicht«, sage ich und sorge mich sofort, dass das unhöflich geklungen haben könnte, aber Myriam lächelt nur und neigt den Kopf ein wenig.

»Mir sind Kreativmeetings am liebsten«, erklärt sie. »Früher war ich Schriftstellerin, musst du wissen. Bevor mein Stiefvater mir die Firma vermacht hat.«

»Wirklich?« Ich bin einigermaßen überrascht.

»Ich habe ziemlich seltsame Gedichte geschrieben«, erklärt Myriam. »Ein bisschen schlüpfrig, sie sind nicht wirklich gut angekommen. Manchmal schreibe ich vor dem Einschlafen immer noch ein bisschen«, fährt sie fort, als hätte ich sie aufgefordert, mir mehr darüber zu erzählen, »aber als mein Stiefvater starb, waren es auf einmal nur noch Jonah und ich, und Geld erschien mir nicht mehr so frivol. Es war mir wichtiger, meinem Kind ein gutes Leben zu bieten.«

Schon heute Morgen war mir das Foto auf ihrem Schreibtisch aufgefallen, ein rundlicher kleiner Junge mit ernstem Blick und leuchtend roten Bäckchen.

»Und dann habe ich mir gedacht: Hey, wie oft kommt das schon vor, dass eine Frau so viel Einfluss hat? Ich könnte andere talentierte Frauen einstellen und für mehr Ausgewogenheit im Aufsichtsrat sorgen. Ich könnte echt was bewirken. Außerdem ist Schreiben eine ziemlich einsame Sache, und ich habe es mehr mit Menschen.«

»Das leuchtet mir ein«, sage ich, auch wenn mir unklar ist, ob ich das ernst meine.

Trotzdem wird etwas in mir weich bei der Vorstellung, dass Myriam nach einem langen Tag als Mutter und Chancenverschafferin im Schein einer Leselampe schmutzige kleine Gedichte schreibt. Solche Sachen berühren mich immer stark, genau wie die rührseligen Szenen in Filmen, bei denen alles darauf angelegt ist, dass man weinen muss.

Myriam fasst unters Sofa und zieht einen Bilderrahmen hervor, auf dem Papers und klebriges Cannabis liegen. Sie dreht einen dünnen Joint und hält ihn mir hin.

»Wollten wir nicht arbeiten?«, frage ich.

»Keine Bange, Boss.« Sie zwinkert mir zu. »Gehört alles zum Prozess.«

Ich habe seit Ewigkeiten nicht mehr gekifft, vor allem, weil ich etwas paranoid davon werde. Aber was soll's, normalerweise hänge ich ja auch nicht mit aufgedrehten Firmenchefinnen ab, die glauben, dass ich die Welt verbessern werde und mir heute Morgen eventuell auf den Arsch geglotzt haben. Ich ziehe nur ein ganz kleines bisschen daran, aber dabei bleibt's dann auch, ermahne ich mich. Myriam holt ihr Telefon heraus und stellt Musik an, die aus einem unsichtbaren Lautsprecher ertönt. Der Sänger hat eine tiefe Zigarettenstimme und einen starken Québecer Akzent, Gitarre und Klavier klingen alt und launisch; alles zusammengenommen wirkt es so übertrieben ernst, dass es schon wieder lustig ist, wie in einem Zeichentrickfilm für Kinder. Auch Myriam kommt mir irgendwie wie eine Disneyfigur vor, aber welcher Archetyp mag sie sein? Sie ist zu selbstbewusst für eine hilflose Prinzessin, zu seltsam gekleidet für eine Femme fatale und nicht finster genug, um die Böse zu sein. Ob es überhaupt böse Menschen gibt, die den *New Yorker* lesen?

Ich bin total high, wird mir klar.

»So«, sagt Myriam, einen Schreibblock auf dem Schoß. »Wie wollen wir die Sache angehen?«

Wir reden allen Ernstes übers Business.

»Klimawandel«, sage ich. Das ist kein sonderlich komplexer Gedanke, aber ich hoffe, dass Myriam die unausgesprochene Tiefe hinter diesem Wort zu schätzen weiß.

»Fantastisch!«, sagt Myriam. »Red weiter.«

»Ich kann mir ehrlich gesagt keine Klimaanlage leisten«, sage ich, abgelenkt von den Rauchschwaden, die aus Myriams Joint aufsteigen. »Oder einen Luftfilter. Wenn es Waldbrände gibt, ist mein Schnodder schwarz, wenn ich mir morgens die Nase putze.«

»Eklig! Schnodder ist, glaube ich, keine gute Marketingstrategie. Außerdem richtet sich unsere Werbung an Leute, die sich unsere Belüftungssysteme leisten können. Na los, her mit der zündenden Idee, vielleicht kannst du dir dann eines Tages auch eins leisten.«

Myriams Zehen haben sich unter meinen Oberschenkel geschoben, und sie macht jetzt ein bisschen Schultertanz zu einem neuen, etwas peppigeren französischen Song, der klingt, als ginge es um Sex. Ich frage mich, ob ihr eigentlich nie was peinlich ist.

»Asthma«, sage ich. »Der Dad hat ständig über das Beatmungsgerät seiner asthmakranken Tochter geredet, und dass sie nicht in die Schule gehen kann. Das war ganz schön traurig.«

»Oh mein Gott!« Myriam lacht. »Das ist perfekt! Wir zeigen ihnen einen Haufen asthmatische Kinder, die sagen: *Oh, Daddy, wenn es Glacier Air nicht gäbe, dann hätten wir nicht jede Woche unsern Vater-Tochter-Tag!*«

Sie kringelt sich nur so vor Lachen.

»Wahnsinn, Kinder mit Beatmungsgeräten, das ist einfach genial!« Sie kriegt sich gar nicht mehr ein. Ihr québecfranzösischer Einschlag ist bekifft stärker durchzuhören. »Kein Zufall, dass ich's so weit gebracht habe, was?«

»Hey, das war meine Idee!« Ich versuche, für mich einzustehen, bin allerdings so high, dass ich anfange, mir Sorgen zu machen, meine Füße könnten nicht mehr mit meinem Körper verbunden sein. Ich muss immer wieder nachsehen. »Ich meine, das war nicht meine Idee. Ich habe es ganz anders gemeint!«

»War's wohl.« Sie kichert. »Du kannst dich nur nicht dran erinnern, weil du so viel Rauch eingeatmet hast. Kapiert? Vom Waldbrand, aber auch weil wir so zugedröhnt sind?«

»Halt die Klappe!«, sage ich. Myriam lacht sich dermaßen schlapp, dass sie auf mein Knie schlägt statt auf ihrs. »Du redest echt totalen Müll.«

Sie versucht, das Kichern zu unterdrücken und ein ernstes Gesicht aufzusetzen. Ich kann mich nicht erinnern, jemals so fies zu jemandem gewesen zu sein, aber Myriam macht das gar nichts aus. Sie sitzt einfach nur da, Blick nach unten gerichtet, und wartet ab, was ich als Nächstes sage.

»Glaubst du etwa, du bist was Besseres, nur weil dein reicher Stiefdaddy gestorben ist?«, sage ich. »Das kann ich dir beantworten: Bist du nicht.«

Ich bebe nach meinen aggressiven Worten, aber Myriam wirkt seltsam gelassen.

»Mach weiter«, flüstert sie leise, und mir ist klar, sie meint es ernst.

Also versuche ich, mir noch mehr Beleidigungen einfallen zu lassen.

»Ich wette, du machst kein Auge zu, wenn du auf deinem schicken Satinkissen liegst und dran denkst, dass du schuld bist an einem System, in dem die Armen arm bleiben und die Menschheit langsam, aber sicher ausgerottet wird, ganz zu schweigen von der Artenvielfalt.«

Ich werde richtig laut, und das ist ein super Gefühl, wie eine schöne Kotzorgie nach zu viel Bier. Ich fühle mich voller Energie, wie damals, als ich mich fünf Jahre lang vor meiner Steuererklärung gedrückt hatte und sie dann endlich machte. Myriam hält den Kopf gesenkt und nickt. Sie läuft dunkelrot an.

»Eidechsen, Fische, Vögel, Säugetiere, erstaunliche Lebewesen, die sich im Lauf von Milliarden Jahren entwickelt haben, puff, weg, verschwunden. Nur damit Leute wie du reich werden können.«

Sie schaudert, ihr Atem geht stoßweise. Gleich fällt mir nichts mehr ein.

»Deine Bluse ist echt peinlich.« Eine angenehme Wärme breitet sich in meinem Körper aus. »Du tust sonst wie groß und wichtig, aber ich habe sofort gemerkt, wie klein du bist. Ich wette, das sehen alle. Das ist dir schon klar, oder?«

Myriams Lippen öffnen sich zu einem O, und ich stecke meine Finger hinein. Ich merke, dass ich das Richtige gemacht habe, weil sie leise und leidend anfängt zu stöhnen.

»Das gefällt dir, was, wenn du beleidigt wirst?«, sage ich. »Wenn dir so richtig der Mund gestopft wird. Du weißt nur zu gut, dass du wertlos bist.«

Myriams Mund ist wie ein noch nicht ausgestorbenes Meereslebewesen, das sich warm um meine Finger geschlossen hat und daran saugt. Mir ist klar, dass ich die Intensität steigern muss, nur habe ich keine Ahnung wie. Myriam blickt mich erwartungs-voll an.

»Auf die Knie«, sage ich, und sie gehorcht, aber dann weiß ich nicht mehr weiter. Ich stehe einfach nur da, meine Finger in ihrem Mund.

Myriam zieht vorsichtig den Kopf zurück, steht auf, geht zum Schreibtisch und holt etwas heraus, das wie ein Knäuel Seiden-bänder aussieht. Sie überreicht es mir und kniet sich wieder hin. Ich knülle eins der Bänder zusammen und stecke es ihr in den Mund, weil es seltsam wäre, meine Finger wieder reinzustecken, besonders solange ich mit der Frage beschäftigt bin, was ich mit den anderen Bändern machen soll.

»Das gefällt dir, was, wenn dir das Maul gestopft wird?«, sage ich und hoffe, dass sie nicht merkt, dass ich die Formulierung schon einmal verwendet habe. Aber beim ersten Mal schien es ja zu wirken.

Myriam nickt und streckt die Hände aus, bis mir klar wird, dass ich sie fesseln soll. Sobald Myriams Hände gefesselt sind, zeige ich auf den Schreibtisch und hoffe, sie versteht, dass sie sich drauf-setzen soll. Sie tut es.

Sie bemüht sich, ohne die Hilfe ihrer Hände auf die Tischkante zu kommen, bis ich sie schließlich um den Brustkorb fasse, um ihr hochzuhelfen. Es ist ein ungelenker Moment der Zusammenarbeit, und ich hätte sie am liebsten umarmt.

Ich fange an, ihre Kätzchenbluse aufzuknöpfen.

»Ist das okay?«, flüstere ich, weil ich die Bestätigung will, dass sie Beleidigungen auch wirklich erregend findet.

Sie nickt. Ich hole ihre Brüste aus dem BH und lasse sie so hän-gen. Die Nippel sind braun.

»Das muss ja ziemlich schlimm aussehen da unten«, sage ich und zeige zwischen ihre Beine. »Aber du willst es mir trotzdem zeigen, hab ich recht?«

Myriam nickt und spreizt die Beine, aber ich weiß nicht, wie ich die Sache mit den Leggings lösen soll. Sie macht eine Bewegung mit dem Kinn zu einer Schere in einer Tasse voller Stifte.

Vorsichtig schneide ich einen Kreis aus. Es sieht eigentlich ziemlich hübsch aus da unten, aber ich bin mir unsicher, ob ich so etwas sagen darf. Ich will eine Bemerkung darüber machen, aber ich nenne es schon mein ganzes Leben lang nur »das da unten«, und es kommt mir zu spät im Leben für etwas anderes vor.

»Böse.« Mehr sage ich nicht, weil ich selbst nicht genau weiß, was ich damit meine.

Ich trete einen Schritt zurück. Myriams Wangen sind gerötet, und auch da unten ist es gerötet. Ich selbst bin noch immer vollständig bekleidet, wodurch mir das alles seltsam normal vorkommt, wie ein typischer Tag im Büro.

»Ich glaube, du willst von mir bestraft werden«, sage ich.

Wieder nickt sie.

»Na gut«, sage ich und trete einen Schritt vor. »Aber während ich das tue, will ich, dass du an sterbende Korallenriffe denkst und Ozeane ohne Fische. Denk dran, wie sehr du deine Strafe verdienst.«

Ich habe so etwas noch nie gemacht, aber ich widme mich der Aufgabe mit professioneller Energie. Es erscheint mir wie etwas, das man selbstbewusst angehen muss. Ich klatsche ein bisschen auf Myriams Brüste, was ihr zu gefallen scheint. Dann schlage ich sie da unten, kleine, feste Klatscher, und das scheint ihr sehr gut zu gefallen, und ich mache es wesentlich länger als ursprünglich beabsichtigt. Wie das überhaupt möglich ist, ist mir nicht ganz klar, aber irgendwann kommt sie davon. Prinzipiell würde ich ja auch gern einen Orgasmus kriegen, aber ich habe Angst davor, was das über mich aussagt, und darum zu bitten, kommt mir unhöflich vor. Ich helfe Myriam vom Schreibtisch und löse ihre Fesseln.

Danach sitzen wir für einige Minuten auf dem Sofa und umarmen uns. Das Gefühl in meiner Seele ist so schleimig wie das in meiner Unterhose. Allerdings sind meine Kopfschmerzen komplett verschwunden, und ich habe verdächtig unverspannte Schultern.

Myriams Körper ist weich und gemütlich wie ein Lieblingskissen, das man schon sein Leben lang hat. Irgendwie komisch, dass der Körper reicher Leute im Grunde gar nicht so anders ist als beim Rest der Welt.

»Wow«, sagt Myriam. »Ich wusste doch, du hast mehr drauf als nur telefonieren.«

»Ich hatte keine Ahnung.« Ich bin viel zu entspannt, um mich von ihrem Spruch angegriffen zu fühlen. »Ich meine: Ich habe so was noch nie gemacht.«

»Wirklich?«, sagt Myriam. »Ha!«

Wir sitzen eine Weile auf dem Sofa, Myriam krault mir den Kopf, als sei sie die Fürstin und ich ihre Katze. Ich merke erst, dass ich am Einschlafen bin, als das Klingeln meines Telefons mich aufschreckt.

»Wir sind im O'Toole's, wo zum Teufel steckst du?«, sagt Lyn.

»Ach, hallo, Lyn.« Ich springe auf und stehe betreten an der Tür herum.

»Dir ist schon klar, dass ich nicht sauer auf dich bin wegen der Twitter-Sache? Bei meinem tollen Einkommen interessiert mich nur eins, nämlich Biertrinken mit dir.«

»Wie schön«, erwidere ich. »Ich weiß aber noch nicht, ob ich es heute Abend schaffe.«

»Was? Was kann wichtiger sein als das O'Toole's?«

»Eigentlich nichts«, antworte ich. »Ich geb dir Bescheid.«

»Von mir aus. Jedenfalls steht hier ein Bierglas mit deinem Namen drauf, falls du dich dazu durchringen kannst zu kommen.«

Ich drücke sie weg und hoffe, Myriam hat nicht mitgehört.

»Was ist das O'Toole's?«, fragt sie.

»Nichts«, sage ich. »Nur eine Bar.«

»Gehst du hin?«

»Weiß nicht. Ich habe das Gefühl, dass meine Pläne sich vielleicht geändert haben.«

»Wirklich? Was hast du denn vor?«

»Na ja. Nichts Besonderes. Vielleicht gehe ich doch hin.«

»Super! Was soll ich anziehen?«, meint Myriam.

Ich beharre darauf, dass man im O'Toole's nur Jeans tragen kann, aber Jeans hat Myriam nicht in ihrem Bürokleiderschrank. Daher hat sie sich für einen Lederrock und einen Bodysuit aus Spitze entschieden, was sie ein bisschen wie eine alte Frau aussehen lässt, die jung wirken will, nur sieht das Outfit bei ihr viel besser aus als an einer alten Frau, weil sie ein faltenfreies Gesicht und einen jugendlich runden Bauch hat.

Meine Leute aus dem Callcenter sitzen am gleichen Tisch wie immer, ziemlich weit hinten. Als wir auf sie zugehen, halte ich den Blick auf eine Wanddeko gerichtet – einen geschnitzten Fisch. Die Gruppe wird immer stiller, je näher Myriam und ich kommen, was das Gegenteil dessen ist, wie sich Klänge normalerweise verhalten. Ich nehme die Augen keine Sekunde vom Fisch.

»Herzlich willkommen!«, sagt Lyn.

Jetzt gucke ich doch hin. Pat klebt Bierschaum am Kinn. James starrt Myriam an, als sei sie das Kleingedruckte einer Anzeige. Lyn hat ein geschäftsmäßiges Lächeln aufgesetzt, hält aber einen

Pitcher Bier in der Hand, und es sieht aus, als möchte sie den eigentlich nicht länger hochhalten.

»Miss Lacroix, was für eine schöne Überraschung!«, sagt Tanner, ganz der Schleimer, der er ist. Er hat erst vor ein paar Monaten Wind von der Freitagsrunde im O'Toole's bekommen, und wir haben es nicht geschafft, ihn wieder loszuwerden.

Myriam setzt sich ans Kopfende des Tischs und ich mich daneben, aber es ist eine seltsame Situation, als müsste ich ihr gleich Trauben in den Mund stecken. Noch schlimmer wird das Ganze dadurch, dass Myriams Charme sich in dem Augenblick in Luft aufgelöst zu haben scheint, in dem wir das Bürogebäude verlassen haben. Sie sitzt auf ihren Händen und starrt mit einem vagen, distanzierten Grauen im Gesicht auf die Maserung des Holztischs.

»Hübscher Pulli, Lyn«, versucht sie unsicher, ein Gespräch anzufangen. »Ich habe auch schon überlegt, ob ich mal die Secondhandszene erkunden soll.«

Lyn verdreht die Augen in meine Richtung, von wegen: *Warum hast du die bloß mitgebracht? Lass dir sofort was einfallen.* Ich verdrehe sie zurück, von wegen: *Ich kann überhaupt nichts dafür, ich bin hier eindeutig das Opfer.*

James lockert die angespannte Atmosphäre ein wenig auf, indem er Myriam ein Bier einschenkt.

»Moosehead, Eure Majestät?«, sagt er, und alle lachen unsicher, sogar Myriam. Normalerweise halten wir uns fern von dem Trüppchen, das im E-Mail-Kundendienst arbeitet und für seine astrologischen Überfälle berüchtigt ist – ungefragt erzählen sie dir alles über dein Sternbild und was für eine Persönlichkeit du bist –, aber bei James machen wir eine Ausnahme. Er legt uns manchmal witzige Talismane auf den Tisch, aber auch Schokolädchen und liebenswerte, handgezeichnete Postkarten.

Ein allgemeines Murmeln entsteht, als Tanner den Stuhl neben Myriam herauszieht.

»Wirklich super, dass Sie heute auch kommen konnten, Miss Lacroix.« Er hat den Stuhl umgedreht und sich breitbeinig draufgesetzt, als spiele er in einem Musical mit. »Was ich Sie schon lange mal fragen wollte: Warum haben wir bei Glacier Air eigentlich kein Outsourcing für die Reparaturen?«

Alle verdrehen die Augen, von wegen: *Ach, Tanner. Wie peinlich.*

»Ich habe schon für eine Menge Firmen gearbeitet«, sagt er. »Outsourcing ist das A und O. Da trennt sich die Amateur- von der Profiliga.«

»Sie wissen ja sicher haargenau, wie man in der Profiliga spielt«, sagt Myriam fast unhörbar zu ihm. »Und womit kriegen Sie die Mädels so profimäßig rum? Versprechen Sie ihnen, dass sie mit dem Aktenvernichter spielen dürfen?«

Ich hatte wirklich gehofft, Myriam würde es schaffen, wenigstens den halben Abend lang keine klassistische Bemerkung vom Stapel zu lassen. Ich starre in mein Bierglas und wünschte, ich könnte mich in Luft auflösen wie eins der Schaumbläschen, höre aber mit Staunen, wie ein paar meiner Kolleginnen anfangen zu lachen.

»Oder kriegt ihr sie mit eurer gesunden Arbeitsplatzbräune rum?«, meint Myriam, jetzt schon etwas lauter. »Ganz ehrlich, ihr seht alle ein bisschen bleich aus. Erinnert mich dran, dass ich eine Sonnenliege für euer Stockwerk bestelle.«

Pat durchbricht die Anspannung mit ihrem tiefen, ironischen Lachen, und alle anderen fallen ein. Myriam spuckt ihr Bier zurück ins Glas und sagt: »Kann mir irgendjemand mal einen anständigen Scotch besorgen?«

James springt pflichtschuldig auf.

»Wie seid ihr überhaupt im Callcenter gelandet? Weil ihr zu viele billige Jeans tragen musstet und deswegen nicht genug Selbstbewusstsein mitgekriegt habt?«

Lyn läuft der Sabber aus dem Mund, weil sie so schrecklich lachen muss, und James ist ständig unterwegs, um Myriam den nächsten Scotch zu holen.

»Und warum tragt ihr eigentlich Stiefel mit Stahlkappen dran, hat das einen besonderen Grund? Ist jetzt nicht abwertend gemeint, ich bin nur neugierig.«

Ich kippe mir ein Bier nach dem anderen hinter die Binde, und irgendwann finde ich Myriam so dermaßen süß, dass es mir nicht mehr peinlich ist, sie mitgebracht zu haben. Sie ist wie eine Katze, die absichtlich ein Glas Wasser umwirft und einen danach unschuldig mit großen Augen anguckt: *Und, was machst du jetzt?*

Als Myriam auf die Toilette geht, entschuldige ich mich und hole sie auf dem Gang ein.

»Sag mal, du bist ja wirklich sehr ungezogen«, sage ich und packe sie am Handgelenk. »Hast du denn gar keine Manieren?«

»Allison«, sagt Myriam und drückt ihren Unterleib gegen meinen. »Ich habe selten im Leben so viel Spaß gehabt!«

»Ich habe dich was gefragt«, erwidere ich.

»Meine Mutter hat versucht, mich zu erziehen«, sagt Myriam. »Aber ich war ein schwieriges Kind.«

»Deine Mutter hat dir wirklich gar nichts beigebracht«, sage ich und fasse ihr unter den Rock.

»Deine Bekannten sind echt sehr, äh, rustikal«, lacht sie.

»Versuchst du etwa, mich zu provozieren?«, flüstere ich ihr ins Ohr. »Irgendjemand muss dich unbedingt ein bisschen bestrafen.«

Ich drehe sie mit dem Gesicht zur Wand, hebe ihren Rock hoch und schlage ihr dreimal auf den Po.

»Ich bin total feucht.« Myriam kichert. »Willst du mal fühlen?«

Das will ich wirklich, und ich bin auch schon fast dabei, als James im Gang auftaucht.

»Wow, Allison! Was geht denn hier ab?«, sagt er.

Ich mache einen Satz nach hinten, als wäre ich gerade dabei erwischt worden, wie ich im Museum ein Gemälde anfasse.

»Habt ihr zwei was miteinander oder wie?«

»Nein«, antworte ich, aber es klingt nicht sehr überzeugend.

»Ist okay, alles in Ordnung.« James kriegt allmählich wieder Luft. »Ich verrat schon nichts. Ich bin total offen für so was.«

»Danke, James«, sage ich und entferne mich langsam aus dem Gang, während Myriam ihren Rock zurechtrückt.

»Lasst euch von mir nicht stören«, sagt er.

Ich fange an zu lachen, und ich weiß spätestens dann, dass ich damit aufhören müsste, als James auf Myriam zugeht und sie auf dem schlecht beleuchteten Gang in die Ecke drängt. Aber ein Teil von mir denkt, vielleicht hat Myriam ja nichts dagegen, weil sie denselben Gesichtsausdruck draufhat wie vorher: Als sei sie total locker, als sei das alles normal, dabei ist es das gar nicht. James fasst ihr unter den Rock, und sie steht einfach nur da. Erst als er ihren Kopf nach unten drückt, scheint sie aus ihrer Trance zu erwachen und flieht vor seinem brutalen Griff. Sie schiebt sich an James und mir vorbei, schnappt sich ihre Handtasche vom Stuhl und rennt aus dem O'Toole's. Hinter mir ruft James: »Hättest doch einfach was sagen können, wenn du das nicht willst, ey!«

Ich renne Myriam hinterher nach draußen.

∞

Auf dem Bürgersteig stehe ich dumm rum, während Myriam aggressiv ins Handy schreit.

»Genau, ein Pub! Gegenüber vom Büro, was ist dadran so schwer zu verstehen, verdammt noch mal?«

Sie drückt den Fahrer weg und scrollt durch ihr Handy, als merke sie gar nicht, dass ich neben ihr stehe. An ihrer Nase bildet sich ein Tropfen, aber sie ist zu stolz, um ihn wegzuwischen.

Ein Auto fährt vor, der Fahrer springt heraus und hält ihr die Tür auf.

»Warte«, sage ich, als die Tür schon fast zu ist. »Darf ich mitkommen?«

Sie bedenkt mich mit einem kalten Blick, dann erteilt sie mir mit einer schnellen Bewegung ihres Fingers die Erlaubnis, als würde sie einer Wache das Zeichen geben, die Gefangene vorzuführen.

Im Wagen möchte ich Myriam am liebsten fragen, ob ich sie noch mal umarmen darf, aber ich bin mir nicht mal sicher, ob sie mich überhaupt dabeihaben will, also sitze ich nur still da.

»Ich glaube, es muss irgendetwas an mir geben«, sagt sie schließlich und sieht dabei aus dem Fenster, »das den Leuten das Gefühl gibt, sie hätten das Recht, so was zu tun. Als ob die normalen Regeln der Gesellschaft bei mir einfach nicht gelten würden.«

Ich weiß nicht, was ich darauf erwidern soll. Heute Morgen glaubte ich noch, ich sei eine Person, die nicht weiß, was sie mit Fesselbändern anfangen soll, aber das korrekte Verhalten kennt, wenn sie einen sexuellen Übergriff beobachtet. Der ganze Tag kommt mir vor wie ein einziger Fehler.

In ihrem Loft zieht Myriam müde die Schuhe, den Rock, den BH und die Unterhose aus, nimmt die Ohrringe ab, lässt alles gleich hinter dem Eingang auf den Boden fallen und geht die breite Treppe nach oben.

»Jonah ist dieses Wochenende bei meinem Ex«, sagt sie auf halbem Weg, was ich als Einladung auffasse.

Als ich das Schlafzimmer betrete, liegt sie schon im Bett. Sie hebt das Laken hoch, damit ich drunterschlüpfen kann. Ich bleibe aber auf meiner Seite, weil sie nackt ist.

»Hey«, sage ich. »Ist alles in Ordnung?«

Ihr Körper liegt reglos und schwer wie ein Stein auf der Matratze. Lange rührt sie sich nicht von der Stelle, sodass ich schon fast schlafe, als ich merke, wie sie näher rückt.

»Ich recycle nie etwas, weißt du«, flüstert sie. »Das ist mir irgendwie viel zu viel Arbeit, darüber nachzudenken, was in welchen Eimer gehört.«

»Okay«, sage ich und versuche, wieder wach zu werden. »Nicht so schlimm. Damit kann man auch jetzt noch anfangen.«

»Einmal sollte Glacier Air wegen Steuerhinterziehung vor Gericht, und ich habe das dadurch gelöst, dass ich dem Richter vor dem ersten Termin einen geblasen habe. Das Verfahren wurde innerhalb einer Stunde eingestellt.«

Myriam ist mir so nah, dass ich ihren Atem in meinem Ohr spüre.

»Das ist echt abartig«, sage ich. »Warum erzählst du mir so was, Myriam?«

Sie setzt sich auf meinen Schoß, das Gesicht von mir weg, sodass ich nur noch ihren mondbeschienenen Rücken und ihre weichen Oberschenkel sehen kann. Meine Hände bewegen sich hoch zu ihrer Taille, gleiten hinunter auf ihre Hüfte, als hätten sie ein Eigenleben. Myriam beugt sich vor, drückt das Gesicht ins Bett und präsentiert mir alles.

»Ich könnte dich auch einfach nur in den Arm nehmen. Oder wir reden bloß«, sage ich, aber es hat etwas so Perverses an sich, wie sie sich freiwillig total für mich öffnet, dass ich nicht mehr geradeaus denken kann. Bebend halte ich die Hand über ihren Hintern.

»Letztes Jahr wollten wir ein neues Bürogebäude neben dem Glacier-Air-Golfplatz eröffnen, aber es stand kein Bauland zur Verfügung«, sagt sie in die Matratze. »Also habe ich die dortige Grundschule schließen und woanders wieder aufbauen lassen.«

»Du kriegst den Hals nie voll, was, du gierige kleine Fotze?«, sage ich.

Die Worte fühlen sich stachlig und seltsam in meinem Mund an, aber Myriam stöhnt zur Antwort nur. Sie reckt den Hintern in die Luft, ihr Körper verschwimmt vor meinen Augen. Ich versuche, mich zum Aufhören zu zwingen, sie in die Arme zu nehmen und ganz fest zu drücken, bis ich menschliche Emotionen aus ihr herausgepresst habe, stattdessen aber merke ich, wie sich meine Daumen in ihre Pobacken graben und meine Finger durch die unglaubliche Feuchtigkeit zwischen ihren Beinen gleiten.

»Und du bist dir ganz sicher, dass das eine gute Idee ist?«, frage ich. »Vielleicht sollte ich doch besser gehen.«

Sie rührt sich nicht mehr.

»Wenn es das ist, was du willst«, sagt sie kalt.

»Ich weiß es doch auch nicht.« Aus irgendeinem Grund fühle ich mich angegriffen. »Ich weiß noch nicht mal genau, warum ich überhaupt hier bin.«

»Du warst die, die gefragt hat, ob sie mit mir nach Hause kommen darf, Allison. Du bist nach der Arbeit in mein Büro gekommen und hast mit mir gekifft. Was hast du denn erwartet, was sich da abspielen würde?«

»Ich habe gar nichts erwartet«, antworte ich. »Warum greifst du mich auf einmal so an?«

»Oder hast du etwa gedacht, ich hätte dich befördert, weil du so schrecklich qualifiziert bist? Dass ich nicht dein Bild im Intranet gecheckt hätte, bevor ich dich zu mir raufgebeten habe?«

Als sie den Kopf zu mir umdreht, ist weder Trauer noch Schmerz noch Verlangen in ihrem Blick – sie wirkt einfach nur genervt. Sie verdreht die Augen, als wolle sie mir klarmachen, dass sie keinerlei Verwendung für mich hat, wenn ich nicht tue, was sie will, und ich jede beliebige Mitarbeiterin im unteren Gehaltssegment sein könnte. Sie scheint aufstehen zu wollen und sieht mich über die Schulter mit einer solchen Arroganz, solch kaltem Trotz an, dass ich sie an den Haaren packe und mit einem Ruck zurück auf meinen Schoß ziehe.

»Du mieses kleines Mist...«, sage ich, und meine Hand schlägt zu.

∞

Ich wache davon auf, dass Myriams Lippen über meinen Bauch wandern. Die vergangene Nacht steht mir wieder vor Augen, und in meiner Unterhose wird es sofort nass, gefolgt von einem schamerfüllten Gurgeln in meinem Bauch. Als ich mit Myriams Arsch fertig war, hatte er sich lila verfärbt. Sie hatte sich unter mir gewunden und aufgebäumt, bis die Bettwäsche eine kalte Pfütze war und ihre Zähne einen bleibenden Abdruck im Memory Foam hinterlassen hatten. Irgendwann kurz vor Sonnenaufgang gaben ihre zitternden Beine unter ihr nach, und ich drang leicht in sie ein, obwohl ich den größten Schwanz aus ihrer Kollektion trug – so tief, ich hätte schwören können, dass ich ihr Innerstes berührte und sie, irgendwo im Umkreis ihres seltsamen, kapitalistischen Herzens, einen Funken meines Innersten spürte. Sie schlang sich mit allen Gliedmaßen um mich, und als sie mir in die Augen schaute, sah ich, dass der Trotz sanfter Hingabe gewichen war, einer Lieblichkeit, so rein und aufrichtig, dass ich bei dem Gedanken schauderte, wie ich mir diesen Blick verdient hatte.

»Ich habe dir Frühstück gemacht«, sagt Myriam in meinem T-Shirt. »Na gut, ich hab's bestellt, aber das macht ja wohl keinen Unterschied.«

Ihr Mund wandert nach oben zu meiner Kehle, sodass sie aus meinem Halsausschnitt zum Vorschein kommt und ich in meinem eigenen Shirt gefangen bin. Sie liegt so heiß und schwer auf mir, dass ich mir vorstelle, ich würde sie wegstoßen und einfach wortlos gehen. Ich stelle mir vor, ich wäre nie hergekommen, hätte sie überhaupt nie kennengelernt und wäre stattdessen in der friedlichen Ruhe meiner Einzimmerwohnung aufgewacht. Ich stelle mir eine Welt vor, in der Myriam nicht existiert, und gleich fühle ich mich leichter, aber vielleicht kommt das auch von dem seltsamen Rein-Raus, das ihre Zunge in meinem Ohr veranstaltet. Es fühlt sich widerlich an, als hätte mein Ohr Sex mit einer warmen Nacktschnecke, aber gleichzeitig kriege ich davon Gänsehaut, und ein weichtierartiges Gummigefühl befällt meine Glieder. Ich stelle mir bildhaft vor, wie ich aus dem Bett und in meine Jeans springe, die Treppe runterrenne zum Aufzug, auf die freie, offene Straße, aber in Wirklichkeit bewege ich mich keinen Zentimeter.

»Außer du willst heim«, sagt Myriam, als könne sie mich denken hören. »Ich könnte meinen Fahrer rufen, dann bringt er dich nach Hause, kein Druck.«

Sie taucht aus meinem T-Shirt auf, und ihr kurzes Haar steht auf eine ziemlich punkig und gut aussehende Art hoch. Myriam guckt traurig drein, als wolle sie nicht, dass ich gehe, aber auch nobel – sie wird keinen großen Wind darum machen. Das Weichtierfeeling macht sich in meiner Mitte breit, und ich ziehe Myriam an mich und küsse sie. Etwas strudelt in meiner Brust herum, aber dasselbe Gefühl, das ich letzte Nacht hatte, als wir endlich einschliefen, hält es auf. Ich würde sie gern weiter küssen, aber es kommt mir irgendwie falsch vor, wenn sie das zuließe.

»Es tut mir leid«, sage ich. »Wegen gestern. Du warst in einer verletzlichen Lage, und wahrscheinlich hätte ich nicht ...«

»Denk nicht mehr dran.« Myriam unterbricht mich mit einem Kuss auf den Mund. »Mit negativem Kram aus der Vergangenheit beschäftige ich mich nicht.«

Ich merke, wie ich blass werde. Mir ist unklar, ob das Negative der Vorfall mit James im O'Toole's ist oder das, was wir danach gemacht haben.

»Ich wollte das, Allison«, sagt Myriam, springt aus dem Bett und zieht mir das Laken weg. »Jetzt steh schon auf, es kommt nicht oft vor, dass ich den Tisch decke.«

Dass das der Wahrheit entspricht, sehe ich, als Myriam mich aus dem Schlafzimmer zieht. Das restliche Loft ist in einem chaotischen Zustand. Es herrscht totale Unordnung: Papier, Kleider und Take-out-Schachteln liegen auf den geometrisch gemusterten, teuer aussehenden Teppichen verstreut. Neben dem Wohnzimmer gibt es eine Art Teeniezimmer, das direkt der Fantasie einer jugendlichen Gamerin entsprungen zu sein scheint: Möbel aus Legosteinen, berühmte Mangafiguren hinter Plexiglas. Und sogar auf den Spielkonsolen und Riesenbildschirmen hängt Myriams Unterwäsche.

Als ich sehe, was sie oben im Dachgarten aufgebaut hat, muss ich mich ganz fürchterlich fremdschämen. Wie begierig sie scheint, einem One-Night-Stand alles rechtzumachen: deutliches Anzeichen großer Einsamkeit. Aber in mein Fremdschämen mischt sich auch Zärtlichkeit, weil es eine liebenswerte Geste ist und sie sich wirklich über mich zu freuen scheint. Sie zieht mir den Stuhl eines filigranen Bistro-Sets heraus und lädt mich ein, an dem Tisch Platz zu nehmen, der mit Croissants, armen Rittern, Eiern, Bacon und To-go-Cappuccino mit kunstvollen Blattfiguren im Milchschaum bedeckt ist. Aus den Servietten hat sie kleine Boote gefaltet.

»Und jetzt erzähl mir bitte nicht, du bist Veganerin oder so was«, sagt Myriam, als ich mich setze.

Ich kann mich nicht erinnern, wann ich zum letzten Mal so gute Luft geatmet habe – als sei sie gerade erst über einem See aufgestiegen, durch einen Regenwald und dann direkt in meine Nase geweht worden. Ich sehe hoch und merke, dass sich eine mit Schlingpflanzen bewachsene Kuppel über den Dachgarten wölbt. Ein Vogel fliegt vorbei und landet auf dem leuchtend roten Zweig eines Erdbeerbaums. Überall blüht es: kleine gelbe Tellerblüten, leuchtend violette Dolden, große, rote Schmetterlingsblüten mit zahnbewehrten Mäulern. Ich nehme einen köstlichen Schluck Cappuccino und streichle das Innere einer Rose.

»Jonah hat manchmal hier draußen Nachhilfestunde«, sagt Myriam. »Wenn er etwas über eine Pflanze oder einen Vogel lernen will, dann schaffen wir die entsprechende Flora oder Fauna einfach an. Nur weil die Generationen vor uns Mist gebaut haben, heißt das schließlich noch lange nicht, dass er nicht trotzdem erleben soll, was Schönheit ist.«

»Das klingt total cool«, sage ich, schließe die Augen und atme tief ein. Sobald die Augen zu sind, läuft in meinem Kopf normalerweise ein Schwarz-Weiß-Slasherfilm ab, mit einer endlosen Abfolge peinlicher Situationen und grausamer Arten, wie die Welt zugrunde gehen wird. Doch jetzt sehe ich nur ein schwarzes Bild vor mir, fast als würde ich schlafen, aber wach sein.

Ich schrecke auf und stoße mir das Knie am Tisch. Myriam ist unter den Tisch gekrochen, und ihre schleimige, kleine Zunge bewegt sich an meinem Schenkel nach oben. Sie findet meinen empfindlichsten Punkt durch die Unterhose hindurch und fängt an, Kreise auf der Baumwolle zu beschreiben.

»Myriam, warte«, sage ich. »Du musst das nicht tun.«

»Gefällt es dir nicht?«

»Doch, schon … ich weiß nur nicht, ob ich das verdiene.«

Sie blickt mit liebevollem, verwirrtem Blick zu mir hoch.

»Den Job, das Frühstück, dich. Nichts davon habe ich verdient.«

»Verstehe«, sagt Myriam nachdenklich. »Und wie könntest du dir so was verdienen?«

»Keine Ahnung«, sage ich. »Vielleicht mit einem Studienabschluss? Ich könnte dich um ein Date bitten. Ich hatte nicht mal vor, bis zum Frühstück zu bleiben. Wenn ich als Erste aufgewacht wäre, hätte ich mich sofort aus dem Staub gemacht.«

»Du kannst dich immer noch aus dem Staub machen, wenn du das willst«, erwidert sie. »Aber wenn du bleiben willst, dann bleib. Mir egal, ob du es verdient hast oder nicht. Du kannst alles haben, was du willst.«

Myriam schiebt den Eingriff meiner Unterhose auseinander, und von ihrem Atem wird mir ganz schwindlig. Taubenetztes Gras schluckt meine Füße, die Rosen am Rand meines Gesichtsfelds werden immer größer und röter. Ich fühle mich so schrecklich müde: davon, dass ich mich wieder und wieder beweisen muss, Schuldgefühle haben muss, nie, in meinem ganzen Leben nicht, das kriegen kann, was ich will. Meine Hand hebt sich von allein nach oben, wie ein Ballon, der sich von seinem Faden gelöst hat. Ich drücke Myriams Kopf an mich, und anfangs bringt mich die Fleischigkeit ihres Munds, die Körperlichkeit ihrer Zunge und

Spucke, etwas raus. Sie leckt und leckt, als sei sie allein dafür geschaffen, wie ein Organ, das seine ihm eigene Funktion erfüllt. Erst spüre ich nichts als dampfige Wärme, das Tröpfeln übermäßiger Feuchtigkeit. Aber aus dieser Enttäuschung steigt eine Art Trost, eine Art Romantik auf. Ich spüre es wie ein Jucken, das im Zentrum der schlabbernden Kreise beginnt, die Myriam mit der Zunge beschreibt – im Schlamm versinkende Stiefel, hingebungsvolle Töne –, und dann bricht es von allen Seiten gleichzeitig über mich herein.

∞

»Für mich ist es das, was Freiheit am nächsten kommt«, sagt Myriam. »Wann kann ich sonst total die Kontrolle aufgeben?«

Wir liegen in Myriams riesiger, freistehender Badewanne, und ihr Kopf ruht an meiner Brust. Sie schaufelt Wasser in die Hand und lässt es über meinen Hals und meine Arme laufen. Nach einem ganzen Tag Sex fühle ich mich ziemlich entspannt, und im Kerzenlicht scheint Myriam nur so zu strahlen. Ich nehme ihre nasse Hand und küsse sie am Puls, in der Handfläche, zwischen den Fingern.

»Ich hätte eher gedacht, dass du auf Kontrolle stehst«, sage ich. »Wegen deinem Job und so.«

»Tu ich auch«, erwidert Myriam. »Macht finde ich geil. Aber ich habe auch meine Unsicherheiten. Ich gebe mir immer an allem die Schuld, seit meiner Kindheit schon, sogar an Dingen, für die ich überhaupt nichts kann. Früher habe ich geglaubt, ich muss ein schlechter Mensch sein, wenn mir etwas Schlechtes zustößt. Ich vermute, deswegen fühlt es sich so gut an, unterwürfig zu sein. Ich treffe keine Entscheidungen, also kann ich kein schlechter

Mensch sein. Für ein paar Minuten oder Stunden bin ich von dem ganzen Mist erlöst.«

»Leuchtet mir ein.« Ich lasse meine Fingerspitzen an ihrem Rücken hinunterwandern. »Für mich ist es wahrscheinlich deswegen anders, weil ich nie geglaubt hätte, dass ich jemandem etwas antun könnte. Das ist das Problem. Es ist, als würde ich mitten im leeren Raum am Kragen baumeln, schreien und wie wild um mich treten, und trotzdem bewegt sich noch nicht mal das leiseste Lüftchen.«

»Aber ich fühle, wie sich die Luft bewegt«, erwidert Myriam. »Als du zum ersten Mal in mein Büro gekommen bist, hatte ich sofort das Gefühl, die Luft um dich herum würde sich verschieben. Ich wusste, dass gerade alles anders wird.«

»Vermutlich sollte ich das nicht sagen«, entgegne ich, »aber das Gefühl hatte ich auch. Dass du mich wirklich gesehen hast. Es war ein schönes Gefühl.«

»Ich bin froh, dass du es gespürt hast«, sagt Myriam. »Ich will, dass du genau weißt, wie viel Macht du über mich hast.«

Sie schiebt meine Hand zwischen ihre Beine, und ich spüre es wirklich. Das Weiche, das Pochen, wie viel Schaden ich anrichten könnte. Ich ziehe sie auf meinen Schoß und bedecke sie mit zärtlichen Küssen. Ich lasse sie wimmern und sich an meiner Hand reiben, und ich ficke sie erst, als sie darum bettelt.

Es ist ja nicht so, als wäre sie meine Freundin, schärfe ich mir am Montag bei der Arbeit ein. Ich will auf keinen Fall wie die Männer sein, die keinen Respekt mehr vor der Autorität einer Frau haben, nur weil sie ihnen multiple Orgasmen verschafft und eine schockierende, aber faszinierende Offenheit für Analsex offenbart hat. Selbst wenn dich eine in ihrem privaten botanischen Garten leckt, dir hinterher ein Bad einlässt und sich die ganze

Nacht lang im schwachen Mondlicht deine Kindheitstraumata anhört, heißt das noch lange nicht, dass sie nicht trotzdem deine Vorgesetzte ist. Ich versuche, geschäftsmäßig zu bleiben. Als Myriam mich am Vormittag in ihr Büro ruft, klopfe ich höflich an und frage, ob ich etwas für sie tun könne. Wie sich herausstellt, gibt es da tatsächlich etwas.

Am Ende der Woche ist sie mehr oder minder meine Freundin, was mich auf eine Art anmacht, über die ich nicht zu viel nachdenken darf. Ich übe mich darin, nicht mehr zu glauben, mir Liebe und Zuneigung verdienen zu müssen, indem ich mir Sachen von ihr kaufen lasse: ein Gelpad für meinen Stuhl, einen richtigen Schreibtisch, der in meinem Büro stehen wird, das wir gerade entwerfen, für meine neue Aufgabe als Klimabotschafterin.

Am Freitag lädt Myriam mich zum Lunch im La Petite Cuillère ein, ist aber die Hälfte der Zeit mit Business Calls beschäftigt, bei denen sie mit einer ungeduldigen Bitch-Stimme redet, die mich irgendwie antörnt. Sie trägt einen süßen pinkfarbenen Blazer, und jedes Mal, wenn sie die Augen verdreht oder seufzt wie ein ungezogenes Kind, muss ich mich zwingen, nicht über den Tisch zu springen und sie abzuknutschen.

»Ich weiß nicht, warum die Leute meinen, man würde auf einem Riesenhaufen Geld sitzen, nur weil man ein großes Unternehmen führt«, sagt sie, als sie das Telefon weglegt. »Auch wir müssen Rechnungen bezahlen, wir können nicht einfach so fünfzig neue Krankenhausabteilungen unterstützen.«

»Für das Firmen-Image wäre es aber bestimmt gut, Krankenhäuser zu unterstützen«, sage ich und schlürfe etwas dekorative Selleriemousse von meiner Suppe.

»Wenn man krank ist, kriegt man nichts mit von Werbung.« Myriam zieht ihren Lipgloss nach. »Aber ich habe über unsere

Kreativsession letzte Woche nachgedacht. Deine Idee mit dem tragbaren Atemgerät gefällt mir. Saubere Luft, wohin man auch geht. Vermutlich könnten wir es als medizinisches Hilfsmittel vermarkten.«

»Oder«, sage ich, »wir könnten uns entscheiden, keinen Profit mehr aus der Klimakrise zu schlagen, und stattdessen versuchen, wirklich etwas zu verändern. Wie wäre es, wenn wir in Sonnenenergie investieren? Wenn wir unsere eigenen Solarpanele produzieren, könnten wir die Energiekosten an unseren Produktionsstandorten senken und sie außerdem verkaufen. Wir könnten eventuell eine Rabattaktion für Kundinnen und Kunden anbieten, die Filtersysteme *und* Solarpanele kaufen. Was meinst du?«

»Ich meine ... ich finde, du bist richtig gut im Bett«, antwortet Myriam. »Wie wär's in fünf Minuten auf der Toilette?«

»Myriam.« Ich halte sie am Kinn fest, um sie zu zwingen, mich anzusehen. »Was denkst du über den Vorschlag mit den Solarpanelen? Ich habe sehr hart daran gearbeitet.«

»Ich denke ...«, sagt sie und versucht, sich meinem Griff zu entziehen. Ich muss sie fest am Unterkiefer packen, bis sie endlich bereit ist, mir in die Augen zu blicken. »... wir sollten das Richtige tun und keinen Profit aus der Krise schlagen oder was weiß ich.«

»Braves Mädchen«, sage ich und lasse sie los.

»Kriege ich wenigstens eine Belohnung?«, fragt sie und reibt sich das Kinn.

»Das Richtige zu tun ist Belohnung genug«, erwidere ich. »Aber morgen Abend ist eine Party, bei einer guten Bekannten von mir ...«

Myriam quietscht begeistert und hängt sich mit ihrem kleinen Finger an meinen.

»Aber du darfst nicht über Geld oder Politik reden, okay? Und auch über nichts, was mit Geld oder Politik zu tun hat.«

»Was soll ich anziehen?« Sie strahlt.

Myriams Jeans haben Fake-Gesäßtaschen. Sie trägt ein neues, auf alt getrimmtes Band-Shirt. Über den roten Lippenstift und die Plattformsandalen war ich auch nicht direkt begeistert, aber als wir hochgehen zur Party, wird mir klar, dass wir aussehen, als gehörten wir hierher, als gehörten wir zusammen. Stark Tätowierte in geflicktem Denim rauchen auf dem Rasen, und ein Pärchen im Hotpants-Partnerlook knutscht auf der Treppe, die zur Wohnung von Jewel und Nate führt.

Drinnen ist es heiß und irre voll, laute Rockmusik läuft, an den Scheiben fließt das Kondenswasser hinunter. Die meisten sitzen herum, nicken mit den Köpfen im Takt und brüllen einander etwas in die Ohren. Als ich Jewel und Nate im Durchgang zur Küche stehen sehe, legt sich meine Hand instinktiv um Myriams nassgeschwitzte Taille, was moralisch fragwürdig sein mag, aber wozu eine reiche, jüngere Freundin haben, wenn man sie nicht Frauen vorführen kann, die meinen, zu gut für einen zu sein?

»Das ist echt total … patriarchalisch, Nate. Meine Arbeit ist auch wichtig«, sagt Jewel gerade, als wir in die Küche kommen. Ihr Pferdeschwanz wirkt schlaffer als sonst, ihre runden Wangen etwas eingefallen. Sie macht einen so traurigen Eindruck, dass ich die Hand schnell von Myriam wegziehe, bevor Jewel sie sieht.

Als Nate uns bemerkt, verrutscht ihm für eine Sekunde das Gesicht, dann aber setzt er eine höfliche Miene auf.

»Allison!«, sagt er und drückt meinen Oberarm. Myriam streckt er die Hand hin. »Hallo, ich bin Nate. Entschuldigen Sie die Unordnung, wir sind gerade beim Umziehen.«

»Ich habe schon viel Schlimmeres gesehen«, sagt Myriam, während sie ihm die Hand schüttelt. »Ich heiße Myriam.«

»Haben Sie? Schlimmeres gesehen?«, sagt Jewel. Ihr Gesicht wirkt wie erstarrt, aber sie gibt Myriam trotzdem die Hand. »Jewel.«

»Ich bin bei einer alleinerziehenden Mutter aufgewachsen«, sagt Myriam. »Sie hat immer hart gearbeitet und hatte nicht viel Zeit für den Haushalt. Ein tolles Vorbild, aber eine schrecklich unordentliche Wohnung.«

Nate nickt mitfühlend. Es wirkt noch nicht mal aufgesetzt.

»Und letzte Woche hat sich meine Putzfrau krankgemeldet. Gar nicht schön«, erzählt Myriam weiter und ruiniert den Augenblick.

»Und, wo habt ihr zwei Hübschen euch kennengelernt?«, fragt Jewel, kommt aber alles andere als locker rüber. »Ich weiß, wer Sie sind, Miss Lacroix, ich hatte nur den Eindruck, Allison und Sie würden auf verschiedenen Stockwerken arbeiten.«

»Mittlerweile arbeiten wir sogar sehr eng zusammen«, sagt Myriam und legt mir die Hand um die Taille. »Allison ist davon überzeugt, dass Glacier Air größere Anstrengungen unternehmen muss, um den Klimawandel anzugehen.«

»Ja, haben wir mitgekriegt, auf Twitter«, sagt Nate. »Das war so cool von dir, Al.«

»Danke«, sage ich, überrascht, dass Nate den Tweet gesehen hat. Am Tag des Twitter-Skandals hatte ich innerhalb von vierundzwanzig Stunden fünfzigtausend Follower, worauf ich meinen Account sofort gelöscht habe.

»So was.« Jewel ballt die Hände zu kleinen, weichen Fäusten. »Und ich dachte, Glacier Air hätte Lobbyisten auf die Regierung angesetzt, damit das Erneuerbare-Energien-Gesetz gekippt wird.«

»Ach, dachten Sie?«, sagt Myriam. »Eine saftige Story. Dann muss sie ja wahr sein.«

Jewel wirkt empört. Sie sieht mich an, als müsse ich einschreiten.

»Davon habe ich nichts mitbekommen«, sage ich diplomatisch.

»Bist du dir ganz sicher, dass das aus einer zuverlässigen Quelle stammt, Jewel?«

»Bin ich hier etwa die Einzige, die die Nachrichten liest?«, meint Jewel. »Paul Litterman, CEO von Pacific Crūdoil, wurde dabei gefilmt, wie er sich auf einem Glacier Air-Golfplatz mit dem Umweltminister getroffen hat. Und dass die Location kein Zufall war, weiß doch wohl jeder.«

»Mit hundertprozentiger Sicherheit wissen wir es nicht, mein Schatz«, sagt Nate. »Und vielleicht glauben wir im Zweifelsfall lieber Myriam, schließlich ist sie unser Gast.«

Jewel wirft Nate einen vernichtenden Blick zu und rauscht in Richtung Schlafzimmer davon. Ich merke, wie sich bei Myriam die Stacheln aufrichten.

»Sie ist sehr gestresst«, entschuldigt Nate sich für Jewel.

»Ich gehe nur mal kurz nachsehen, ob alles in Ordnung ist«, sage ich zu Myriam.

Jewel sitzt im Schlafzimmer auf dem Bett. Ich war noch nie hier, habe aber das Gefühl, genau zu wissen, welche Jewels Seite ist: die Sojawachskerzen, das abgenutzte Kopfkissen, der in der Nähe des Betts auf dem Boden liegende Füller. Am liebsten hätte ich ihre Sachen zusammengesammelt, wie Muscheln am Strand, nehme mir aber nicht die Zeit, diesen Wunsch zu analysieren.

»Tut mir leid, dass ich eben weggerannt bin«, sagt Jewel. »Die letzten Wochen waren verdammt anstrengend, mit Nate, und dem Umzug, und der Welt. Damit komme ich nicht so gut klar.«

»Macht doch nichts«, sage ich. »Mir tut es leid, dass ich dich in eine unangenehme Situation gebracht habe.«

Sie zuckt die Achseln.

»Ich wusste gar nicht, dass du auf Firmenchefinnen stehst.«

»Ich bin da nicht so festgelegt«, sage ich. »Außerdem ist sie anders, als viele Leute meinen. Du müsstest sie einfach mal kennenlernen.«

Jewel sieht mir tief in die Augen. Das ist beunruhigend und intim zugleich, als ob einem jemand beim Küssen die Zunge bis in den Rachen steckt. Ich kann mich nicht bewegen.

»Das meinst du wirklich ernst«, sagt sie, als habe sie das Gesuchte gefunden. »Du magst sie?«

»Irgendwie habe ich schon Gefühle für sie«, sage ich. »Mir ist zwar nicht ganz klar, was das für Gefühle sind, aber sie sind da, und ich würde mich gern näher damit beschäftigen.«

»Na schön«, sagt Jewel. »Ich versuche, deiner Menschenkenntnis zu trauen.«

Sie umarmt mich von der Seite, und ihr Haar streift meinen Hals wie eine weiche Bürste.

»Aber morgen kommst du trotzdem noch, oder?«, sagt sie. »Wir rechnen fest mit dir. Besonders jetzt, wo du ein Twitter-Star bist.«

Siedend heiß fällt mir ein, dass morgen die Demonstration stattfindet, die Jewel zusammen mit dem Climate Action Collective organisiert hat. Ich habe ihr vor vielen Wochen zugesagt, dass ich am Spendentisch mithelfe.

»Von wegen. Ich bin nur eine körperlose Internetstimme«, sage ich. »Aber ich komm natürlich.«

»Gut«, sagt Jewel mit einem lauten Seufzer. »Wie wär's mit Tanzen?«

»Wirklich? Sie?«

»Ja, die waren echt dreckig«, erzählt Myriam. »Ich hab eins über

Anal-Fisting geschrieben, das wurde in der *Country Living* veröffentlicht. Die Redakteure haben geglaubt, es ginge ums Kürbisschnitzen.«

Nate lehnt lachend am Kühlschrank, und Myriam kichert ebenfalls.

»Genug geredet! Jetzt wird getanzt!«, brüllt Jewel und scheucht uns ins Wohnzimmer. Sie dreht die Musik noch lauter, verschränkt die Finger mit meinen, und wir tanzen einen witzigen Shuffle. Myriam schmeißt sich beim Tanzen an Nate ran, der rot anläuft, aber das macht mir nichts aus. Egal, wo im Raum Myriam sich befindet, ich spüre die Verbindung zwischen uns wie eine gespannte Schnur. Ich brauche nur den Finger zu krümmen und sie so zu mir zurückholen.

Ich lasse Jewel herumwirbeln, und zum ersten Mal seit ewig langer Zeit tut es nicht weh, ihr nahe zu sein. Ich hatte völlig vergessen, dass es auch ein schönes Gefühl sein kann, sie in meinem Leben zu haben, einfach nur mit ihr befreundet zu sein. Fast den ganzen Abend vergesse ich sogar, Nate zu hassen. Das könnte gut werden, denke ich und werfe Myriam einen Blick zu. Das könnte richtig gut werden.

Auf der Heimfahrt im Auto schlabbere ich betrunken Myriams Schlüsselbein ab, bis ich merke, dass sie nicht die gewohnten Stöhngeräusche von sich gibt.

»Ich hatte keine Ahnung, dass du mit diesen Gestalten von Climate Action befreundet bist«, sagt sie. »Die nerven wahnsinnig. Ich wünschte, du hättest mich vorher gewarnt, statt mich einfach so in die Falle laufen zu lassen.«

»Jewel hat das nicht persönlich gemeint«, sage ich und ruhe mein Gesicht auf Myriams gemütlichem Busenplateau aus. »Sie ist halt ein leidenschaftlicher Mensch. Die Welt und so, das bedeutet ihr alles wirklich viel.«

»Und mir nicht, oder was?«

»So meine ich das doch gar nicht«, sage ich. »Jewel ist eben, was weiß ich – sie macht jede Menge ehrenamtliche Sachen, und sie nimmt alles superernst, was sie macht. Sie ist wirklich ein guter Mensch.«

»Was bin dann ich? Ein schlechter Mensch, oder was?«

Eine warnende Serie von Augenblicken mit Exen zieht vor meinem inneren Auge vorbei, was mich daran erinnert, dass ich auf keinen Fall Diskussionen führen sollte, wenn ich besoffen bin. Ich ermahne mich, den Mund zu halten, aber die Worte fließen nur so aus mir heraus, als würde ich hoffen, dass schon irgendwann das richtige dabei ist, wenn ich einfach immer weiterrede.

»Sagst du das, weil ich mit Jewel getanzt habe?«

Nein, das war es nicht. Das merke ich daran, wie Myriam von mir wegrutscht und ich mit dem Mund auf der Schnalle des Sitzgurts lande. Ich setze mich aufrecht hin und versuche, etwas nüchterner zu werden, damit ich nicht ständig ins Fettnäpfchen tappe.

»Was soll das überhaupt bedeuten: ›guter Mensch‹, ›schlechter Mensch‹?«, versuche ich es noch einmal. »Ich meine, jede hat doch ihre guten und ihre schlechten Seiten, jeder ist anders. Klar, manche sind *gute Menschen*, genau wie andere halt Hundemenschen sind, oder Katzenmenschen, das ist kein Werturteil. Dir ist dein Sohn wichtig, und dass du Arbeitsplätze schaffst und Gerechtigkeit für Frauen. Ist das besser oder schlechter, als wenn einem die Umwelt wichtig ist oder die Folgen des Kolonialismus oder das Zerschlagen großer Unterdrückungssysteme? Ich weiß es wirklich nicht! Niemand weiß es! Weil wir alle einzigartig und vielschichtig sind!«

»Sag mir bitte, dass du mich nicht für einen schlechten Menschen hältst, Allison«, sagt Myriam.

Sie wirkt so verletzt, dass es mir jedes Mal, wenn ich sie ansehe, wehtut, als würde sich eine lange Nadel in mein Auge bohren. Das Schweigen ist so erdrückend, dass ich kaum noch Luft bekomme, und das Schlimmste ist, ich bin daran schuld. Ich weiß, dass ich etwas sagen sollte, dass es ein schwieriges Thema für sie ist und ich echt Mist gebaut habe, aber egal, wie sehr ich die Worte herauszwingen will, sie kommen mir nicht über die Lippen, als hätte ich einen Knebel aus Seidenbändern im Mund.

Als wir zurück in ihrem Loft sind, legt sich Myriam zusammengekrümmt auf die andere Seite des riesigen Betts. Betrunken, wie ich bin, kommt mir das wie eine unüberwindliche Entfernung vor, aber irgendwann habe ich mich so weit zu ihr vorgearbeitet, dass ich ihre Wade mit den Zehen streicheln kann.

»Bei ihr wäre das ganz anders gelaufen«, flüstert Myriam. »Bei ihr hättest du eingegriffen oder etwas gesagt. Du hättest sie hinterher in den Arm genommen.«

Es ist seltsam, Myriam weinen zu hören. Beunruhigend, als würde man Eis unter den eigenen Füßen knacken hören, dabei wusste man noch nicht mal, dass man auf einer Eisfläche stand. Wenn man sein Banner in dieses Eis gepflanzt und sich ein ganzes Leben darauf ausgemalt hat – schickes Loft, Sternerestaurants, Sex auf der Toilette von VIP-Airport-Lounges –, und auf einmal merkt man, dass alles wegtaut und einen das Wissen überkommt, wenn man nicht sofort losrennt, versinkt man samt seiner ach so schönen Fantasien im Wasser.

Mit einem bangen Gefühl schlafe ich ein, das eisige Wasser scheint mir bis zum Hals zu stehen. Myriams Schluchzer rauschen in der Ferne und verfolgen mich bis in meine Träume.

Ich wache davon auf, dass Myriam den Reißverschluss eines Koffers zuzieht. Die Sonne ist noch nicht mal richtig aufgegangen.

»Ich habe dir die Nummer von meinem Fahrer auf die Anrichte gelegt«, sagt Myriam. »Er bringt dich heim, wenn du so weit bist.«

»Myriam«, sage ich. »Es ist verdammt früh. Warum kommst du nicht zurück ins Bett?«

»Ich habe dir doch gesagt, dass ich heute nach Peking fliege, das Meeting wegen unseren Expansionsplänen. Ich stelle dem Vorstand die neue Klimastrategie vor.«

»Ach, richtig«, sage ich, obwohl ich nicht den Eindruck habe, davon schon mal gehört zu haben.

Der Klang von Myriams Koffer, der in Richtung Ausgang rollt, katapultiert mich aus dem Bett.

»Hey«, sage ich und renne ihr mit noch völlig verklebten Augen hinterher. »Es tut mir total leid wegen gestern, ich habe alles falsch gemacht. Können wir darüber reden?«

»Ach, ich weiß nicht, Allison«, sagt Myriam mit dem Rücken zu mir. »Ich glaube, ich brauche erst mal Abstand, ich muss ein bisschen nachdenken.«

»Okay«, sage ich, dabei bin ich überhaupt nicht damit einverstanden. Sie öffnet die Tür, und ich werde von der Panik überfallen, dass ich sie nie wiedersehen werde. »Aber vielleicht liebe ich dich.«

Ich bin erstaunt, als diese Worte aus meinem Mund kommen. Mir ist zwar klar, dass ich sie nur ausgesprochen habe, damit Myriam dableibt, trotzdem glaube ich, dass etwas Wahres dran ist. Weil sich meine Kehle zusammenzieht bei dem Gedanken, sie zu verlieren, weiter im selben Büro zu arbeiten, aber nichts mehr mit ihr zu tun zu haben. Myriam in ihrem Business-Kostüm bleibt stehen, ihre Haltung wird etwas nachgiebiger, aber sie dreht sich immer noch nicht zu mir um.

»Dienstagvormittag bin ich wieder im Büro«, sagt sie. »Lass uns dann reden.«

»Danke«, sage ich, aber die Tür fällt schon hinter ihr ins Schloss.

Ich lege mich wieder in ihr Bett und falle, fast gegen meinen Willen, in einen tiefen Schlaf. Als ich endlich aufwache, habe ich keine Zeit mehr für Selbstmitleid, weil ich schon zu spät dran bin für die Demo.

Ich bin noch garantiert zehn Häuserblocks entfernt vom Stand des Climate Action Collective, da wird es schon schwierig, zwischen den vielen Menschen durchzukommen. Ich hatte keine Ahnung, dass es so eine große Demo werden würde. Es ist der erste Tag ohne Rauch am Himmel, seit die Waldbrände im Juni ausgebrochen sind, und jeder Freisitz in der Innenstadt ist vollgepackt. Widerwillig betrachte ich die vielen Leute und stelle mir vor, ich würde stattdessen auf dem umlaufenden Balkon des Lofts sitzen, neben mir ein mittägliches IPA und ein Stapel Bücher, und hinüberblicken zum Hafen mit den riesigen, roten Containerschiffen, die aus der Ferne wie Spielzeugboote in einer Badewanne wirken.

Stattdessen winde ich mich zwischen den Demonstrierenden durch und muss immer wieder Protestplakaten ausweichen, um sie nicht ins Gesicht zu kriegen.

Endlich finde ich den Climate-Action-Stand auf dem Vorplatz des Kunstmuseums, zwischen einem Samosaverkäufer und dem riesigen Zelt eines indigenen Volks, das, glaube ich, auf Vancouver Island zu Hause ist. Unter dem Zeltdach haben sich Dutzende von Menschen versammelt, die traditionelle Lieder singen. Auf dem Platz sind noch mindestens fünfzehn andere Stände und Zelte aufgebaut: kanadische Ureinwohner, NGOs, aktivistische Gruppierungen, Kinder aus den umliegenden Grundschulen.

Ich erblicke Jewel, die mit einem Klemmbrett in der Hand am Climate-Action-Tisch steht. Dahinter sitzen mehrere Leute, die gestern auch auf der Party waren. Alle tragen T-Shirts mit einer geballten Faust darauf, zwischen deren Fingern eine Kletterpflanze wächst.

»Da bist du ja!«, ruft Jewel mir entgegen. »Du bist super. Am Tisch liegt ein T-Shirt für dich. Rede mit Gina, die erklärt dir alles.«

Gina, eine Schwarze mit Piercings in beiden Augenbrauen und Nasenflügeln, gibt mir das Shirt und eine große Spendenbox, die verdächtig nach einer leeren Nussdose von Costco aussieht.

Unbeholfen stehe ich mitten auf dem Vancouver Art Gallery Square, halte die Dose in der Hand und sage die Zeilen auf, die Gina mir beigebracht hat.

»Mit deiner Unterstützung können lokale Communitys gegen die Folgen des Klimawandels kämpfen«, sage ich. Ich kann meine eigene Stimme kaum hören. »Die Zahl der Klimaflüchtlinge hat im letzten Jahrzehnt um mehr als die Hälfte zugenommen.«

Die meisten beachten mich gar nicht, doch dann kommt eine Gruppe Teenager auf mich zu, Fünf-Dollar-Scheine in der Hand.

»Wir, äh, wir lieben dich«, sagt ein schlaksiger Typ. Sie werfen ihr Geld in die Dose und rennen weg, bevor ich mich bedanken oder fragen kann, warum sie mich lieben. Aber dann sehe ich, dass sie T-Shirts mit der Aufschrift *Sie interessieren sich doch nur für Gerechtigkeit, wenn's um Sie selbst geht* tragen. Es dauert ein paar Sekunden, bis mir einfällt, dass der Satz von mir stammt.

Gleich darauf kommt eine Frau auf mich zu und umarmt mich so warmherzig, dass ich am liebsten in ihren Armen eingeschlafen wäre.

»Danke«, sagt sie. »Glacier Air hat vor zehn Jahren eine Fabrik in meiner Heimatstadt eröffnet und dort das Wasser verseucht. Mein Vater ist an Knochenmarkkrebs gestorben, und jetzt hat es auch meinen Neffen erwischt. Das war so krass, dass endlich mal jemand den Mund aufgemacht hat.«

Immer mehr Unbekannte kommen auf mich zu, einer nach dem anderen, bis ich zum nächsten Miet-WC rennen muss, weil Scham und Stolz in meinen Eingeweiden Krieg gegeneinander führen. In der Hoffnung, dann weniger Aufmerksamkeit auf mich zu lenken, ziehe ich das T-Shirt mit der Faust drauf aus. Danach kaufe ich mir am Tisch der Youth Alliance eine Basecap, die ich mir tief ins Gesicht ziehe.

Jewel spürt mich halb versteckt im Gebüsch auf, wo ich Myriam gerade eine Nachricht schreibe.

Ich wünschte, wir könnten das Wochenende zusammen verbringen. Tut mir echt leid wegen gestern. Ich bin froh, dass mir klar geworden ist, wie stark meine Gefühle für dich sind. Ich liebe dich.

»Kannst du mal kommen und helfen?«, fragt Jewel.

»Es ist echt schlimm«, sage ich, als wir zusammen zurück zum Stand gehen. »Die glauben alle, ich hätte irgendwas Heldenhaftes gemacht.«

Dann fällt mir auf, dass der Samosaverkäufer ein T-Shirt mit der Aufschrift *Je mehr asthmakranke Töchter, desto besser* trägt, und ich ziehe mir die Kappe noch tiefer ins Gesicht.

»Die werden mich alle hassen, wenn sie rausfinden, wer ich wirklich bin«, sage ich.

»Ich meine das jetzt überhaupt nicht böse«, sagt Jewel, »aber es geht doch nicht um dich, Allison. Was du gesagt hast, hat die Leute angesprochen, weil sie wütend sind, und weil sie leiden, und weil sie die Schnauze voll haben. Vielleicht hast du ihnen geholfen, weil sie einen Morgen lang das Gefühl hatten, dass endlich jemand für sie spricht. Du hast ihnen ein paar gute T-Shirt-Ideen gegeben, aber das Leid und die Wut gehören ihnen.«

Meine Heimat ist im Meer, steht auf einem Plakat. Eine Frau hält einen Jugendlichen an der Hand, doppelt so groß wie sie, in der anderen ein Poster: *Klimaflüchtling – mein Jüngster ist gestorben, bevor er seine Papiere bekam.*

»Okay.« Ich beschließe, meine Beschämung über Jewels ehrliche Worte runterzuschlucken, weil sie ja recht hat. Es geht hier nicht um mich. »Was kann ich tun?«

Ich helfe ihr dabei, einen großen Boxring für das von ihr geplante Event aufzupumpen, während die anderen Aktivistinnen der Gruppe sich auf den Miet-WCs umziehen. Eine Menschenmenge versammelt sich um den Boxring, und schließlich füllen die vielen Zuschauer sogar die große Treppe vor dem Kunstmuseum. Ich gehe mit der Spendendose durch das Gedränge.

»Saubere Luft ist kein Luxus!«, schreie ich so laut ich kann. »Helft uns dabei, das der Regierung klarzumachen!«

Das erste Wrestlingmatch findet zwischen Gina – verkleidet als die Immobilienfirma Waterfront Potpourris – und einem als Riesenwelle zurechtgemachten Mann statt, dessen Figur *Steigende Kosten* heißt. Waterfront versucht, die Riesenwelle mit giftigem Raumspray einzunebeln, aber am Ende nimmt die Riesenwelle Waterfront unter ihrer nach Seetang stinkenden Achsel in den Schwitzkasten. Beim zweiten Match peitscht eine sexy in Leder gekleidete Frau, die einen Ölteppich darstellen soll, den kanadischen Premierminister mit ihrem langen, schwarzen Zopf aus, was der Premierminister sehr zu genießen scheint. Er lässt sogar zu, dass der Ölteppich ihn durch den Ring reitet, als sei er ein Pony.

Die Zuschauer lachen und johlen. Ich sehe immer wieder hinüber zu Jewel, die nur so strahlt, bis sie einen Anruf bekommt und sich auf die Lippe beißt.

»Nate kommt doch nicht«, sagt sie. »Er macht sich schon mal auf den Weg nach Bearpaw.«

»Komisch«, sage ich, worauf ihr Körper anfängt zu beben wie Götterspeise.

Ohne darüber nachzudenken, nehme ich sie in die Arme und drücke sie ganz fest. Ich streichle ihr den Rücken, meine Hand ein glibbergefüllter Gummihandschuh, der an meinem Handgelenk festgebunden ist. Ich fühle mich schuldig, wenn ich an Myriam denke, die wahrscheinlich gerade traurig in ihrem chinesischen Hotelzimmer hockt, weil ich ihr wehgetan habe. Aber ich sage mir: Es ist nur eine Hand, nur ein Rücken. Nur Oberschenkel an Oberschenkel, dazu das leise Klacken von Jewels Jeansknopf an meinem Gürtel. Nur ihr Atem in meinem Nacken und ihr gegen meinen Arm gedrückter nackter Bauch. Ich falle ja nicht über sie her oder so.

»Er wollte heute beim letzten Akt mit mir zusammen auftreten«, sagt Jewel in mein T-Shirt. »Das große Finale können wir uns jetzt wohl abschminken ...«

Mir dreht sich der Magen um. Ich weiß, was sie mich gleich fragen wird.

»Ich bin zu schüchtern, Jewel«, sage ich. »Die Leute kennen mich.«

»Na eben!«, sagt sie. »Das hat doch gleich viel mehr Wucht, wenn das Publikum dich erkennt. Du weißt genau, ich würde dich nicht darum bitten, wenn es nicht wichtig wäre, Allison.«

Ziemlich sicher weiß Jewel, welche Gefühle ich für sie hege, aber sie hat immer darauf geachtet, das in keinerlei Weise auszunutzen. Jetzt kassiert sie zum ersten Mal in der Geschichte unserer

Freundschaft ab. Sie weiß genau, dass ich ihr keine Bitte abschlagen kann.

Jewel wollte sich als Schreikranich verkleiden, und Nate sollte Paul Litterman verkörpern, den CEO von Pacific Crūdoil. Das Kostüm ist allerdings bei Nate.

»Ich lasse mir was einfallen«, sage ich.

»Eine große Runde Applaus für Glacier Slayer und den krassen Schreikranich!«, trompetet der Schiedsrichter ins Mikro.

Der Jubelschrei des Publikums geht mir durch und durch. Ich denke sehnsüchtig an meinen Arbeitsplatz, dessen Stellwände so hoch sind, dass man nur meinen Hinterkopf sieht.

Mir gegenüber im Boxring tänzelt Jewel von einem Fuß auf den anderen: eine flaumige Kämpferin. Ein Cape aus weißen Federn bedeckt ihren Rücken, schwarze Schwingen ihre Arme. Stirn und Nase sind rot schimmernd angemalt, ihre Lippen schnabelgelb, und an den Füßen hat sie gefährlich wirkende, orangefarbene Spitzenschuhe. Ich versuche, mir immer wieder klarzumachen, dass alles nur gespielt ist, als sie zusammengekrümmt auf mich zugehüpft kommt und mit den Flügeln nach mir schlägt.

Der Faden unterm Kinn gräbt sich in meine Haut, und der Gletscher auf meinem Kopf fühlt sich äußerst wacklig an. Das große Stück Styropor haben wir in einem Karton gefunden und in einer spitzen Dreiecksform zugeschnitten. Dann habe ich den Samosaverkäufer gebeten, sein *Je mehr asthmakranke Töchter, desto besser*-T-Shirt ausleihen zu dürfen. Das ist meine Verkleidung. Der peinlichste Moment in meinem bisherigen Leben.

Ich weiß nicht, was man beim Wrestling machen muss, deswegen tänzele ich nur mit angelegten Händen und versuche so, das Auf und Ab eines Eisbergs nachzuahmen. Jewel macht einen aggressiven Satz in meine Richtung, instinktiv springe ich zurück, pralle gegen die Seile und werde Jewel wieder entgegengeschleudert. Sie kommt auf mich zugestürmt, und ich kann gerade noch rechtzeitig ausweichen. Erneut stürmt sie auf mich zu, und ich versuche wegzurennen, was auf der prall aufgepumpten Oberfläche gar nicht so einfach ist. Ich rutsche hin und her und schlage wild um mich, aber Jewel rutscht nicht, sondern jagt mich leichtfüßig durch den Ring. Wir rennen im Kreis, und ich höre das Publikum laut lachen. Die glauben, das sei alles geplant. Sie haben keine Ahnung, dass ich mich einfach nur vor dem Augenblick fürchte, in dem ich wie ein nasser Sack auf die straffe Kunststoffoberfläche klatsche.

Mit einer geschickten Abfolge agiler Fußmanöver treibt Jewel mich in die Ecke. Sie breitet die Schwingen aus und entblößt ihren weichen Bauch. Sie macht sich verletzlich, um zu sehen, ob ich mich wehre. Aber gegen Jewel kann ich mich nicht wehren. Sie packt mich an den Armen, und meine Muskeln erschlaffen.

»Ich schmelze!«, schreie ich und lasse mich auf eine Art zu Boden sinken, die hoffentlich flüssig aussieht. »Ich schmelze!«

Jewel hält mich immer noch fest, setzt sich rittlings auf mich und drückt meine Hände zu Boden. Eins. Zwei. Drei. Der Schiedsrichter pfeift. Jewel flattert siegestrunken mit den Flügeln, und ich liege da und genieße das herrliche Gefühl, dass sie auf mir sitzt.

Nach der Demo geht das gesamte Team in eine Bar, um sich zu betrinken. Die Bar ist voller Demonstrierender, und in ihrem Überschwang geben sie so viele Runden aus, dass überall volle Pitcher herumstehen, aus denen sich jeder bedienen kann. Alle reden über die irre gute Beteiligung, und dass wir damit tatsächlich eine reale Chance haben, die Regierung bei ihrer Entscheidung über das Erneuerbare-Energien-Gesetz zu beeinflussen. Ständig kommt jemand auf mich zu, um mir zu gratulieren, und irgendwann ist sogar Jewels Vorgesetzte Tammy da, eine Angehörige der Musqueam First Nation mit sanfter Stimme, und gibt mir ihre Visitenkarte. Je länger der Abend dauert, desto mehr schwindet das Gefühl der Angst und Scham, das mich während der Performance beherrschte, und langsam wird mir ganz schwindlig vor lauter Stolz. Ich habe mich noch nie so weit aus dem Fenster gelehnt, zumindest nicht absichtlich, und ich frage mich, ob es nicht vielleicht immer ein bisschen peinlich ist, für das einzustehen, woran man glaubt, vielleicht gehört das ja einfach dazu.

Jewel kennt absolut jeden. Sie arbeitet sich von einem Tisch zum anderen, und als sie zu meiner Sitznische kommt, ist sie so betrunken und aufgedreht, dass sie sich an mir festhalten muss. Sie lallt irgendwas von wegen, am Ende habe sich alles gelohnt, die vielen Jahre schlecht bezahlter Arbeit, die vielen Opfer. Dass sie und ich ein irres Team sind, weil wir den absoluten Draht zueinander haben – zumindest meine sie, mich zu verstehen, meistens, manchmal sei ich ihr auch ein totales Rätsel.

Als die Bar sich allmählich leert, begleite ich Jewel nach Hause, fange sie auf, wenn sie stolpert, und höre mir ihre betrunkenen Monologe an. Ich helfe ihr die Treppe zu ihrer Wohnung hoch und setze mich neben sie aufs Bett, bis sie brav das Glas Wasser getrunken hat, das ich ihr eingeschenkt habe.

»Jewel«, sage ich. »Warum ist Nate ohne dich nach Bearpaw gefahren?«

»Nate ist ein elender Macho«, sagt sie und lässt den Kopf aufs Kissen sinken. »Wenn wir Kinder hätten, würden sie wahrscheinlich mit Fahrradstollen an den Füßen auf die Welt kommen.«

»Abartig.« Ich muss lachen.

»Es gibt hier so viel, was mir etwas bedeutet«, sagt Jewel, nimmt meine Hand und schiebt sie unter ihre Wange wie ein Kissen. »Ich versuche rauszufinden, was ich will.«

Als sie anfängt, auf meine Hand zu sabbern, und ihr Körper beim Einschlafen zuckt, ist mir klar, dass ich meine Hand nicht so schnell zurückbekomme. Ich überlege gerade, was ich tun soll, damit wieder Blut in meinen eingeschlafenen Arm kommt, da summt mein Telefon. Umständlich fasse ich mit der freien Hand danach und sehe, dass Myriam geschrieben hat.

Ich liebe dich

Geliebt zu werden hat mich immer sehr stark berührt. Es ist, als würde man eine Goldmedaille gewinnen oder ein richtig edles Kleidungsstück geschenkt bekommen. Es fühlt sich genauso gut an, wie man das erwartet.

Am Tag danach bin ich zwar verkatert, aber ekstatisch. Ich sitze in meinem neuen Büro, das abgesehen von einem wandgroßen Whiteboard noch leer ist. Darauf schreibe ich alles, was mir bei der Demo durch den Kopf gegangen ist. Alle Ideen und echten, konkreten Lösungen, über die ich in der Bar mit den Aktivist:innen geredet habe. Ich arbeite bis spätabends, sehe der Sonne zu, wie sie hell über die verspiegelten Hochhäuser der Stadt wandert, bestelle mir Poke und esse auf dem Teppichboden.

Bis Dienstagmittag habe ich kaum geschlafen und schwitze praktisch reinen Decaf aus, dafür habe ich immerhin eine Power-point-Präsentation fertig, die ich der mittlerweile zurückgekehrten Myriam vorführen kann, und dann hoffentlich auch dem mysteriösen Vorstand. Als ich gerade Myriams Büro betreten will, werde ich von der Vorzimmerdame aufgehalten. Sie bittet mich, im Wartebereich auf einem Sessel Platz zu nehmen, Miss Lacroix sei in einer Besprechung. Sie lächelt mich ernst, aber geistesabwesend an, als seien ihr Kopf und ihr Körper in unterschiedlichen Sphären unterwegs.

Als Myriams Tür fast eine Stunde später aufgeht, ist der Koffeinspiegel in meinem Blut derart abgesackt, dass ich völlig kraftlos im Sessel hänge. Ein grauhaariger Mann taucht aus ihrem Büro auf und bringt einen pfeffrigen Geruch mit in den Wartebereich. Er kommt mir irgendwie bekannt vor. Myriam und er geben sich die Hand, er streicht sein Jackett glatt und geht.

»War das nicht Paul Litterman?«, frage ich, als ich Myriams Büro betrete und mich auf meinen gewohnten Stuhl fallen lasse. Ich wünschte, wir könnten zusammen nach Hause in ihr Loft gehen und uns in ihrem Riesenbett ausschlafen. Danach könnten wir uns was zum Abendessen kommen lassen, und ich könnte ihr meine Ideen präsentieren.

»Das war ein Bekannter«, sagt sie, und bei mir fängt eine Alarmglocke an zu schrillen, als ich ihre Stimme höre. Myriam klingt müde, und ihr Gesicht wirkt unter dem Make-up aufgedunsen.

»Wie geht es dir?«, frage ich. »Du hast mir gefehlt.«

Myriam macht den Mund auf, um mir zu antworten, schiebt aber stattdessen nur ihr Telefon zu mir rüber. Sie hat eine News Site geöffnet, auf der von meiner Performance mit Jewel berichtet wird. Auf dem Bild ist Jewel zu sehen, wie sie in ihrem Schreikranichkostüm mit ausgebreiteten Flügeln rittlings auf mir sitzt, während ich sie, Hände über dem Kopf, schmachtend anschaue. Der Blick ist unmissverständlich, und ich fühle mich schrecklich bloßgestellt, als hätte die ganze Welt mein Tagebuch gelesen. Der Artikel trägt die Überschrift *Glacier Air kommt bei der Klimademonstration am Sonntag ordentlich ins Schwitzen.*

»Ich weiß, was du jetzt denkst«, sage ich. »Aber Jewel brauchte meine Hilfe. Und ich habe eine Menge von den Climate-Action-Leuten gelernt. Ich bin davon überzeugt, dass es beiden Seiten nutzen wird, wenn wir mit ihnen zusammen und nicht gegen sie arbeiten. Ich habe einige Ideen entwickelt, die ich gern mit dir besprechen würde.«

»Allison.« Myriams Stimme zittert. »Ich glaube, das wird nichts.«

»Ist es wegen Jewel?«, frage ich. »Von mir aus, ja, ich habe Gefühle für sie, das leugne ich gar nicht, aber ich kann die Frau hinter mir lassen. Ich sehe sie nie wieder, wenn du das möchtest. Ich will, dass wir eine echte Chance haben, du und ich.«

»Du *hattest* deine Chance, Allison«, erwidert Myriam. »Ich habe dir die Chance gegeben, Glacier Air zu einer Firma zu machen, auf die du stolz sein kannst, du hattest die Gelegenheit, echte Veränderungen herbeizuführen. Du hattest die Chance, mich kennenzulernen, aber du hast mich nur immer wieder mit der Nase darauf gestoßen, wie wenig Respekt du vor mir hast. Ich glaube, es ist am besten, wenn sich unsere Wege hier trennen.«

»Aber ich habe doch Respekt vor dir«, sage ich. »Was ich am Samstag gesagt habe, war echter Mist, und es tut mir unglaublich leid. Ich halte dich für einen guten Menschen, wirklich, Myriam. Vielleicht habe ich neu definiert, was ein guter Mensch ist, seit ich dich kenne, aber das ist ja nichts Schlimmes. Du hast ein gutes Herz, und ich bin wahnsinnig erleichtert, dass jemand wie du über das Geld und die Macht verfügt, um etwas zu verändern, weil das bedeutet, dass es noch Hoffnung gibt. Du kannst die Welt verbessern. Ich weiß sogar, dass du das tun wirst. Und ich werde dir dabei helfen, wenn ich darf.«

»Ich habe mit Paul Litterman gefickt«, flüstert sie.

»Okay«, sage ich. »Was willst du jetzt von mir hören, dass du eine kleine Schlampe bist? Soll ich das sagen?«

Myriam schüttelt nur den Kopf, während ihr Tränen übers Gesicht laufen.

»Es ist mir egal, ob du mit Paul Litterman gefickt hast oder nicht«, sage ich. »Ich sehe doch, dass du unsere Beziehung nicht beenden willst, also lass es bleiben. Keine Ahnung, wie das mit Litterman passieren konnte, aber die Sache zwischen uns ist was Großes, Echtes, und etwas Echtem dreht man nicht einfach so den Rücken zu.«

Myriam zittert unkontrolliert und unterdrückt ein Schluchzen. Ich muss verrückt gewesen sein: zu glauben, sie würde mir etwas von sich schenken; dass es ihr ernst war, als sie mit mir gevögelt hat, als ginge es um Leben und Tod, und danach stundenlang nackt in meinen Armen lag und mir ihre intimsten Gefühle anvertraute. So etwas kann doch niemand vortäuschen, nicht einmal sie. So kaputt ist niemand.

»Ich gehe nicht, bis wir eine Lösung gefunden haben«, sage ich, stehe auf und stelle mich direkt vor sie. »Du bleibst schön da sitzen, bis du mir verraten hast, wie du dich wirklich fühlst, dann finden wir schon einen Weg.«

»Allison.« Myriam atmet tief durch, zieht ihre Bluse gerade und sieht zu mir hoch. »Wie oft muss ich dir noch sagen, dass Schluss ist?«

Die gesamte Climate-Action-Gang sitzt in Jewels Wohnzimmer vor einer großen Leinwand. Gina macht sich am Projektor zu schaffen, bis endlich die Pressekonferenz auf der Leinwand erscheint. Die Umweltministerin steht auf einem Podium, die Kamerablitze zucken über ihr Gesicht.

»Unser Land, unser Planet steht an einem entscheidenden Punkt«, sagt die Ministerin.

»Der Punkt ist schon lange überschritten, Alte!«, brüllt Remi, und wir lachen alle, was unsere Anspannung ein wenig mildert, aber nur kurz.

Jewel macht die Runde, Teekanne in der Hand, und schenkt mir Rooibos in die Tasse – unsere freundlichste Interaktion seit Wochen. Als Myriam mit mir Schluss gemacht hat, suchte ich Trost bei Jewel, weil ich einfach nicht aufhören konnte zu weinen. Ich klingelte bei ihr, aber sie ließ mich nicht rein. Sie kam zwar nach unten und ich durfte ein bisschen an ihrer Schulter schluchzen, aber schon nach einer knappen Minute sagte sie, sie müsse jetzt gehen, Nate sei da, und sie hätten gerade was zu besprechen. Ich meinte, von mir aus, ich hätte sowieso die Schnauze voll von Frauen, die es lieber mit widerwärtigen Männern trieben, als sich für jemanden zu entscheiden, die ihre wahre Größe erkannte. Ich sagte, wäre ich bloß bei dem geblieben, was ich hatte, hätte ich mich bloß nicht derartig von ihr in die Irre führen lassen; sie sei es nicht wert, dass ich ihretwegen Myriam verloren hatte.

»Ich schulde dir gar nichts, Allison«, sagte Jewel und ließ mich vor dem Haus stehen, wo ich meinte, an meinem Rotz und meiner Unfähigkeit, an irgendetwas Gutem festzuhalten, ersticken zu müssen.

»Jewel …«, sage ich, als sie mir den Tee einschenkt. Sie nickt, als wisse sie schon, was ich sagen will. Vielleicht tut es ihr ja auch leid, im Moment spielt das aber alles keine Rolle. Sie versucht, nicht ständig auf die Leinwand zu gucken, aber dann sagt die Ministerin: »Die kanadische Regierung hat den festen Willen, den Klimawandel und seine Auswirkungen auf unsere Gemeinschaft anzugehen.« Da stellt sie die Teekanne ab und setzt sich neben mich. Sie wirkt erschöpft, lila Schatten umgeben ihre Augen. Sie nimmt meine linke Hand, Remi meine rechte – alle im Wohnzimmer haben sich an den Händen gefasst, niemand atmet mehr.

»… leider wird das Erneuerbare-Energien-Gesetz in seiner aktuellen Form den Bedürfnissen der kanadischen Bevölkerung nicht gerecht«, sagt die Ministerin, worauf Gina in lautes Geheul ausbricht und den Kopf in Remis Pullover vergräbt. Alle sitzen wir mit tränennassen Wangen da und hören nur noch halb hin, welche Plattitüden die Ministerin von sich gibt, diese leeren Worte, aus denen nie ein Gesetz werden wird, wie wir genau wissen.

Jewel sitzt völlig regungslos da, gibt keinen Laut von sich, aber ich merke, wie sie in sich zusammensackt, als würde sie von ihrem Inneren verschluckt. Ihre Großmutter, die vielen Opfer der Dürrekatastrophen, Hungersnöte und Klimakriege, für die Jewel Tag für Tag kämpft: Für keinen von ihnen wird es Gerechtigkeit geben. Nicht einmal jetzt, wo es längst zu spät ist.

Die Presseerklärung der Ministerin wird von einem Werbeblock unterbrochen. Ein kleines Mädchen rennt lachend in einem Park herum und spielt mit seinem Vater Fangen. Beide, Vater und Tochter, tragen elegante, durchsichtige Gasmasken. Der Jingle von Glacier Air ertönt, und Gina zieht den Stecker des Projektors aus der Wand. Tammy, unsere Chefin, erhebt sich und versucht, aufbauende Worte zu finden, dass wir den Kampf nicht aufgeben werden, aber das wollen wir nicht hören. Nicht heute.

Alle stehen auf und streicheln einander sanft den Rücken – das Gegenstück zum Augenverdrehen im Callcenter. Als ich angefangen habe, beim Climate Action Collective mitzuarbeiten, bekam ich eine richtige Gänsehaut von so viel Ernsthaftigkeit, aber heute Abend ist es das Einzige auf der Welt, was sich richtig anfühlt. Noch nie habe ich mich jemandem näher gefühlt als den in diesem Zimmer versammelten Menschen.

Einer nach dem anderen verabschiedet sich, nur ich bleibe noch, um Jewel beim Aufräumen zu helfen. Schweigend stehen wir in der Küche, waschen die Tassen ab und kompostieren die Teebeutel. Ich fege gerade den Boden, als Jewel mir den Besen aus der Hand nimmt und mich küsst.

Es ist furchtbar, wie glücklich mich das macht.

Das Feature

FF wurde sie auf der Schauspielschule genannt – erst von den Studierenden, dann von den Dozentinnen und Dozenten, bis sie sich nicht mehr erinnern konnte, je einen anderen Namen gehabt zu haben. Sie hatte gehofft, dass Frankreich ein Neuanfang für sie sein würde. Als ihre Heimatstadt unter dem Flugzeug verschwand, stellte sie sich vor, sie würde mit verwegenen jungen Schauspielerinnen im Café sitzen und zusammen ein Croissant essen, oder exklusive, Artaud-inspirierte Performances unter geheimen Stiegen am Montmartre besuchen. Am ersten Tag im Studierendenwohnheim probierte sie jeden Hut aus, den sie besaß, während die anderen auspackten und im Gemeinschaftsraum Kurze kippten. Sie zog die Filzkrempe tief ins Gesicht, atmete einmal durch, dann schob sie den Hut nach hinten und trat aus ihrem Zimmer, fest entschlossen, ein normales Unileben zu führen. Stundenlang dackelte sie hinter ihren Mitbewohnern her, von einer Kellerkneipe in die nächste, wo es galt, Mutproben zu bestehen: Schnaps mit Sahnehaube trinken, einsame, hässliche Leute anmachen. Bis die anderen FF schließlich aufforderten, einen speziell für sie erdachten Initiationsritus zu durchlaufen. Dazu musste sie sich in der Kneipenmitte auf einen Hocker stellen, während ihre Kommilitonen mögliche Spitznamen brüllten, die als Erklärung dafür taugen könnten, was zum *ouf* los war mit *sa gueule*.

FF stand für *face de foetus*, weil Pariser Schauspielerinnen einfallsreicher waren als die Teenager in ihrer Québecer Kleinstadt, aber auch, weil ihr Gesicht zwar nicht exakt wie ein alienartiger, bohnenförmiger Fötenkopf aussah, aber doch irgendwie in diese Richtung ging. Und obwohl ihr das Herz schwer wurde, als sie den Hocker bestieg und die Träume von gemeinsam verspeisten Croissants und Einladungen in die Elternhäuser ihrer Kommilitoninnen verschwanden wie der klebrige Boden unter ihren Füßen, war sie doch dankbar, dass sie hier wenigstens benannt wurde, diese Qualität, die bisher betreten unausgesprochen geblieben war, nun aber mit irgendeiner Soße auf ihrem Hut verewigt wurde.

Wahrscheinlich ließ sie sich am besten als »wässrig« beschreiben, beziehungsweise als »fruchtwässrig«, wie FF seit ihrer Umbenennung dachte: die Art, wie ihr Gesicht rund anschwoll wie eine Blase am Fuß, glatt und prall mit Flüssigkeit gefüllt, was die meisten Menschen anfänglich als schön, dann aber zunehmend als verstörend empfanden. Doch auf der Bühne geschah das Wunder: über einen Krückstock gebeugt wurde ihre Nase lang und krumm, und das Theaterstück spiegelte sich perfekt im klaren Teich ihres Gesichts. Sorgenfalten bildeten sich, wenn sie rauchend an einer Wand lehnte und ihre Schürze löste. Und wenn sie den Geliebten ihrer Figur in den Armen eines jungen, naiven Dings erwischte, wurden ihre Augen tannengrün.

Aber in jenen seltenen Momenten, in denen sie nichts darstellte, wenn sie von der Probe kam oder aufmerksam einer Vorlesung zuhörte zum Beispiel, glitten die Blicke immer wieder über ihr Gesicht und konnten rein gar nichts in der glatten Ausdruckslosigkeit feststellen.

Und die Menschen starrten. Immer starrten sie. Kinder in einer Schlange, Ärzte mit der Pupillenleuchte, Verkäuferinnen auf dem

Markt, aber vor allem Männer, wohin sie auch ging. Eigentlich hätte es schmeichelhaft sein müssen, so viel Aufmerksamkeit vom anderen Geschlecht zu bekommen, doch ihr war klar, dass es nur wenig mit Bewunderung zu tun hatte, wenn sie nachts von einem Fremden verfolgt oder in der U-Bahn in eine Ecke gedrängt wurde. Es war eine rein physische Anziehung, so physisch wie Osmose – der natürliche Drang, leeren Raum einzunehmen, Poröses zu penetrieren, den Weg des geringsten Widerstands einzuschlagen. Und in gewisser Weise hatten sie ja recht – die Männer, ihre Kommilitonen, die Miniaturhunde, die sie durch Begattung zu unterwerfen suchten, die Busfahrer, deren Frust nach einem langen Tag als Flüche herauskam, sobald ihr Blick auf dieses ausdruckslose, wulstige Gesicht fiel. Sie wehrte sich nur selten.

In der letzten Woche auf der Schauspielschule hatte ihr besorgt dreinschauender Bühnentechnikprofessor sie nach dem Seminar noch dabehalten und gefragt, wie lange sie damit schon leben müsse und ob er etwas tun könne. Sie wusste nicht, was sie antworten sollte. Sie konnte sich nicht erinnern, dass es je anders gewesen war, allerdings konnte sie sich ohnehin an fast nichts vor der Schauspielschule erinnern. Wenn sie an die ersten zwei Jahrzehnte ihres Lebens dachte, war es, als würde sie ein zu weiten Teilen zensiertes Buch durchblättern, in dem die schwarzen Balken zu einem Morsealphabet angeordnet waren, das sie nicht dechiffrieren konnte. Sie versuchte, die Worte zu finden, um ihrem Professor das zu erklären, da erst merkte sie, dass er eine der schwammigen Pfirsichhälften ihres Hintern umfasst hielt und das wahrscheinlich auch schon eine ganze Weile tat. Über eine Minute stand sie da und analysierte das Gefühl der Hand, die über ihrem Slip herumtastete, bis ihr schließlich klar wurde, dass sie irgendeine Art von Reaktion zeigen müsste, Schmerz oder Protest, etwas, worüber sie die anderen Studentinnen hatte reden hören: den Impuls, die Unversehrtheit des eigenen Körpers zu verteidigen.

Als ihr endlich einfiel, sich der Hand zu entziehen, unterbrach der Professor ihre Gedanken durch die Mitteilung, er habe in die Wege geleitet, dass sie bei seinem erfolgreichsten Schüler vorsprechen dürfe, einem jungen, vielversprechenden Indie-Regisseur, der sie in einem Jahresabschlussfilm gesehen habe und hin und weg von ihr sei. Es sei quasi schon alles unter Dach und Fach, sagte ihr Professor, womit er recht behalten sollte. Innerhalb einer Woche bekam sie den Anruf, sie sei für ihre erste Hauptrolle engagiert, an der Seite der aus dem kanadischen Fernsehen bekannten Karla S., im heiß erwarteten Kinodebüt von Regisseur Louis Talbot.

Sie ging nicht zur Abschlussfeier. Nach dem Anruf packte sie ihre gesamte Habe in einen einzigen Koffer und verließ das Wohnheim noch vor Sonnenaufgang, um jede Begegnung mit den anderen zu vermeiden. Sie flog zurück nach Kanada – über die Stadt hinweg, in der sie aufgewachsen war und die ihr auf Landkarten immer noch wie ein Wasserfleck oder eine Zusammenballung dunkler Pixel erschien – und landete in Vancouver, wo sie eine winzige Wohnung im Souterrain eines alten Schifffahrtmuseums mietete, nur eine kurze Busfahrt vom Set des Films *Zuckerhase* entfernt.

Es war nicht das erste Mal, dass sie als Böse gecastet wurde. In ihrem letzten Jahr an der Schauspielschule hatte sie in drei Kurzfilmen mitgespielt: im einen als schrecklich anstrengendes Flittchen, das der Hauptdarsteller ins Land seiner Vorfahren mitnahm, was er sofort bereute, im anderen als kleptomanische Verkäuferin und in ihrer bisher erfolgreichsten Rolle als alleinerziehende Mutter, die ihr Baby mit Käsesoße fütterte und Zigaretten schluckte, wenn sie aufgeraucht waren.

Im Drehbuch von *Zuckerhase* ging es darum, dass sich bei einer psychisch labilen Lesbe eine Fixierung auf das Fleisch ihrer Geliebten entwickelt. Es war eine Art *Gore Camp*-Allegorie für sapphische Leidenschaft oder, wie es in der Vorschau zusammengefasst wurde: *Auf was für Ideen Mädels kommen, wenn keine Jungs dabei sind.* Angesichts dieses Mottos empfand FF es als besonders ironisch, beim ersten Betreten des Sets feststellen zu müssen, dass die Crew fast ausschließlich aus Männern bestand. Es gab knarzige, unrasierte Alte, Praktikanten, die jeden Raum mit einer ganzen Prozession von Fistbumps betraten, arrogant sich zurücklehnende Unischnösel mit Connections in der Filmindustrie, und dazu eine hyperaktive, ständig unter Strom stehende Regieassistentin – neben FF, Karla und der Maskenbildnerin die einzige Frau am Set. Zwischen den Szenen unterhielt die Regieassistentin die Crew mit Geschichten, wie sie es diversen Männern so richtig besorgt hatte, dann zerdrückte sie eine Coladose mit bloßen Händen und kommandierte alle zurück auf ihre Plätze.

Als die Dreharbeiten in die zweite Woche gingen, eilte FF an der Crew vorbei, den Hoodie tief ins Gesicht gezogen. Allein in der Garderobe zog sie schnell Myriams Depressions-Jogginghose und das weiße, bauchfreie Top an, das in späteren Szenen, wenn Myriam die Zähne in Allisons Fleisch versenkte, besudelt wie ein Lätzchen sein würde. Als sie ihren Text vor dem Spiegel probte, sah sie, wie ihr Gesicht sich verwandelte: runde Wangen, dunkle Ringe unter den Augen, Lippen rot wie kandierte Äpfel, das Haar zu Myriams Locken gewellt.

Im Halbdunkel des Studios zog sie den Reißverschluss ihres Hoodies auf und trat ins Scheinwerferlicht.

»Lass uns Schlittschuhlaufen gehen!«, rief FF und lehnte sich verführerisch in Myriams und Allisons Küche an die Arbeitsfläche.

Myriam versuchte gerade, ihre Freundin auf die kalte, rutschige Eisbahn zu locken, wo das Gemetzel stattfinden sollte. »Ich fahre unglaublich gern Schlittschuh. Die sexy Outfits, die kurzen Röckchen, die hochfliegen, wenn man sich im Kreis dreht!«

»Erzähl mir mehr«, sagte Karla mit ihrer tiefen, lüsternen Stimme. Ihrer Allison-Stimme. »Erzähl mir, wie deine Pomuskeln anfangen zu brennen, wenn du richtig, richtig schnell fährst.«

Karla drückte FF gegen den Küchentresen. Als Karla sie zum Proben zu sich nach Hause eingeladen hatte, hatten sie diesen Teil nur simuliert und mit den Lippen in der Hand Furzgeräusche gemacht, weil Karla einfach nicht aufhören konnte zu lachen, so trashig fand sie das Drehbuch. FF war total aufgedreht, weil jemand sie zu sich nach Hause eingeladen hatte. Karla hatte FFs Hoodie an den Haken gehängt, ihr das Schlafzimmer gezeigt und ihr einen Wodka Seltzer serviert, ohne je ein Zeichen von Betretenheit an den Tag zu legen oder zu zögern, um FFs Gesicht aus einem anderen Blickwinkel zu betrachten, in der Hoffnung, dass es dann Gestalt annehmen würde. Bei den Proben hatten sie sich nicht geküsst, aber danach klappte Karla ihren Laptop auf und spielte auf einer populären Pornowebsite zur Inspiration ein Spring-Break-Video ab. Während Mädels unter Schauern von Alkohol miteinander rumknutschten, wanderte FFs Blick weiter nach unten zur Liste der von Karla vor Kurzem angeschauten Videos: mit Kerzenwachs vollgetropfte Brüste, in Eiscremeverpackungen gewickelte Penisse, eine vielzungige Fesselapparatur. Als Karla bemerkte, wie FF die Augen aufriss, lachte sie nur. Sie fragte, auf was FF so stand, aber bevor FF antworten konnte, hatten die Mädels begonnen, ihre Bikinihöschen für das anstehende Kuchenwettessen aufzuschnüren, und FF war von Karlas Couch aufgesprungen, überzeugt, dass sie entweder gleich in Ohnmacht fallen oder sterben würde.

Jetzt am Set drückte Karla sich an Myriam und spielte verführerisch mit dem Bändel ihrer Jogginghose, und FF wurde schon wieder schlecht. Sie schloss die Augen und versuchte, sich beim Knutschen die Spring-Break-Mädels vorzustellen – gewissenhaft rechtsdrehende Zungenkreise, kleine wangenseitige Ondulationen –, aber als Karlas Lippen auf ihren landeten, passierte etwas Seltsames. Anfangs merkte FF fast nichts, so zart war der Kuss. Außerdem hatte sie so viel flüssiges Fett unter der Haut, dass sie die meisten Berührungen ohnehin kaum spürte. Aber als Karla anfing, ihre Mundhöhle in kleinen Kreisbewegungen mit der Zunge zu massieren, fühlte FF eine prickelnde Wärme, wodurch ihr erst bewusst wurde, wie seltsam das war, einen Mund zu haben, eine nasse, zahnbewehrte Höhle, die ständig hinter ihrem Gesicht saß. Mit einem Anfall von Übelkeit wurde FF sich ihres eigenen Körpers bewusst. Er war ein konkretes, greifbares Objekt, nicht nur ein Behältnis oder eine glänzende Oberfläche, die Licht so stark spiegelte, dass sie schon mehr als einmal Verkehrsunfälle verursacht hatte. Und da merkte FF, wie sie sich von ihrem Körper trennte wie Öl von Wasser, wie sie in und aus sich aufstieg, bis sie über ihrem eigenen Kopf schwebte und voller Grauen nach unten blickte. Das Gesicht von Myriam unter ihr schien eine Art Krampf zu haben. Die schnabelförmig vorgestülpten Lippen zuckten wie die einer Perversen an einem Trinkbrunnen, während die Augenlider zitterten, bis das ganze Gesicht zu einer einzigen Grimasse verzogen war: eine Serienmörderin, die jeden Augenblick zuschlagen konnte.

»Ganz so unterkühlt braucht es nicht zu sein, Mädels!«, brüllte Louis Talbot aus dem Regiestuhl. Er kaute irgendwas, das er anschließend in eine Dose spuckte, kleine Brocken davon fielen auf sein UCLA-Sweatshirt. »Im Publikum darf kein Schwanz schlaff bleiben!«

FF versuchte, Karla zu warnen, von oben herunterzuschreien, dass diese Perverse, die ihre Zunge aggressiv hin- und herzog wie eine Kreditkarte mit defektem Magnetstreifen, nicht sie sei. Aber Karla hörte sie nicht, sondern tat ihr Bestes, erregt zu wirken, zog den Kopf aber jedes Mal millimeterweise zurück, wenn Myriam ihr mit der Zunge eine Linie über die Lippen malte oder sie ihr ins Nasenloch steckte. Louis seufzte und schüttelte den Vollbart, der ihm bis auf die Brust hing. Als Myriams Kiefer anfing zu klappern wie ein gequältes Gebiss und drohte, nicht nur Karla, sondern auch sich selbst die Zunge abzubeißen, rammte Karla ihr den Oberschenkel so hart zwischen die Beine, dass FF einen erschreckten Schrei ausstieß und vom Schmerz zurück in ihren Körper gesaugt wurde.

Bei dem Schrei schnellte Louis in die Höhe.

»Cut!«, brüllte er unzufrieden.

»Verdammt, bist du verschwitzt«, sagte Karla und löste sich von FF.

In der Garderobe wurden ihnen Parkas und Wollmützen für die Schlittschuhszene ausgehändigt. Karla bekam blau, FF lila. Im Film war Allison die Maskulinere – eine robuste Familienernährerin im Oberhemd –, und Myriam war eine schwüle, träge Schönheit, ihr Blutdurst versteckt hinter Lipgloss und einer trügerisch mütterlichen Brust. In Wirklichkeit waren Karla und FF weniger Butch-Femme als zwei spezifische Arten von Schauspielschulabsolventinnen: Karla mit ihren fingerlosen Handschuhen und löchrigen Jeans, ihrer markanten Nase, dem schimmernden Lidschatten und den schweren Stiefeln, die sie am Wochenende zum Ausgehen trug. Als Karla FF zum ersten Mal zu einer ihrer Künstlerinnenpartys eingeladen hatte, an dem Abend, nachdem sie bei ihr zu Hause geprobt hatten, hatte sie FF den Gummi aus den Haaren gezogen, ihr das alte Drama-Club-T-Shirt über dem Bauchnabel abgeschnitten und ihr die weite Cargohose bis zu den Knien hochgekrempelt, damit sie wie eine Piratenhose aussah. Dann hatte sie einen Glitterstick über FFs Nasenrücken, die Stirn und die Wangen gerollt, sodass FF an ein Skelett erinnerte. Die Illusion von Knochen zauberte eine schützende Fata Morgana über den konturlosen Sumpf ihres Gesichts. Sie tanzten in den Räumen eines alten Lagerhauses, in denen es dunkel wie geronnenes Blut war, zu Musik, die wie Einwahltöne eines Modems oder das Schnarren eines zornigen Roboters klang, und FF spürte, wie unter ihrem glitzernden Panzer das Wasser ihres Gesichts in sanften Wellen schwappte, so gleichförmig wie die Signaltöne und Stroboskopblitze. Danach waren sie fast jeden Abend zusammen ausgegangen.

Die letzte Nacht saß FF noch in den Knochen, der Wodka in jeder Pore. Die Maskenbildnerin puderte ihr die Nase rosa und tupfte ihr den Schweiß von den Wangen, damit es aussah, als befände sich die Schlittschuhbahn draußen und nicht in einer riesigen, drückend heißen Halle. FF hielt sich an Karlas Ellbogen fest und glitt hinaus aufs Eis.

»Mir ist so kalt«, sagte FF, während sich die künstlichen Schneeflocken in ihren Wimpern sammelten. »Kannst du mich ein bisschen aufwärmen?«

Karla zog FF in eine Umarmung und fing an, ihren Po zu kneten. FF atmete tief durch und sagte sich, dass Arschaufnahmen praktisch unmöglich zu ruinieren waren. Hauptsache, sie kniff die Pobacken nicht zusammen, dann war alles gut. Sie schloss die Augen und stellte sich vor, Karla hätte keine Hände, sondern mechanische Greifarme, ihr eigener Körper bestehe aus nichts als Altmetall und Drähten, und sie merkte, wie ihr Hintern weich wurde wie Kuchenteig. Louis nickte begeistert, ganz der von seiner Vision entzückte Künstler.

»Hey, guck mal, was ich kann!«, rief Karla, ließ FFs Hintern los und glitt davon. Sie hob ab, strauchelte und schlug kontrolliert wie eine professionelle Stuntfrau aufs Eis. In der spätabendlichen CBC-Krimiserie, die Karla eine Nominierung für den Canadian Screen Award eingebracht hatte, spielte sie eine tollpatschige Nebenfigur, die ständig über Leichen stolperte oder in Fässer mit Beweismaterial fiel.

»O nein, mein armer Schatz!«, schrie FF, als Karla sich mit schmerzverzerrtem Gesicht über ihren Fuß beugte.

Ein Kind kam auf FF zugefahren. FF sollte es laut Skript in Richtung Karla schubsen, deren nackte Hand ausgestreckt auf dem Eis lag. Myriam wollte das Mädchen mit den Schlittschuhen über Allisons Finger fahren lassen, damit er abgesäbelt wurde und sie ihn essen konnte. Aber das Kind spielte nicht, es sei ein Kind, sondern war ein echtes Kind, das spielte, es sei Schauspielerin. Myriams Hände versanken in der luftigen Daunenjacke des Mädchens, und auf einmal wirkte die Welt alarmierend weich, als sei Myriam in der Lage, alles zu zerstören, was sie anfasste, als könne sie einen Menschen allein mit ihrem Blick in Molekülsuppe verwandeln. FF drehte den Kopf und sah es geschehen: Die Gesichter der Crew schmolzen wie grünliches Wachs, die Deckenstreben wurden knallrot und verbogen sich, der Putz bröckelte auf die Eisfläche, ein breites Deckenpaneel löste sich und fiel auf das puddingartige Kind zu wie die Sohle eines Springerstiefels oder eine im Zorn erhobene Hand. Statt die Kleine zu schubsen, warf sich FF schützend auf sie, woraufhin sie beide hart landeten und über das Eis schlitterten. Von dem Spektakel abgelenkt drückte Karla so stark auf die Pumpe mit dem künstlichen Blut in ihrem Ärmel, dass es geysirartig aus ihrem weggefalteten Finger spritzte und ihre Klamotten in Rot badete.

»Cut! Cut! Cut! Cut! Cut!«, brüllte Louis.

Er trat aufs Eis und verschüttete seinen Kaffee, so sehr bebte er vor Zorn.

»Sagt mal, wollt ihr mich verarschen oder was?«, tobte er. »In meinem ganzen Leben habe ich noch nie so beschissene Schauspielerinnen gesehen!«

»Reg dich ab, Alter«, sagte Karla. »Meinst du ernsthaft, das bringt uns weiter?«

Karla konnte so was zu Louis sagen, weil jeder wusste, dass er mit ihr ins Bett wollte.

»Bei allem Respekt, Mädels«, sagte Louis und hob die Hände. »Aber teilt mir doch bitte mit, wie ich euch dabei behilflich sein kann, nicht derart grottenschlecht zu sein.«

»Es tut mir leid«, sagte FF, den Blick auf den Boden gerichtet, sodass ihr die Haare vor dem Gesicht hingen, schlaff und lockenlos. »Aber ich glaube, ich habe einfach Schwierigkeiten damit, mich mit meiner Figur zu identifizieren. Warum will sie ihre Freundin denn unbedingt essen?«

»Warum übt ihr zwei nicht ein bisschen miteinander!«, schrie einer der Unischnösel, worüber die Praktikanten schrecklich gackern mussten.

Karla bleckte die Zähne.

»Keine Ahnung, was dein Problem ist, Fuck Face oder wie du heißt«, sagte Louis. »Und es ist mir auch scheißegal. Wenn du morgen nicht in der Lage bist, deinen Job zu machen, brauchst du dich auf meinem Set nicht mehr blicken zu lassen.«

FF wusste nicht, warum es ihr sonst so leichtfiel, böse Frauen zu spielen, und was an dieser Figur anders sein sollte. Darauf hatte sie doch ihre ganze Karriere aufgebaut – dass sie Gier darstellte, Sex,

Hinterhältigkeit, Bosheit und Unzuverlässigkeit. Aber jetzt, wo die Arbeit sich endlich bezahlt machte, wo die Welt endlich auf sie schaute, da lag sie auf Karlas Couch mit einem Gefühl, als würde irgendjemand, irgendwo, weinen. Ihre Haut fühlte sich dünn und wund an.

»Ich war noch nie im Leben richtig wütend«, sagte FF zu Karla. »Wahrscheinlich habe ich noch nicht ein Mal geschrien in meinem Leben.«

»Was war denn heute bloß los, Eff?«, fragte Karla und reichte ihr einen Wodka ohne Seltzer, was wie etwas schmeckte, das ein Arzt verschreiben würde. Karla blickte FF direkt in die Augen, und als ihre Blicke sich trafen, merkte FF, wie sie sich verkrampfte, damit sie sich nicht schon wieder von ihrem Körper trennte.

»Ich kapier's auch nicht«, sagte FF und vergrub ihr Gesicht in einem Kissen, um den Blickkontakt zu meiden. »Die Figuren, die ich spiele, machen immer die entsetzlichsten Sachen. Früher habe ich gedacht, das passt schon, so ist der Mensch halt. Aber irgendwas stimmt diesmal nicht. Ich verstehe einfach nicht, warum Myriam sich so verhält.«

»Willst du meine Meinung hören?«, fragte Karla.

»Ja«, wimmerte FF.

»Vielleicht verstehst du Myriam deswegen nicht, weil sie sich komplett über ihre Beziehung zu Allison definiert. Ich an deiner Stelle würde versuchen, mir Myriam ohne Allison vorzustellen. Was würde sie essen? Was würde sie kaputtmachen?«

»Wie bist du bloß so weise geworden?«, sagte FF bewundernd.

»Auf die harte Tour«, sagte Karla, und FF beneidete sie darum, dass sie so erwachsene Statements von sich geben konnte. »Jetzt aber ran an die Arbeit und runter von meinem Sofa, Justin holt mich gleich zum Essen ab.«

Am nächsten Tag war FF schon Stunden vor allen anderen im Studio. Sie betätigte einen Schalter, und die Wohnung von Myriam und Allison war in Licht getaucht. Sie betrat die Küche mit der Zitronentapete und stellte sich vor, Allison existiere gar nicht, dass dies nur Myriams Küche sei, dass sie hier immer allein koche. Sie tat so, als würde sie Gemüse schnippeln oder mit Myriams Mutter telefonieren oder die Anrichte abwischen, aber nichts davon fühlte sich richtig an. Karla hatte recht: Ohne Allison wusste sie nicht, was sie tun sollte.

Sie lief in der Wohnung umher und ließ den Finger über die Möbel gleiten. Angenommen, Myriam wäre ein Tier, welches wäre sie? Deprimiert und schwer hing sie hier fest, lutschte den Geschmack aus Kaugummis und schlief mitten im Wohnzimmer ein. Gestrandet wie ein Wal. Ein riesiger, tonnenschwerer Wal, mit gelben Zähnen so groß wie Einmachgläser. FF ließ sich auf den Boden sinken, wälzte sich im Teppichstaub und stellte sich vor, alles sei nass. Myriams Stöhnen hallte über einen Meeresgrund, der so gewaltig war, dass kein Echo zu ihr zurückkam. Sie hätte ewig so liegen bleiben können, mit dem Bauch nach oben, ihr Inneres voller Fischfett. Regungslos. Aber Myriam war hungrig, das wusste sie. Im Skript war es in Myriams Bauch so dunkel und leer, dass sie sich kleine Bissen von Allisons Fleisch stahl, um sich aus der Tiefe ihrer Depression nach oben zu befördern, an die sonnige, gewellte Oberfläche der Welt. Der Hunger trieb sie an, trieb die Geschichte an. Ohne ihn gäbe es keine Produktion von *Zuckerhase*, keine Requisite mit Kanistern voll künstlichen Bluts, keine endlosen nächtlichen Proben mit Karla in ihrer grell erleuchteten Küche, wo sie auf den schmutzigen Fliesen Contact Improvisation übten, um die Dynamik zwischen ihren Figuren zu verbessern. Am Ende waren sie beide so erschöpft, dass sie auf dem Rücken lagen, in das kalte

Neonlicht blickten und davon redeten, wie sie ganz groß rauskommen würden, und dass sie hoffentlich nicht in die Lesbennische gedrängt würden, weil das waren sie ja nicht. Meistens ging FF erst, wenn einer von Karlas nächtlichen Besuchern an die Tür klopfte – sie sahen alle ähnlich aus, elfenartig und etwas punkig, so mochte Karla ihre Männer. Sie sagte dann immer so was wie: »Wie heißt du gleich noch mal?«, während FF schnell in ihre Schuhe schlüpfte.

Mit gesenktem Kopf ging FF heim in ihre winzige Bude, klappte das Bett herunter und legte sich hinein, den Kopf voller Gedanken an Karla. Gedanken an die nächtlichen Besucher, was Karla wohl mit ihnen machte, nur wenige Minuten nachdem FF und sie zusammen über den Küchenboden gerollt waren. Gedanken an die gemeinsamen Clubabende, wo Karla FF die Hand auf den unteren Rücken legte und sie nah an sich zog, weil alle mit ihnen tanzen wollten, aber sie zwei gehörten zusammen. Und wie sie hinterher in Karlas Bett lagen, die Haare vom Schweiß im Nacken klebend, die Art, wie Karla mit FF redete, mit dem Mund direkt an ihrem Ohr, und flüsterte, wie viel FF ihr bedeutete und dass sie ihre Freundschaft nie aufs Spiel setzen würde. Wie ihre Zunge über FFs Ohrläppchen flackerte, wenn sie versprach, dass sie für immer beste Freundinnen bleiben würden.

FF schob ihre Unterhose zur Seite, vorsichtig, damit das Bett nicht knarrte, und das Ritual begann. Am Morgen hatte sie alles vergessen, aber ihr Gesicht tat weh, und die Bettwäsche war so verknäult, als habe ein Dämon darin geschlafen. Als FF jetzt auf Myriams Wohnzimmerboden lag und an Karla dachte, überkam sie dasselbe Grummeln im Unterleib, das dem Ritual jedes Mal vorausging. Sie versuchte, es aufzuhalten, an Drähte und mechanische Greifarme zu denken, aber es war zu spät. Das Licht zwischen ihren Beinen war aufgeleuchtet, und mit ihm die grellrote Landkarte ihres Nervensystems, eine Reihe von Synapsen, die alle zu denselben Erinnerungen führten, die in diesen fiebrigen Nächten zu ihr zurückkehrten und sie im Bett festnagelten, so wie sie jetzt auf Myriams Teppich festgenagelt war: zugleich wissend und unwissend, sie selbst und eine abstrakte Karikatur, sich beinah wirklich erinnernd, aber dann mit einem Mal zu faul, um zu denken oder sich zu bewegen. Ohne es zu wollen, wurde ihr mit einem Mal klar, dass sich das genauso anfühlte wie damals, als sie das erste Mal von einem Jungen aufgefordert worden war, in der großen Pause mit in den Wald zu kommen, und wie sie sich nicht gewehrt hatte, sondern nur …

»Du!«, brüllte die Regieassistentin. Für einen Moment schien es unmöglich, dass sie dort stand und auf FF herunterblickte, in der Hand einen Pappbecher von einer Kette aus der Innenstadt. Die Techniker kamen herein und fingen mit dem Aufbau an. »Wir brauchen dich auf Bühne 2!«

FF versuchte aufzustehen, aber das Erinnern hatte funktioniert. Unter ihrer Haut hatte sich das Wasser ausgedehnt und sie aufgeschwemmt wie ein Walross. Es kostete sie ihre gesamte Kraft, hinüber zur Wand zu robben, sich daran hoch und an ihr entlang zur Bühne 2 zu ziehen. Ohne ihren Hoodie über dem Gesicht konnte sie sich nicht unsichtbar machen, sie war der Crew ausgeliefert, nackt. Sie spürte, wie sich die abschätzenden Blicke auf sie hefteten – erst auf den durchscheinenden Hautsack ihres Gesichts, dann auf ihre schlurfenden Füße, ihren schweren Atem, ihre Verletzlichkeit, ihre generelle Unfähigkeit. Schneller als sonst durchliefen die Blicke den ihr wohlbekannten Zyklus: erst Mitleid und Verärgerung, nach der Verärgerung kam Ekel, Verachtung, dann eine gewisse Zärtlichkeit, wie gegenüber einer verletzten Maus, die man vom Parkplatz aufheben möchte, weil sie einem dann alles schulden würde.

Als FF zur Bühne 2 kam und Louis sie sah, übersprang er die ersten Stadien und schaltete direkt auf Ekel. Sie drückte die Hände ans Gesicht und merkte, dass es nicht nur ein Gefühl war: Ihre Wangen waren straff angeschwollen, ihre Finger glatt wie aufgeblasene Handschuhe.

Grelles Licht schien ihr in die Augen, und einen Moment war FF unsicher, wo sie war, als wache sie in einem unbekannten Krankenhauszimmer aus der Narkose auf. Und tatsächlich befand sie sich auf einer Krankenstation. Karla lag in einem Bett, an Monitore angeschlossen, ihre verstümmelte Hand in einem riesigen Verband. FF stand für Karla unsichtbar hinter einem Plastikvorhang.

Die Regieassistentin winkte ihr hektisch zu und sprach ihr die Textzeilen lautlos vor.

Mmmmmm, sagte sie unhörbar. *Meine Methoden mögen fragwürdig gewesen sein, aber ich glaube, diese Leckerei habe ich mir verdient.*

Dann machte sie eine obszöne Geste, steckte die Finger in den Mund und blies die Backen auf, und FF wusste wieder, in welcher Szene sie waren. Sie ertastete etwas in ihrer Tasche und zog es heraus: Allisons in roten Maissirup getauchten Finger. Im Drehbuch hieß es, Myriam solle dem Finger einen blasen, bis sie kam, ohne Kontakt zu ihrem eigenen Körper, den Finger ablutschen, bis nichts mehr davon übrig war als etwas fleischiger Brei am Knochen.

»Mmm.« Zögerlich brachte FF den Finger an die Lippen. Sie versuchte, die Zähne auseinanderzukriegen, aber die Synapsen in ihrem Körper sprühten Funken wie Elektrokabel unter Wasser und verursachten einen Kurzschluss in ihrem Gehirn. Ihre Kiefer verkeilten sich ineinander. FF blickte sich um: Karlas verletzter

Körper, der schlaff und hilflos dalag, das grausame Gekicher der Unischnösel, der Blick in Louis' Augen, als er auf FF zukam und dabei rief: »Cut! Cut!« – alles wirkte auf einmal seltsam vertraut, wie eine Szene in einem Buch, das sie vor langer Zeit gelesen hatte. Im dunklen Teil ihres Hirns warfen die schwarzen Balken Blasen und lösten sich von den Seiten.

Demonstrativ nahm Louis den Finger und hielt ihn FF vors Gesicht.

»Keine einfache Szene«, sagte er. »Das ist mir klar.«

Er war schon bei der Zärtlichkeit angekommen.

»Das ist der Augenblick, auf den wir alle gewartet haben. Endlich sehen wir Myriam, wie sie vor ihren Urinstinkten kapituliert.«

Louis strich FF das Haar aus dem Gesicht und schob es ihr hinters Ohr. Auch das kam ihr vertraut vor. Eine Erinnerung kämpfte sich durch die zensierten Seiten, und FF richtete ihre Konzentration darauf, versuchte wieder vor sich zu sehen, wie sich die Szene abgespielt hatte, damals. Es war bei einer Party gewesen, derselbe Junge wie im Wald, nur diesmal war es sein Freund, der auf sie zutrat. Ein Küsschen auf die Wange, ein sanftes Streichen über die Haare und ein Gefühl, als der Junge seinen Gürtel öffnete und das zu wirken begann, was in FFs Getränk geschüttet worden war, als sei sie sicher in ihrem Innern versteckt: die Weichheit von Flanell unterm Kinn, die Wärme von Chenillesocken. Ein Gefühl, das blieb, selbst als die Rotte zurückwich, einen Kreis bildete und einige der empfindsameren Mädchen sich die Augen zuhielten.

»Du musst mich und die Kamera und die Proleten dahinten völlig vergessen«, sagte Louis und brachte den Finger näher an FFs Mund. »Und jetzt zeig mir deine Urinstinkte.«

Als Louis von hinten mit der Hand auf ihren Kopf drückte und den Finger zwischen ihre Lippen zwang, spürte FF nichts, aber sie hörte es: das hohe, flötende Pfeifen eines Lecks, gefolgt von einer plötzlichen, rauschartigen Entspannung, als ihr Gesicht aufklappte und eine zähe Flüssigkeit sich auf den Boden ergoss. Louis' Aufschrei, als er zurücksprang und den Finger fallen ließ, dann ein seltsames, weit entferntes Kreischen – FF vermutete, dass es aus ihr selbst kam –, als Luft auf die wunde Oberfläche ihres Gesichts traf, beziehungsweise auf das, was all die Jahre darunter im Fruchtwasser gelegen hatte, das Ding, das es zu beschützen galt und daher von ihrem Körper mit allem mütterlichen Material umhüllt worden war, das er aufbringen konnte.

Plötzlich erinnerte sie sich an alles: an den Geruch von nasser Pappe in ihrem Elternhaus, an den Blick ihres Vaters, wenn ein Küchenschrank nicht richtig geschlossen war, an den ersten Kaugummi, der in ihren Haaren klebte, an die Party und den Jungen aus dem Wald. Und an das namenlose Ding, das Schattending, das zwischen den Zeilen des Buchs geschriebene Ding, das Ding, das alles miteinander verknüpfte. Dasselbe Ding, das FF jetzt in ihrer Magengrube schlüpfen fühlte, das unter dem rohen, offenen Fleisch ihres Gesichts weghuschte wie Kakerlaken. Sie fiel auf die Knie und krümmte sich über ihrem Bauch zusammen. Sie konnte nichts mehr sehen.

Um sie herum wisperten die Mitarbeiter aufgeregt, schrill waren Worte wie *Steakgesicht* und *voll gepellt*, *verdammte Scheiße* herauszuhören.

»Genug getratscht, Ladys!«, kommandierte Louis. »Alle zurück auf ihre Posten!«

Mit grässlichen Verdauungsgeräuschen verschoben sich die Knochen in FFs Gesicht. Augen schwollen an wie die Schallblase einer Kröte und verschwanden wieder im Fleisch. Das Ding kroch ihre Kehle herauf, brachte sie zum Würgen, Sabber lief über ihr nacktes Zahnfleisch und hing in langen Fäden aus der lippenlosen Öffnung ihres Munds.

»Heilige Scheiße, ist alles in Ordnung, Süße?«, sagte Karla und fiel neben FF auf die Knie. »Kann jemand verdammt noch mal den Notarzt rufen?«

FFs Rippen schoben sich aus ihrem Rücken und wölbten die Wirbelsäule nach vorn. Ihre Arme verdrehten sich in seltsamen Winkeln, ihre Hände krümmten sich zu Gabeln, aber Karla nahm sie einfach in den Arm, blind wie eh und je für das Ding, das der Rest der Welt schon immer durch FFs Hautsackgesicht hatte sehen können – der Grund, warum die Sitzplätze in der U-Bahn rund um FF statistisch leerer waren oder warum sogar ihre Angreifer den Kopf abwandten, während sie ihr wehtaten, und die Zähne zusammenbissen, um ihre Angst und Scham zu verstecken.

»Sssshhhh«, flüsterte Karla, und der Klang wirkte wie fremde Radiowellen, drang in FFs Gehirn ein und verschlüsselte die dort ablaufenden Bilder. Das Ding in FF wand sich, schlug um sich, aber Karla drückte sie nur noch fester.

»Sssssssssshhhhhhhhhh«, und das Ding gab nach, mit einem Mal seiner Lebenskraft beraubt. Schlaff fiel FF gegen Karla, die ihr das schweißgetränkte Haar aus dem Gesicht strich und sie beide auf die Füße zog. Karla atmete tief ein, verschränkte die Finger mit FFs und hob, wie schon so oft in dunklen, rauchgefüllten Räumen, die Arme über ihre Köpfe.

»Ssssssssssssssshhhhhhhhhhhhhhh-sssssssssssssssshhhhhhhhhhhhhhh«, Wellen von Musik, zu denen sich ihre Körper wie von allein bewegten. Die ganze Sinnlosigkeit der Welt brandete gegen die Mauern der Lagerhalle und vereinigte sich zu einer dröhnenden, haarsträubenden Symphonie. Karla und FF stellten sich auf die Zehenspitzen und schwankten nach rechts, dann schmolzen sie nach links, bis sie auf dem Boden landeten, rollten zusammen umeinander wie ein Steppenläufer, der mal hierhin, mal dorthin geweht wurde, aber immer gewichtslos, immer perfekt in sich vereint.

»Szene!«, rief Louis im Flüsterton. »Baut die nächste Szene auf!«

Um sie herum wurde knarrend Mobiliar verschoben, aber Karla und FF rollten weiter über den Boden. Sie rollten, als stände die Welt in Flammen, als würden sie jeden Moment abheben und alles hinter sich lassen, doch bevor es dazu kam, wurden sie von einer Matratze gestoppt: das Bett von Myriam und Allison.

Wie eine Welle glitten sie über das Laken, als seien sie flüssig. Nichts erschien mehr real. Und als FF nach Karlas Hinterkopf fasste und sie auf ihr Mundloch zuzog, tat sie das nur, weil sie sich mit Karla so gut fühlte, weil sie nicht wollte, dass der Moment jemals endete.

»Nehmt ihr das auf?«, flüsterte Louis erregt. »Wenn ihr das nicht aufnehmt!«

Mit einem klebrigen Saugen trafen ihre Münder aufeinander, und als Karla diesmal schauderte, war es vor Lust. FF konnte nicht glauben, dass es wirklich geschah, dass es ihr wirklich passierte: Sie hatte eine gefunden, die sie liebte, trotz ihrer ungestalten Fleischmaske – von jetzt an würde alles besser werden. Als Karla die Arme fest um sie schlang, spürte FF, wie ihr Körper sich schmelzend öffnete, etwas verschob sich in ihr, und es war ein Gefühl, als hätte sie tausend Sommermorgen in der Brust. Sie erinnerte sich an einen Sommermorgen in ihrer Kindheit, an dem sie sich genauso gefühlt und den Kopf ihres Vaters im Schoß gehalten hatte, als er müde geworden war. Nachdem die Türen der Küchenschränke, zu deren Wächter er sich erklärt hatte, zersplittert, aus den Angeln gerissen und – weil sie sich keine neuen leisten konnten – durch Vorhänge ersetzt worden waren. Während ihr Vater schlief, fuhr sie seine Gesichtszüge mit dem Finger nach und lauschte auf seinen Atem, bis die Sonne aufging. In der Schule flocht sie liebevoll Freundschaftsbändchen für Mädchen, die noch nie mit ihr geredet hatten, und nach der Party lag sie jede Nacht wach, dachte an den Jungen und malte sich Szenarios aus, bei denen sie sich ihm freiwillig hingab, manchmal gleichzeitig mit dem Jungen aus dem Wald. Danach würden sie sich so demütig und befriedigt von ihr herunterwälzen, dass sie auf ein Knie fallen und sie bitten würden, ihre Freundin zu sein. Als FF dann nach dem Highschool-Abschluss von zu Hause wegrannte und in der Fabrik arbeitete, um sich ein Zimmer mieten zu können, sprang ihr das Herz vor Begeisterung fast aus der Brust, als die ältere Frau sie nach der Nachtschicht zum ersten Mal einholte und sich im Bus neben sie setzte. Am selben Abend schickte ihr die Frau eine wunderschöne Nachricht, dann noch eine und noch eine, eine Nachricht verärgerter als die vorige, bis FF auf der Toilette ihrer Wohngemeinschaft saß, das Telefon in der Hand, und so stark zitterte, dass sie keine Antwort tippen konnte, was sich unleugbar, leidenschaftlich und überwältigend wie Liebe anfühlte.

FF merkte erst, dass sie zu fest zugebissen hatte, als Rostgeschmack ihren Mund füllte, Karla sie von sich stieß und mit einem Schrei von der Matratze aufsprang. Aus FFs Oberkiefer ragte auf einmal ein einzelner, messerscharfer Zahn.

»Ich …«, sagte Karla mit verängstigter Stimme. »Ich dachte, du magst mich.«

»Wow, irre gut«, flüsterte Louis. »Heilige Scheiße.«

FF versuchte Karla zu sagen, dass es ihr leidtat, dass sie ihr nie wehtun wollte, dass sie das, was sie überwältigt hatte, tief in sich begraben und nie wieder zulassen würde, dass es jemandem wehtat, wenn Karla bloß bei ihr blieb, wenn Karla sie bloß liebte. All das wollte sie sagen, aber in ihrer Kehle verwandelten sich die Laute in ein Zischen, das ihr als rosa Speichel aus dem Mund tropfte und sich zu unmenschlichen Gestalten verzog. In einer letzten, verzweifelten Anstrengung, sich zu retten, streckte sie die Hand nach Karla aus, bekam den Saum des Krankenhauskittels mit einem gekrümmten Finger zu fassen, aber sobald sie Karla berührte, wachte das Ding in ihr auf und riss den Kopf nach oben wie ein Wolf, der seine Beute riecht. Karla kreischte, ihre Schritte verhallten, und die Studiotür fiel hinter ihr ins Schloss.

Alle hielten den Atem an. In der reglosen Stille der Lagerhalle war nichts zu hören außer dem lüsternen Surren der Kamera und dem Knurren aus FFs Magen, das lang und klagend wurde und dann wie ein Gähnen verklang. Mit einem Schauder erwachte Myriam aus dem Schlaf, rekelte sich in FFs Haut und schüttelte ihr schlaffes Haar, bis es sich zu einer Wolke kräuselte. Sie hob einen Arm, ein Bein nach dem anderen und schwenkte die Hüfte wie ein Pendel, als wolle sie sich ausprobieren.

Sie hätte Myriam nie spielen dürfen. Sie hätte die Heldin eines Kostümfilms sein sollen, Samt, der sich an Samt reibt, ekstatische Höhenflüge. Sie hätte eine Künstlerin spielen sollen, die ihr Leben dem Studium ausgestorbener Meerestiere widmet und anhand eines prähistorischen Fischskeletts dem Geheimnis der Evolution in der Tiefsee auf die Spur kommt. Sie hätte sich in die Frau verlieben sollen, die auf der Demo neben ihr ein Plakat hochhielt, der Schlamm auf ihrer Stirn der Kleber ihres revolutionären Liebesakts. Einen Film über sich und ihre Freundinnen hätte sie schreiben sollen, Regie führen und die Hauptrolle spielen, ein Film über eine Reihe von Missgeschicken mit einem Campervan, die ihnen ihre Verletzlichkeit vor Augen führt.

Als das Fleisch ihres Gesichts sich teilte und ein Paar Augen offenbarte, hätten alle Versprechungen dieser Welt aus ihnen leuchten sollen. Als sich ihre Zähne durch den zarten Gaumen bohrten, hätten sie nicht scharf wie Messer sein sollen. Ihre Fingernägel hätten nicht Myriams Fingernägel sein sollen – lang und Glitzerlackgehärtet –, mit denen sie sich zum Regiestuhl vorkrallte, zu Louis, der in ihrem noch unscharfen, sich neu entwickelnden Blick wie berauscht wirkte, als er flüsterte: »Was für Hauer! Draufhalten! Draufhalten!« Es hätte sich nicht so gut anfühlen sollen, seinen Kopf nach hinten zu reißen, ihre Zähne in seinen Hals zu schlagen und zu wissen, dass er sie nicht ernst nehmen würde, bis sie ihm das Blut ausgesaugt hatte und er nur noch Weiß vor Augen sah.

Sie hätte sie selbst sein sollen, wer auch immer das sein mochte.

Dank

Ein großer Dank gilt meinen Lektor:innen – Kiara Kent, Zack Knoll und Željka Marošević –, ich kann mich zutiefst glücklich schätzen, dass mein Buch mit so viel Verständnis, Respekt und Begeisterung bedacht wurde. *Die unendlichen Möglichkeiten der Liebe* hat einen langen Weg zurückgelegt, seit es in euren Händen gelandet ist, und ich bin euch ewig dankbar dafür, wie ihr mir und meinem Buch geholfen habt zu wachsen. Ich danke Dan Kirschen, dass du über meine Witze gelacht, mich gesehen und immer zu mir gehalten hast. Du bist meiner Arbeit mit mehr willensstarker Überzeugung begegnet, als ich mir je von einem Agenten erträumt hätte, und – nicht nur – dadurch fühle ich mich reich beschenkt. Danke, Claire Nozieres und John Ash, dass ihr mein seltsames, queeres Buch über Landes-, Meeres- und Sprachgrenzen hinweg zu den Lesenden bringt.

Ich danke der League of Lady Wrestlers für die Inspiration zum Wrestlingmatch in »Anthropozän« – besonders Chava und Grace, deren Sketch über Justin Trudon't und den Ölteppich so genial war, dass ich ihn einfach verewigen musste. Danke schön, Kathryn Robson, deren Buch *Writing Wounds: The Inscription of Trauma in Post-1968 French Women's Life-writing* mich zu einigen der Ideen in »Zuckerhase« angeregt hat.

Ich bedanke mich bei meinen Professor:innen an der Syracuse

University dafür, dass sie so klug und cool sind und mir so viele unglaubliche Möglichkeiten geboten haben. Insbesondere danke ich Dana Spiotta, Jonathan Dee und George Saunders für ihre Unterstützung und Freundschaft, die weit über ihre professoralen Pflichten hinausgingen.

Ich danke meiner Mom, ohne die (ganz abgesehen davon, dass sie mich geboren hat) dieses Buch nicht möglich gewesen wäre. Danke, dass du mit mir an meine Träume glaubst und nie zulässt, dass ich aufgebe. Danke, Ga, dass du meine Texte so aufmerksam liest und meine *funny femme*-Inspiration bist. Danke, Meagan, für deinen künstlerischen Blick. Ich danke meiner geliebten Vermieterin Jun, die mich jeden Tag gefragt hat, ob ich glücklich sei, und der ich eine bezahlbare Wohnung verdanke, in der ich leben und schreiben kann. Danke, Katherine, für deine Magie. Ohne dich wäre ich nicht die, die ich heute bin, nie wäre ich so weit gekommen. Ich danke meiner Familie für ihre Liebe und Unterstützung, und ganz besonders danke ich Alix, Milie, Oli, Pearl und Magic dafür, dass ihr mir Hoffnung für die Zukunft der Welt gebt.

Danke, Bex, dass du immer noch mit mir zusammen sein willst, obwohl du mein Buch gelesen hast. Ich hätte mir dich nicht ausdenken können, selbst wenn ich es versucht hätte.

Zu guter Letzt danke ich allen bei Abrams, Doubleday Canada, Jonathan Cape, Tropen und Les Éditions Québec Amérique für ihre Leidenschaft und Energie, mit der sie großartige Literatur zu den Leserinnen und Lesern bringen. Ohne euch wäre die Welt ärmer.